ミア・シェリダン／著
高里 ひろ／訳

# 完璧な恋に魂を捧げて
Kyland



扶桑社ロマンス
1574

# 牡牛座（おうしざ）の伝説

孤独に彷徨（さまよ）っているセルスという牡牛がいた。牡牛は不死ではなかったが、その途方もない強さから、けっして死なないと思われていた。

セルスは気が荒い暴れ牛で、だれにもなつかなかった。ある日、春の女神ペルセポネーは、牡牛が花畑を踏み荒らしているのをみかけて、近づいていった。牡牛はその美しさと優しさになだめられ、彼女に恋をした。ペルセポネーはセルスをおとなしくさせ、忍耐と強さの賢い使い方を牡牛に教えた。

秋にペルセポネーがハーデースのもとへと旅立つと、セルスは空にのぼり、牡牛座になった。春になりペルセポネーが大地に戻ってくると、セルスも地上におりて彼女につきそった。女神はセルスの背に腰掛け、太陽の光に照らされた野原を駆け、あらゆる樹木と草花に花を咲かせた。

シャーリーに。わたしの二番目のファンになってくれて、わたしの一番のファンを
産んでくれて、ありがとう。

# 完璧な恋に魂を捧げて

## 登場人物

テンリー・ファリン ――――ケンタッキー州の炭鉱町デンヴィルに住む高校生

カイランド・バレット ――――テンリーと同じ学校に通う高校生

マーロ・ファリン ――――――テンリーの姉。バーのウエイトレス

エドワード・キーニー ――――炭鉱会社の副社長。かつてテンリーの母親を愛人にしていた

ジェイミー・キーニー ――――エドワードの息子。テンリーやカイランドと同い年

シェリー・ギャルヴィン――――カイランドの女友だち

# 1

## テンリー　十七歳

初めてカイランド・バレットに目を留めたのは、学校のカフェテリアで彼が、だれかの食べ残しをくすねたところを見てしまったときのことだった。わたしは思わず目をそらした。彼の尊厳を守るために。でもまた目をあげたとき、彼はトーストを口に詰めこみながら、入口近くに坐《すわ》っているわたしのほうに歩いてくるところだった。わたしと目が合った彼は、一瞬、驚いた顔をして、それからいぶかしむように目を細くした。わたしはまた目をそらした。ほおが熱くなる。まるでひどく個人的な瞬間に立ちいってしまったかのように感じた。じっさいそういうことだ。わたしにはわかる。自分がそうしてもおかしくないのだから。その羞恥《しゅうち》もわかっている。そして長い週末が明けた月曜日の、痛いほどの空腹も知っている。カイランドもそれを知っているのだ。

もちろん、彼のことは前にも見たことはあった。女生徒は全員、カイランドに見とれたことがあるはずだ。ものすごくハンサムで、引き締まった長身なのだから。でもわたしがほんとうに彼を見たというか、素の彼を垣間見てどきりとしたのは、そのときが初めてだった。いつもの彼は超然《ちょうぜん》として、だれにも、なんにも興味がなさそうだった。わたしはそういう、人のことを気にかけない男のことならよく知っている。あえてそんな面倒に近づく気はない。

でもうちの高校には、そういう面倒をなんとも思わない女生徒もいる。なにしろ彼がだれかといっしょにいるとしたら、その相手は決まって女性なのだ。

わたしたちの高校は大規模校で、生徒たちは三つの町から集まってくる。入学以来三年半のあいだにわたしがカイランドとおなじクラスをとったのは二、三回だけで、彼はいつも教室のうしろのほうの席に坐り、ほとんど発言しない。わたしは黒板の字が見えるように最前列の席に陣取る。たぶん近眼だと思うけど、うちには視力検査のために眼科にかかるお金も、まして眼鏡を買う余裕もない。カイランドが成績優秀なのは知っていた。あんな無頓着《むとんちゃく》な態度だけど、きっと頭がいいのだろうと思っていた。でも食堂のあの日以来、わたしは彼をちがう目で見るようになった。そしていつでも、わたしの目は彼を見つけた。牛の群れのようにゆっくり移動する生徒たちでいっぱいの廊下でも、カフェテリアでも、わたしの前を歩いていくときも。いつも彼は両手をポケットにつっこんでいる。そとでは風をよけるように頭をさげて歩く。わたしは彼のからだの動きを見るのが好きだった。それに彼が見られていると気づいていないということも。彼のことをもっと知りたくなった。すると、彼の表情が冷淡や無頓着というより疲れているように見えてきた。わたしがカイランドについて知っていることは多くない。彼はわたしとおなじように山の地区に住んでいる。どうやら満足に食べられていないようだけど、この地域では食事にも事欠く人々はめずらしくない。幾重《いくえ》にも連なる丘陵《きょうりょう》地帯《ちたい》、息をのむほど美しい山々、滝、古風な屋根付きの橋のかかる川。そんなアパラチア山脈の風景に囲まれたケンタッキー州デンヴィルは、どんな都市のスラム街よりも貧しい。絶望はホワイトオークの木々とおなじくらいありふれているし、失業は例外ではなく、むしろそれが普通だ。

わたしの姉のマーロは、神さまはアパラチアをおつくりになって、すぐに立ち去り、二度とお戻りにならなかったといっている。でもわたしは心のどこかで、神さまをがっかりさせたのは人間で、その逆ではないと思っていた。とはいえ、ほんとうは神さまのことはよくわからない。教会にも行ってないのだから。

わかっているのは、デンヴィルのようなところでは、ダーウィンの説こそ正しいということだ。生存競争に負けた者は淘汰《とうた》される。

もっとも、デンヴィルはずっと貧しかったわけではない——デンヴィル炭鉱の最盛期にはこの辺でもちゃんとした収入を得られた。一部には政府支援のフードスタンプで食費を補わなければならない人もいたけど。当時は、町のお店の少なくともいくつかは繁盛していたし、人々の働き口もあったたし、羽振りのいい人もいた。わたしたちのように山の斜面に建つ小さな家や、粗末《そまつ》な小屋や、トレーラーハウスに住んでいる底辺の山地住民でさえ、あのころはそこそこの暮らしができた。でも炭鉱で爆発事故が起きた。新聞は過去五十年間で最悪の炭鉱事故だと報じた。六十二人の、そのほとんどが家族の稼ぎ手だった男の人たちが亡くなった。カイランドのお父さんとお兄さんも、あの日命を落とした。いま彼はからだの不自由なお母さんとふたり、わたしの家の少し下の斜面に立つ小さな家に住んでいる。お母さんにどんな障害があるのか、わたしはよく知らなかった。

わたしは母と姉といっしょに、松の木立《こだち》のなかにある小さなトレーラーハウスで暮らしている。冬のあいだは、風がうなり声をあげて吹きつけ、トレーラーハウスがあまりにも激しく揺れて、横転してしまうのではないかと心配になる。どういうわけか、いままではもちこたえた。どういうわけか、山に住むわたしたちもなんとかもちこたえている。いままでは。

晩秋のある日、わたしはうちのトレーラーハウスへと続く坂をのぼりながら、セーターをからだにきつく巻きつけた。風で髪の毛が乱れる。前方にカイランドが歩いているのが見えた。そのときとつぜん、シェリー・ギャルヴィンが走ってわたしを追い越し、彼に追いついた。彼は隣にやってきたシェリーを見て、彼女がいったなにごとかにうなずいた。ふたりは道の曲がったところで見えなくなり、わたしは自分の物思いにふけった。数分後、わたしがそのカーブを曲がったとき、ふたりの姿はどこにもなかった。でもすこし先のヒッコリーの木立ちの横を通ったとき、シェリーの笑い声が聞こえたので、低木の茂みを透かして見た。カイランドが彼女を木に押しつけ、まるで獰猛《どうもう》な野生のけもののようにキスしていた。シェリーはこちらに背を向けていたので、彼の顔しか見えなかった。どうして自分がすぐに立ち去らず、そこに立ったままふたりを見つめ、ずうずうしくプライバシーを侵害していたのかわからない。でもカイランドの目の閉じ方、彼女の唇を貪《むさぼ》る彼の生々しく昂《たかぶ》った一心不乱の表情のなにかに、思わず両脚をぎゅっと閉じあわせた。熱いものが血管を駆け巡り、欲望に締めつけられる。彼が手をシェリーの胸にあげ、彼女が喉の奥でうめくような声を洩《も》らす。まるで自分がさわられているように乳首が硬くなった。そばの木に手をつこうとして、その小さな物音を彼に聞かれてしまった。カイランドは目をあけ、わたしを見ながらキスを続けた。ほおを少しくぼめて舌でなにをしているのか、想像することしかできない。わたしは想像した。目を合わせたまま、恥ずかしさに顔が赤くなり、動けなかった。カイランドが目を細めた。そのとき現実がどっと戻ってきて、わたしはうしろによろけた。羞恥でいっぱいだった。

それに嫉妬《しっと》も。でもそれは認めたくなかった。だめだ――そういう面倒はぜったいにごめんなのだから。

くるっと振りむいてうちまでの坂道を駆けのぼり、勢いよく金属ドアをあけてなかに入るとばたんとしめ、ぜいぜいと息を切らしてソファーに倒れこんだ。

「どうしたの、テンリー」小さなキッチンに立っていた母が歌うようにいった。電気ホットプレートに載せた鍋をかきまわしている。ポテトスープのにおい。わたしはなんとか息を整えて母を見た。ネグリジェの上に、ぼろぼろになった〈ミス・ケンタッキーの太陽〉のたすきをかけている。きょうはどんどんひどい日になりつつある。いろいろな意味で。

「ただいま、ママ。きょうは寒かったから」それだけいった。「手伝おうか?」

「いいのよ、だいじょうぶ。なにか温かいものをエディーに届けてあげようと思って。あの人、わたしのポテトスープが大好きだっていっていたし、今夜は冷えこむでしょ」

わたしは顔をしかめた。「ママ、エディーは今夜、奥さんと家族といっしょにうちにいるんだよ。ポテトスープなんてもっていけないよ」

母の顔がさっと曇った。でも次の瞬間、母はにっこり笑って首を振った。「そんなことないわ。彼は奥さんと別れるつもりなのよ、テンリー。彼にはあの人ではだめなの。エディーが愛しているのはわたしなんだから。今夜は寒くなるでしょ。風も……」母はスープをかきまわし、なにかの鼻歌を歌いながらひとりでほほえんだ。

「ママ、きょうの薬はのんだ？」わたしは尋ねた。

母ははっと顔をあげ、困惑した表情になったが、すぐにほほえんだ。「薬？　いいえ、のまなかったわ。もう薬は必要ないもの」そういって首を振った。「のむといつも眠たくなるし……おかしな気分になる」母は形のいい小ぶりな鼻にしわを寄せた。ひどくばかげたことのように。「いいえ、薬はもうやめたの。すばらしい気分よ！」

「ママ、マーロとわたしが何回もいったでしょ。勝手に薬をやめちゃだめだって」わたしは母のそばに行ってその腕に手をおいた。「しばらくは気分がいいけど、それは続かないのよ。わかってるでしょ」

母は少しがっかりした顔をして、スープをかきまわしつづけた。そして首を振った。「いいえ、今度はちがう。ほんとよ。今度こそ彼はわたしたちをあのすてきな家に呼び寄せてくれる。わたしのことが必要だとわかるはず……わたしたち全員が必要だと」

無力感がどっと押し寄せてきて、わたしは肩を落とした。なんとかしなくちゃいけないけど、あまりにも疲れていた。

母はわたしとおなじ濃い栗色の髪をなでつけて、またにっこり笑った。「わたしはまだきれいでしょ、テンリー。エディーはいつも、ケンタッキー州一の美人だっていってくれた。それが嘘《うそ》じゃないという証拠が、このたすきよ」母は夢見るような目をした。〈ミス・ケンタッキーの太陽〉の称号について話すときはいつもこうだ。わたしとおなじ歳でその名誉に輝いた。母はわたしを見てウインクした。「あなたはあのころのわたしとおなじくらいきれい」そういって、顔をしかめた。「あなたをミスコンテストに参加させるお金があったらよかったのに。わたしのように優勝するに決まってる」母は大きなため息をつくと、また鍋をかきまわした。

ドアがばたんと開き、マーロが飛びこんできた。ほおを赤らめて、息を切らしている。「まったく。きょうの風の冷たさときたら」

わたしは真顔で姉にうなずきかけ、プラスチック容器にスープを移している母のほうを見やった。マーロの顔からほほえみが消えた。

「ただいま、ママ、なにしてるの?」姉は上着をぬいで脇に放り投げた。

母は目をあげてかわいらしくほほえんだ。「エディーにスープをもっていこうと思って」容器のふたをパチンとしめると、それを手に狭い居間・食堂スペースに入ってきた。

「ううん、そんなことできないよ、ママ」

母は目をぱちくりしてマーロを見た。「あら、できるわよ、マーロ」

「スープをこっちにかして。テンリー、薬をとってきて」

わたしは激しく首を振りはじめた母の脇をすりぬけ、薬をとりにいった。余裕のないなかでやっと買った薬だ。町の嫌われ者がオーナーのコンビニ〈ラスティーズ〉でわたしが床掃除や棚掃除をしたバイト代もつかって。マーロとわたしが食事をぬいてつくったお金も入れて。

うしろの騒ぎを聞きながら、バスルームに入り、洗面台の棚にある母の薬瓶を震える手でつかんだ。

居間に戻ると、母はすすり泣き、スープは床にこぼれ、マーロにもかかっていた。母はひざまずき、両手で顔を覆って泣き声をあげた。マーロはわたしから薬を受けとった。姉の手も震えている。

「エディーはまだわたしを愛しているのよ、マーロ。わたしにはわかるの！」母はうめいた。「わたしは美人なんだから。あの奥さんより！」

「ちがうよ、ママ。彼はママのことなんて愛してない」マーロはすごく優しい声でいった。「残念だけど。でもわたしたち、わたしたちがいるじゃない。わたしとテンリーがママのことを愛してる。心から。わたしたちにはママが必要なの」

「だれかにわたしたちの面倒を見てほしいのよ。だれかが助けてくれたら。エディーはきっと助けてくれる、わたしさえ……」

その続きは泣き声にかき消され、マーロは母を抱きしめて優しく揺すった。もうひと言もいわず。言葉は母には効かない。こういうときにはとくに。あしたになれば母はたすきをはずすだろう。あしたは一日ベッドで寝ているだろう。二、三日して薬が効いてきたら、どうにか普通に戻る。そうしたらもう薬はいらないと思って、わたしたちに内緒でのむのをやめる。そしてまたくり返し。どうしても思ってしまう。十七歳の女子がこんなに疲れていていいのだろうか？　骨まで疲れて……心がくたびれ果ててしまうほどに？

わたしはマーロと母が立ちあがるのに手を貸した。姉とふたりで母に薬をのませ、ベッドに連れていって、居間に戻った。こぼれたポテトスープを掃除し、できるだけすくってプラスチック容器に戻した。うちでは食べものを無駄にすることはできない。たとえそれが床にこぼれたものでも。その日の夜、わたしたちはスープをとり分けて夕食にした。きたないかもしれないけど、おなかはいっぱいになった。

# 2

## テンリー

「こんにちは、ラスティ」急いでコンビニエンスストアに入りながらいった。週に四日、放課後ここでバイトしている。息が切れ、からだは雨で濡れている。手で髪の雨滴をぬぐった。おもての空は明るくなりはじめている。

「また遅刻か」ラスティが顔をしかめていった。

その厳しい口調に内心すくみあがり、時計を見あげた。エヴァンスリーの学校から十キロの道のりを一時間十五分で歩くのは不可能だった。だからいつもほとんど駆け足で、着くころには汗だくで息が切れている。でもラスティはそんなこと考慮しない。

「二分だけじゃない、ラスティ。二分長く働くからいいでしょ?」わたしは自分にできるいちばんかわいい笑顔でいった。ラスティはますますしかめっ面になった。

「十五分残業しろ。今朝、ジェイ・クローリーがレジにもってきた六本パックの瓶ビールの一本にひびが入っていたんだぞ」

わたしは口を一文字に結んだ。

ジェイ・クローリーが朝いちばんにビールを買いにくるのは驚きではなかった。でもビール瓶のひびがなぜわたしのせいになるのかはわからなかった。お酒を箱から出すのはラスティの仕事なのに。それでもわたしはうなずき、なにもいわずに店の奥に行ってエプロンと箒《ほうき》をとってきた。

きょうは一日《ついたち》だから、早く掃除をすませて炭酸飲料の棚を整理しないと。なぜならいまから一時間後には、政府の食料品購入支援でフードスタンプのデビットカードに入金された人々が、大量の炭酸飲料を売るために〈ラスティーズ〉にやってくるからだ。これは究極の福祉詐欺《さぎ》だ。四人家族一か月分の食費約五百ドルをつかって、高速道路沿いのガソリンスタンド〈ジョジョズ〉で炭酸飲料を買い、買値の半額で〈ラスティーズ〉に売る。すると二百五十ドルの現金が手元に残る。現金ならフードスタンプでは買えない煙草やお酒や宝くじ……麻薬だって買えるからだ。ラスティは安値で仕入れができて大よろこびしている。それで食事ぬきになる子供がいても知ったことではない。もっとも公平を期していえば、もしラスティが買わなくてもほかのだれかが買う。このあたりではそういうことになっている。

二時間後、ようやくお客さんがいなくなった店内で棚の埃《ほこり》を払っていると、呼び鈴が鳴った。作業をしながら目をあげると、奥の壁の冷蔵庫のドアをあけている人が見えた。立ちあがったわたしと、ふり向いたカイランドの目が合った。そして彼が、手に持ったサンドイッチを上着のなかにつっこむのが見えた。カイランドは目を瞠《みは》り、びっくりした表情になったが、すぐにわたしのうしろに目をやった。ふり向くと、しかめっ面のラスティが通路をこちらに歩いてくる。カイランドの手がつっこまれた上着は膨らんでいるから、もしわたしがずれたら、彼は万引きの現行犯で捕まる。一瞬の判断だった。わたしはぶざまにつまずいたふりをして、売れ残りのチェリオの箱——ぜんぜん売れない無糖のコーンフレーク——をいくつか棚から落とし、小さな悲鳴をあげた。どうして自分がそんなことをしたのかわからない。もしかしたらカイランドの顔に浮かんだ驚きとおそれに、心が痛んだせいかもしれない。もしかしたらわたしたちどちらも飢えを知っているからかもしれない。とにかく、とっさのその行動が自分の人生を変えてしまうとは、まったく思っていなかった。

よろけたふりをして箱を踏みつぶすと、なかのシリアルがこぼれて床に散らばった。「なにやってんだ、このまぬけ」ラスティが大声で叱りつけ、足元の箱を拾いあげている隙に、カイランドはさっとわたしたちの脇をすりぬけた。「くびだ、もうおまえにはたくさんだ」ドアの呼び鈴が鳴り、わたしがそちらを向くと、ふり返ったカイランドとふたたび目が合った。目を見開いていて、表情は読めない。彼は一瞬立ちどまり、かすかに身をすくめ、ドアのそとに出ていった。

「ごめんなさい、ラスティ。わざとじゃないの。お願いだからくびにしないで」この仕事が必要だった。懇願するのはいやだったけど、わたしの稼ぎを頼りにしている家族がいる。

「おまえにはじゅうぶんチャンスをやった。あしたになればこの仕事に応募するやつらが列をなすだろう」彼は冷たく意地悪な目をして、わたしに指を突きつけた。「与えられたものに感謝して、もっと一生懸命働けばよかったんだ。ちょっと顔がいいからって、頭が弱いんじゃなにをやってもだめだ」

そんなこと、いわれなくてもわかっている。身にしみて感じている。自分の母を見るだけで、その証明になるのだから。

耳のなかで血管がどくどくいっている。首が熱い。わたしはエプロンをとって床に落とし、ラスティは恩知らずで役立たずのアルバイトについての文句を続けた。

数分後、わたしが店を出ると、太陽がちょうど背後の山々に沈むところだった。空が一面にピンク色とオレンジ色に染まっている。空気は冷たくて、降ったばかりの雨と松の香りがした。わたしは深く息を吸いこみ、両手を胴に巻きつけるようにして、自分の無力に打ちひしがれていた。バイトをくびになったのは最悪だった。マーロに激怒されるだろう。わたしはうめき声を洩らした。「これ以上どうしろと?」思わず小声で世界に問いかけた。でもあのばかな行動は世界のせいじゃない。責任はわたしにある。

ときどき、自分の人生がほんとうにちっぽけに感じられる。そして思ってしまう。こんな小さな人生を与えられたわたしたちがなぜ、これほど大きな痛みを感じなければいけないのかと。こんなのまったく公平じゃない。

両手をポケットにつっこみ、通学用のバックパックを肩にかけて、うちの山のふもとまで続く道を歩きはじめた。春と夏には歩きながら本を読む。よく知ってる道だから本に集中できる。車はほとんど通らないし、もし近づいてきてもだいぶ手前からわかる。でも秋になると、〈ラスティーズ〉から帰るころには暗すぎて字が読めない——きょうでそれもおしまいだけど——だからいつも歩きながら考えごとをしている。きょうもそうだった。むしろきょうみたいな日こそ、自分の夢について考える必要があった。人生がずっとこんなにつらいままではないという希望が必要だった。わたしは自分が〈タイトン石炭奨学金〉を獲得することを想像した。高校に入学してからずっとそのために勉強している。毎年、うちの高校の成績優秀者のなかからひとりがその奨学生に選ばれる。その生徒には四年制の大学に通う費用すべてが給付される。もしわたしが選ばれたら、デンヴィルから出ていける。貧困や絶望や福祉詐欺や麻薬依存の〝ピルビリー〟からも離れて。大卒で就職すれば母とマーロを養っていけるだろうし、自由診療所の目の落ちくぼんだ医師ではなく、ちゃんとした医師に母を診せられる。あの診療所は〝ピルビリー〟の拠点ではないかとわたしは疑っていた。町を出る前に〈ラスティーズ〉に立ち寄り、彼にくそくらえといってやってもいい。

山のふもとへと向かうカーブを曲がったところで、お年寄りのミセス・リトルがもう閉まっている郵便局の入口の階段に坐り、サンドイッチを食べているのを見かけた。わたしは目をこらし、彼女がこちらを見たので小さくほほえんだ。ミセス・リトルが手に持っている包み紙に目をやると、〈ラスティーズ・ハム・アンド・チーズ〉という文字と、きょうの日付の赤いスタンプが見えた。十分前にカイランド・バレットが万引きしたサンドイッチだ。「こんばんは、ミセス・リトル」わたしはいった。彼女はうなずき、悲しそうな目をぱちぱちさせて、サンドイッチの最後のひと口を口に入れた。ミセス・リトルはいまでは町の風景の一部になっている……アルコール依存症で、ふらふらと通りをうろつき、町の人たちから小銭を恵んでもらって酒代にしている。彼女はあの炭鉱事故で、成人した息子たち三人と夫を失った。早く彼らのところにいきたがっているのではないかと、わたしは思っていた。「今夜はだいじょうぶそう、ミセス・リトル?」わたしはいいながら、手をますます深くポケットにもぐりこませた。だいじょうぶじゃなくても、わたしになにかできるわけじゃない。でも心配していることを伝えたかった。それだけでも意味があるかもしれないから。

ミセス・リトルは咀嚼《そしゃく》しながらうなずいた。「平気だよ」呂律《ろれつ》があやしい。「このすてきなショーを観終わったらどこかに行くから」そういって、消えつつある夕焼けをあごで示した。

わたしはうなずき返し、ほっと息をついて彼女にほほえみかけた。「それならよかった。じゃあ、おやすみなさい」

「おやすみ」

無舗装の坂道をのぼりはじめたとき、だれかが前に飛びだしてきて、わたしはびっくりして悲鳴をあげ、うしろにさがったひょうしに水たまりを踏んでしまった。カイランド。

わたしは息を吐いた。「びっくりさせないでよ！」水たまりから出て、靴底のひびか、靴底そのものがとれそうになっている部分から浸みこんできた水で靴下が濡れるのを感じた。最高。ありがとう、カイランド。

彼はわたしの足元を見たけど、水浸しになった靴についてはなにもいわなかった。細めた目でしばらくわたしを見ていた。「どうしてあんなことをした？　店の奥で。なぜぼくを助けたんだ？」怒りであごがぴくぴくしている。

わたしも目を細めて彼をじっと見た。この人、わたしに怒っているの？　いったいどういうこと？「どうしてサンドイッチをミセス・リトルにあげたの？」わたしは訊《き》いた。「どうして自分で食べなかったの？」腕を組んだ。「あなただって食べたかったはずでしょ」わたしは地面を見ながら、カフェテリアでわたしたちの目が合った一瞬についてほのめかした。でもすぐに目をあげた。

彼はなにも答えず、わたしたちは数秒間、無言で互いを見つめあっていた。ようやく、彼が口を開いた。「あいつ、きみをくびにしたのか？」

彼の顔は緊張し、真剣だった。わたしは思わず、その力強いあごの線、すっと高い鼻、ふっくらした唇を見つめた。そしてため息をついた。そんなものに見とれてもなにもいいことはない。「そうよ、くびになった」

カイランドは両手をポケットにつっこみ、わたしが歩きはじめると、彼も歩きはじめ、小声でつぶやいた。「くそっ。きみにはあの仕事が必要だったのに」

わたしはおかしくもないのに笑った。「そう思う？　わたしがあの店の掃除をしていたのは、ラスティの魅力的な人柄に感銘を受けているからよ。ほんと、世の中にもっとラスティがいてくれたら、どんなにすばらしいことか」わたしは愛情と尊敬があふれだしているかのように、心臓を手で押さえた。

カイランドは皮肉に気づいたとしても、なにも反応しなかった。「ほんとうにばかなことをしたな」

わたしはとまって、カイランドのほうに向き直った。彼もとまった。「ありがとうといってもいいのよ。ラスティはすぐに警察を呼んだでしょうね。あなたを警察に突きだすのは、きょうの、ううん、あいつのみじめな一生のハイライトになったはずよ」

カイランドはわたしを通りこして、地平線に目をやった。下唇を嚙《か》みしめ、眉根《まゆね》を寄せて、ようやくわたしを見た。「ああ、そうだ」彼はそこで言葉を切り、わたしの顔をすみずみまで眺めた。なにを考えているんだろうと思って、わたしはそわそわした。「ありがとう」

わたしも彼の顔をまじまじと見つめた。すぐそばに立っているから。彼は灰色の目に用心深い表情を浮かべてわたしを見ている。睫毛《まつげ》が長く濃い。こんなに整った容姿の人を憎むのはむずかしい。それも人生の不公平のひとつだ。わたしは目の前のこの人を憎みたいのに。しかたなく、目をそらしてまた歩きはじめた。彼もわたしのうしろからついてきて、わたしたちは数分間、無言で歩いた。

「わたしといっしょに歩かなくていいから」

「若い女の子がひとりで夜道を歩くのは危ない。ぼくはきみになにも起きないようにしてるんだ」

わたしは鼻を鳴らした。「その反対だったでしょ」

カイランドは短く、驚いたように笑った。

わたしはバックパックを肩にかけ直した。「それに、若い女の子って？　おない年だよ。もしかしたらわたしのほうが上かも。来年の五月に十八歳になる」

彼は横目でわたしを見た。「何日？」わたしの前に出て、うしろ向きに歩きながら、訊いた。

「五月二日」

彼が目を見開いた。「嘘だろ。ぼくの誕生日だ」

わたしはびっくりして立ちどまった。「生まれたのは何時？」

「正確な時間は知らない……午前中のいつか」

わたしはまた歩きはじめ、彼もついてきた。「午後」しかたなくほんとうのことをいった。彼がうれしそうな顔をするのを見て、唇を引き結んだ。

少しして、彼がいった。「だがほんとうに、気をつけたほうがいい。この山には凶暴なボブキャットもいる」

わたしはため息をついた。「いまはボブキャットどころじゃないの」

「飢えたやつに対峙《たいじ》したらそんなことなくなる。大問題だ」

わたしがおもしろそうにふーんというと、カイランドはわたしをちらっと見た。

「いまボブキャットが目の前に出てきたらあなたはどうするつもりなの、カイランド・バレット？」

驚いた顔。「ぼくの名前を知ってるんだ」

わたしはまた歩きはじめた。「小さな町だもの。みんなの名前を憶《おぼ》えてしまう。そうでしょ？」

「いや、ぼくはそうしないようにしてる。だれの話も聞く必要ないし、だれの名前も知らなくていい」

わたしは首をかしげて彼を見た。「どうして？」

「タイトン石炭奨学金を獲得してここを出ていくとき、このつまらない町のつまらない情報をもっていきたくない」

わたしは驚いて彼のほうを向いた。「奨学金を狙っているの？」

彼は片方の眉を吊りあげた。「ああ、意外か？　ぼくの名前がいつも成績優秀者のリストにあるのを見たことがない？」

「わたし……つまり……」とつぜん、カイランドがにこりと笑った。わたしは目を瞠り、つまずきそうになった。いままで一度も、こんなふうに彼がほほえんだのを見たことはなかった。ほほえみが彼の顔を……完全に美しいなにかに変えた。一瞬、ぽかんと見とれてしまい、われに返って足を速めた。彼が大またでわたしの横に並んだ。わたしはどぎまぎして首を振り、なにを話していたのか思いだそうとした。そうだ――奨学金。彼がタイトン石炭奨学金に応募するとは思っていなかった。いままで一度もそのための勉強グループや準備講座で彼を見かけたことがなかったから。いつものメンバーはわたし、ジニー・ロウリンズ、キャリー・クーパーだった。ふたりが奨学金に応募したのは聞いた。わたしはふたりが最大のライバルだと思っていた。カイランドは、成績はいいけど、いつも……無関心に見えたし。

「どうやってあなたが獲得するの？　わたしが獲得することになってるのに」わたしも眉を吊りあげていった。

カイランドはさっとわたしを見た。おもしろがってるような顔で首を振る。「ないね」にやりと笑っていった。「だがおもしろくなりそうだ、だろ？」

わたしは小さく鼻を鳴らした。おもしろさは必要ない。わたしに必要なのは奨学金だ。でもカイランドが応募することさえ初めて聞いたくらいだから、彼に見込みがあるとは思えない。心配する必要はないだろう。

しばらく無言で歩いてから、わたしはいった。「シェリーが怒るんじゃないの？……ほかの女の子をボブキャットから守ったりして」

彼はきょとんとした顔でわたしを見た。「シェリー？　どうしてシェリーが――」くすっと笑った。「ああ、そうか」彼は首を振り、金色がかった茶色の髪をかきあげた。「ぼくとシェリーは、ただの友だちだ」

わたしは眉を吊りあげたが、なにもいわないことにした。心配しなければいけないことはじゅうぶんある。カイランドがだれとキスをしていたかなんて、どうでもいい。「それで、奨学金を獲得したらどこに行くつもり?」ありえないけど。

「ここじゃないどこかだ」

わたしはうなずき、唇を噛《か》んだ。「そう」それだけいった。カイランドは左側を見た。道から奥まったところに壁を水色に塗った木造の家が大きな森を背にして建っている。電気が点いていなくて真っ暗だった。ふたたびこちらを見たカイランドは、かすかに顔をしかめていた。

「ありがとう、カイランド。山道を登るわたしに付き添ってくれたのはとても親切なおこないだったわ。わたしのバイトをくびにして、わたしのたったひとつの靴をよごして、わたしの誕生日を横取りしたということはあったけど」そういって歩きつづけると、カイランドがわたしのいったことにくすくす笑いながらついてきたので、問いかけるように彼を見あげた。「うちはこのすぐ先だから。ここからそこまでのあいだにボブキャットがいるとは思わないし」わたしは張りつめた笑みを浮かべた。彼がうちのトレーラーハウスを見たことがあるかどうかわからないけど、とくに見てほしいとは思わない。

でも彼はだまってわたしに並んで歩きつづけた。「それで、テンリー……バイトのことだけど、だいじょうぶかい?　つまり」彼は気まずそうに横を見た。「なにかぼくにできることはない？」

わたしは唇を噛んだ。彼になにができる？　具合の悪いお母さんもいるのに。たぶんカイランドはわたしよりも苦労しているはずだ。「だいじょうぶ。なんとかするから」

カイランドはうなずいたが、ちらっと見るとまだ心配そうな顔をしていた。

うちのトレーラーハウスの前までやってきて、わたしは小さなこわばったほほえみを彼に向けた。「じゃあ、おやすみなさい」カイランドにわたしの住んでいるところをじっと見られて、思わずほおが赤くなった。どういうわけか、そこに彼といっしょに立っていると、うちがいつもよりみすぼらしく見えた。小さくてがたがきているだけでなく、ペンキがはがれかかり、錆《さび》が出ていて、窓ガラスに張ったきたない薄い膜は、どれだけお酢でこすってもきれいにならない。彼のうちも似たようなものだけど、カイランドの目をとおして見る自分の家を、どうしても恥ずかしく思ってしまう。彼がこちらを見たとき、たぶんわたしの顔にきまり悪さがあらわれていたのだろう。彼は目を瞠り、理解するような表情を浮かべた。わたしはふり向き、力の入らない脚でトレーラーハウスに向かった。

「テンリー・ファリン」カイランドに呼ばれて、彼もわたしの名前を知っていたのだとわかった。立ちどまり、なんだろうと思って彼を見た。

彼は片手で髪をかきあげ、ちょっとのあいだためらっているように見えた。「ぼくがジョーン・リトルにサンドイッチをあげたのは……」慎重に言葉を選ぼうとするように遠くを見つめる。「ぼくたちのような人間よりも――もっと腹をすかせただれかがいる。そして飢えは、その、さまざまな形であらわれる」彼はうつむいた。「ぼくはそのことを忘れないようにしている」静かな声でそう結び、かすかに気まずそうだった。

彼はまた両手をポケットにつっこみ、踵《きびす》を返して来た道を戻っていった。わたしはトレーラーハウスの壁に寄りかかり、見えなくなるまで彼の背中を見つめていた。カイランド・バレットはわたしが考えていたのとはまったくちがった。そのことのなにかに、とまどいと高揚感を覚え、それをどう思っていいのかわからなかった。

# 3

## カイランド

「ただいま、母さん」声をかけてから玄関ドアを閉め、母の椅子がテレビの前に陣取っている居間を眺めた。

母はおかえりとはいわなかった。だがそれはいつものことだ。もう慣れている。

自分の部屋に入ると窓をできるだけ大きくあけて宵《よい》の空を眺め、窓枠に両手をついて何度か深呼吸した。数分後、窓際に置いたベッドに横たわり、腕をあげて両手を頭の下で組んだ。

すぐにテンリー・ファリンのことを思った。ぼくをかばってバイトをくびになるなんて。うめき声が洩れる。大部分は彼女が自分でしたことだが、ひどくうしろめたい気持ちになる。だが助かった。もし万引きで逮捕されていたら……最悪なことになった。

なぜ自分がミセス・リトルのためにサンドイッチを盗んだのか、テンリーに説明を試みるまで自分でもよくわかっていなかった。説明しようと思ったのは、テンリーがぼくのために払った犠牲にたいして、それ以外になにも返せなかったからだ。ジョーン・リトルが郵便局の階段に坐り、まるで自分のなかに閉じこもるように背中を丸めているのを見て、腹を殴られたように感じた。自分もそういう気持ちになることがある。だがぼくには少なくとも住む家がある。飢えるのは生活費が足りなくなる月末の一週間だけだ。どうしても、ぼくには彼女が見えていると伝えなければならなかった。彼女のために、そして自分のために。だからあのサンドイッチを万引きした。

ばかだ。大ばかだ。

さらに悪いことに、ぼくは後悔していない。テンリーが代償を払うことになったという事実を除いては。

テンリー。

トレーラーハウスを見たときに、彼女が浮かべた表情を思いだした。彼女は恥じていたが、それはばかげている。ぼくのうちだってぼろぼろなのだから。ぼくの人生もぼろぼろだ。彼女の状況にけちをつけられる立場ではない。それにぼくが見ていたのは気の毒なほど小さいトレーラーハウスそのものではなかった。その周囲だ。きれいに片付いていて、ごみひとつ落ちていなかった。うちの庭とおなじだ。この山の上から下まで、庭や敷地がごみだらけの家ばかりだ。それもデンヴィルの人々の絶望のあらわれのひとつなのだろう。この山に住む人たちはだれも、有料のごみ収集を頼む余裕などなく、住まいはごみやがらくたに埋もれている。ここでの人生をよくあらわしている。でもぼくは毎週月曜日、ごみを詰めた袋をもって山をおり、〈ラスティーズ〉の裏にある大きな大型ごみ収集箱《ダンプスター》に捨てるようにしている。ごみを捨てた袋はたたんでバックパックに入れる。くり返しつかうためだ。スパゲッティの缶詰とゴミ袋のどちらかを買うのなら、缶詰を買えるように。前にテンリーが大きな箱をもって山道を行き来しているのを見かけたことがあり、なにをしているのだろうと思っていた。あれはぼくとおなじことをしていたのか。なぜならプライドがあるから。そしてそれは、ぼくらのような人間にとってはむしろ不幸なことだ。

テンリーのことはその前から知っていた。じっさい、いっしょにとっている授業では彼女のことを見ていた。テンリーはいつも最前列の席で、ぼくはうしろのほうに坐るから、完璧によく見えた。彼女から目が離せなかった。苦手なやつに話しかけられたとき、無意識に脚をかいて唇をとがらせているところも……真剣に黒板を見あげてピンク色の唇を噛みしめているところも……ときどき夢見るような表情で窓のそとを眺めているところも。その横顔、そのあごの線が記憶に焼きついている。テンリーの靴の底が穴だらけで、とれそうになっているのに気づいたときには、やるせないいらだちを覚えた。マジックマーカーかなにかで、甲のところのすり傷を黒く塗っているのもわかった。マーカーで傷を隠そうとしていたのは、自分の古くて壊れた靴を人にどう思われるのか気にしているからだ。彼女がそんなことをしなければならないなんて腹がたった。わけもなく。そしてそれは、テンリー・ファリンにはけっして近づいてはいけないということだ。彼女を見ているだけで湧きおこる気持ちを感じるわけにはいかない。はっきりいえば、感じたくない。

残りものを盗んだところを見られてから、ぼくが気づいていないと思って、彼女がたびたびこちらを見つめているのはわかっていた。女の子とのつきあいは経験済みだ。誘われたら断る理由はない――苦しみだけが人生ではないと感じさせてくれる積極的な相手という気晴らしを求めない人間はいない。だがどうも、テンリーはそういった種類の興味でぼくを見ているのではないらしい。まるでなにかのパズルを解こうとするかのように――ぼくをわかろうとするかのように――見つめてくる。なぜなのか、それを知りたくてたまらない。

ばかだ。大ばかだ。

テンリーには静かな雰囲気――こちらをなだめるような、強さと弱さが不思議に交じったなにかがある。きれいな子だというのも前から知っていた――だがその美しさはとくに努力した結果ではないのは明らかで、そこがいっそう魅力的だった。少なくともぼくにはそうだ。メイクをしているところは見たことがないし、髪はいつも簡単にポニーテールにまとめている。自分の容姿がいちばんの売りだとは思っていないらしい。それならなにが、と考えてしまう。頭脳？　そうかもしれない。だがテンリーが奨学金を獲得する見込みはない。ぼくは高校に入学する前からずっと準備してきた。これまでの奨学生の評価された点を研究して、その水準をすべてクリアした。どうしても奨学金が必要だからだ。それに人生のすべてがかかっている。テンリーのなにがこんなに気になるのかも、関係ない。ぼくはもうすぐここを出ていき、ふり返ることはないのだから。緑色の目をしたきれいなテンリー・ファリンのことも、だれのことも。

それなのになぜ、彼女のことを考えるのをやめられない？

ばかだ。大ばかだ。

少しして、バックパックをベッドに引きあげ、教科書を取りだした。気を散らしている場合じゃない。六か月後に高校が奨学生の名前を発表する。ぼくはそれでこの神に見放された掃きだめから出ていく。絶望と、飢えと、父と兄が地下の暗闇で命を落とした炭鉱から遠く離れたところへ。

＊　＊　＊

数日後の放課後、通学路で、前を歩いていくテンリーに気がついた。両手で本を持ち、歩きながら読んでいる。ばかだな——転んで首の骨を折ったらどうするんだ。ぼくは彼女と距離をとりながら、見守った。このあいだのことでなんとなく借りがあるように感じていた。ぶじ家に帰るのを見守ることくらいはできる。気がつかれないようにすることも。そして二度と彼女に話しかけないことも。

彼女がとつぜん森の小道を曲がったので、少しびっくりした。いったいなにしてるんだ？　一瞬、あっけにとられて立ちどまっていると、彼女は森のなかに消えていった。ボブキャットに食べられても自業自得だ。ぼくはいらだち交じりのため息をつき、あとを追った。

この道は前に通ったことがある。この山の道は一本残らず、兄が生きていたときにはふたりで、そのあとはひとりで歩いた。だがテンリーがなにをしようとしているのか、さっぱりわからなかった。この道の先には石灰岩の切り立った崖《がけ》があるだけだ。

いぶかしみつつ五分ほど細い道を歩いていくと、木々が途切れた。テンリーはこちらに背を向けて立ち、オレンジ色と黄色に輝く空を見つめていた。雲のすき間から白い光が洩れ射し、まるで天国の扉が開いたかのようだった。

目の前に広がるさまざまな色に染まった——見事な——空は、まるでぼくたちの人生の醜悪《しゅうあく》さや終わらぬ苦しみを埋め合わせようとしているかのようだった。その刹《せつ》那《な》、ほんの一瞬、ほんとうにそうだったのかもしれない。これをつかまえ、とどめておけたらとぼくは願った。美しいものをつかまえて、とどめておくことができたら。

テンリーは岩に腰をおろし、燃える夕焼けを見つめていた。ぼくが近づいていくと、ふいにふり向いて、小さな叫び声をあげ、目を瞠り、手を胸にやった。「びっくりした。おどかさないでよ！　また。なんなの？」

「ごめん」ぼくはテンリーの隣に坐った。

彼女はあきれた顔をして両手をうしろについて背をそらし、ふたたび空に目をやった。しばらくなにもいわなかった。やっとぼくのほうを見て、片方の眉を吊りあげた。「そうやって行く先々にあらわれていれば、そのうちわたしがあなたを好きになると思ってるんでしょ」

笑いが喉元までこみあげてきたが、まじめな顔は崩さなかった。テンリーにはいつも驚かされる。すごく楽しい。ぼくはうなずいた。「たぶんね」

それよりまずいことに、ぼくがきみを好きになる。

テンリーは軽く笑って、また地平線を見つめた。「悪いけど、それはないから。わたし、男は一生いらないと決めてるの」

ぼくは喉の奥を鳴らした。「みんなそういう」

彼女がぼくを見た。おかしそうに目をきらきらさせて、顔を輝かせて。「ふーん。それなら、わたしがあなたの強烈な魅力に参るまで、どれくらいかかるの?」

考えるふりをする。「口説き落とすのに、三週間かかった子もいたな」

「それは手ごわいわね」テンリーは片方の眉を吊りあげ、横目でぼくを見た。「いつ魅力に屈したとわかるの?」

「目つき。目のなかのなにかだ。見ればわかるようになった」ぼくは自分のいちばん気障《きざ》ったらしい笑みを浮かべた。

テンリーはあきれたように首を振ったが、唇にかすかなほほえみが残っている。

ぼくは咳払いした。こんな思わせぶりはやめないと。「いや、ほんとはただ、ぼくのボブキャット撃退術は必要ないか確かめようと思ったんだ。それくらいしか返せないから」

彼女は息を吐いて、首を振った。「なにも返すことなんてないよ。くびになったのは自分のせい。わたしの行動はあなたのせいじゃない」

「ああ、でもぼくがアル中のおばさんのためにサンドイッチを万引きしなければ、きみはあんな行動する必要はなかった」

「まあそうね。それならこれはずっと続くの?　このボブキャット撃退サービスは?　わたしがあなたの魅力に参って、あなたがこれまでに餌食に……口説き落とした子たちとおなじように捨てられるまで？」テンリーはからかうように眉をあげた。

「ずっと？　いや、まさか。ぼくがきみのためにボブキャットの危険に身をさらすのはきょうが最後だ」片手で髪をかきあげた。「できるだけ遅くまで学校に残って勉強しているんだ。毎日これくらいの時間に家に帰る。きょういっしょになったのは偶然だよ」

テンリーは首をかしげた。「ああ、そうなんだ。どうして学校に残って勉強してるの？」

「そのほうがさびしくないから」なぜそんなことをいってしまったのか、わからなかった。口に出してから自分がなにをいったのか理解した。

テンリーは興味を引かれたようにぼくを見た。「お母さんと暮らしているんじゃないの？」

「母はあまり話さないんだ」

テンリーは一瞬、ぼくを見つめた。「ふーん……いずれにしても、ボブキャットの攻撃から守ってもらうのはこれで最後ということね。きょう、わたしがこんなに遅くなったのは、〈アルズ〉でバイトに雇ってもらえるように話をしてきたからだから」

「〈アルズ〉？　バーで働くには若すぎるだろ」

彼女は肩をすくめた。「アルは気にしてないみたい。姉が働いているし――忙しいときのシフトに入れてやるって。だから」ぼくにほほえみかける。「もうわたしがくびになったことを気にしなくていいから。新しいバイトを見つけたし。臨時だけど」

なんともいえない感情が胸に入りこみ、ぼくは顔をしかめた。〈アルズ〉は底辺の店で、相手をひっかける場所としても知られている。それでも、バイトが見つかったのはいいことだ。このあたりでは簡単には見つからない。少しして、テンリーはぼくのほうを向いた。「かなりいい眺めでしょ?」

ぼくは空を見た。「最高の席だ」

テンリーが穏やかな表情を浮かべてぼくを見た。唇が少し開いている。一瞬、ぼくは息ができなかった。きれいな子だって? そんなんじゃ足りない。息をのむほどきれいだ。

胸にパニックに似たものがこみあげる。

「ところで、わたしの話を聞きたくない?」ひと息置いて、彼女が訊いた。

「なんだって?」われに返った。「いや、きみの話は聞きたくない。いっただろ……」

「うん。町を出るときにつまらない情報をもっていきたくないんでしょ。でもね、わたしの話はすごくおもしろいんだから」

ぼくはうたぐり深く片眉をあげた。「このあたりにすごくおもしろい話なんてない。うんざりするような、終わらない悲劇と嘆きだけだ。ひどいむし歯の話か」

テンリーは短く笑って首を振った。明るい緑色の目を輝かせて。その肌が夕日に照らされて光り、栗色の髪が金色に輝く。彼女が目をそらし、ぼくはこっそりその胸に視線を落とした。ジーンズのなかが硬くなり、もぞもぞと身じろぎする。「わたしの話はちがう。それにほんとうは、話したらいけないんだけど、でも……」地平線を眺めている彼女の横顔をぼくは見つめた。「じつはね、カイランド、わたしの父はロシアの王子さまなの」そういうと眉を吊りあげ、だれにも聞かれていないのを確かめるようにきょろきょろした。「父の地位と、領地にかんする揉《も》めごとがあって」手を空中でひらひらさせた。「すごくこみいっているし、とても理解不能なあらゆる種類のロシア貴族の法律が関係しているんだけど、その揉めごとが解決するまで、父はいちばん安全な場所であるここに、わたしたちを隠しているってわけ」ぼくのほうに身を乗りだした。「うちのトレーラーハウスはぼろ家に見えるでしょ、でもそれは隠れ蓑《みの》なの。なかは狭いけど、どこもかしこも豪華絢爛《ごうかけんらん》よ。それにね」彼女は目を瞠った。「王家に伝わる宝石の隠し場所でもある」テンリーがウインクして、ぼくは思わず噴きだした。わざとばかなことをいってるんだ。愉快だった。いつだっただろう？　この前ぼくが……こういうたわいのない話をしたのは。テンリーはぼくの表情を見て目を見開き、にやりと笑った。

一瞬、ぼくたちは見つめあい、ふたりのあいだの空気になにかが流れた。ぼくが先に目をそらした。ふたたび気まずさを覚えて。サンドイッチ窃盗犯だとわかってるのに？　そんな重大なことをぼくに教えていいのか？

「王家の宝石だって？　そんな重大なことをぼくに教えていいのか？」

テンリーは首をかしげた。「いいの」真剣な声でそっといった。「あなたはだいたい信用できるという気がする」

ぼくたちはまた少しのあいだ見つめあい、ぼくのなかでなにかが速まった。なにか危険なもの――自分でもよくわからないが、それがいいものだとは思えなかった。この魔法を解かないと。

「ぼくも家宝の宝石の話をするくらい、きみを信用してる」そういってウインクしたのは、ふたりのあいだに生じた不思議な雰囲気を軽くするためだった。「いつか見せてあげるよ」

テンリーは頭をそらして笑った。彼女が心から笑ったらどんなふうだろうと想像したことがあったが、これでわかった。だがすぐに、知らないままのほうがよかったと思った。ずっとよかった。なぜならその笑い声にわれを忘れてしまいたくなるからだ。ぎくりとして、また胸にさっきの気持ちが押し寄せてきた。今度は強さを増して。ぼくは背筋を伸ばした。本能的ななにかが逃げろと告げる。

ぼくの内心の動揺を察したように、テンリーの表情が変わった。ばかな。彼女が立ちあがり、ぼくは見あげた。「ちょっと来て」テンリーはそういって、ぼくに背を向けた。「見せたいものがあるの」

ついていくと、大きな岩があった。彼女はその正面に回り、かがむと、いなくなった。用心深く身をかがめてみると、小さくて真っ暗な洞窟《どうくつ》があった。不安が全身に駆けめぐり、うしろによろけた。テンリーがなかからのぞいた。ほほえみを浮かべて。

「おいでよ。ふたりで入っても余裕の広さだよ。見せたいものがあるんだから」

「いやだ」思ったより険しい口調になってしまった。彼女はほほえみを消し、身をかがめ、足をひきずるようにして出てきた。立ちあがると、心配そうにぼくを見た。そこで自分が両方のこぶしを握りしめ、からだを緊張させているのに気づいた。力をぬき、両手をポケットに入れた。

「ごめんなさい」テンリーが小声でいった。「狭いところが嫌いなの？　わたし――」

「いいんだ」ぼくは話を終わらせた。

彼女はおずおずとぼくの肩に手を置き、ぼくはその接触にびくっとして、一瞬目をぎゅっとつぶってから、目をあけ、彼女から離れた。

テンリーはじっとぼくを見た。「なかに壁画があるんだよ」すぐにそういって、肩をすくめた。「すごく薄くて、たぶんだれかが最近描いたものだと思うけど、でもそうじゃないのかも。数千年前にここに穴居人《けっきょじん》が住んでいたのかも」

「数十万年」

「え？」

「穴居人なら、数十万年前だよ。数千年前じゃない」

彼女は両手を腰にあてた。「そうですか、教授」ほっそりした眉を吊りあげるのを見て、ぼくは小さく笑って息を吐いた。

「行こう、テンリー姫。真っ暗になる前に道路に戻ったほうがいい」ぼくは努めて気軽な口調でいった。テンリーは小さな洞窟にたいするぼくの奇妙な態度に気づいているはずだ。

日はほとんど沈み、たそがれた空は紺色になって、一番星が見えそうだった。数分後、ぼくたちは道路に戻り、黙って歩いた。ふたたび心安い雰囲気になり、テンリーがぼくのほうに首を少しかしげて、小さくほほえみかけた。

彼女がバックパックを背負い直したひょうしに、横の破れたところから本が落ちた。彼女は破れを安全ピンで留めていた。安全ピン。その安全ピンに怒りがこみあげてくる。「おっと」本を拾おうとかがんだテンリーとぼくの頭がぶつかり、ぼくたちは笑いだした。彼女は頭をなでて、また笑った。「ほらまた、その魅力。わたしもきっと落ちるね」

ぼくは笑った。「警告しただろ」本を拾って、目の前にあげた。「『ラヴィロウの機《はた》織《お》り』？」

テンリーはぼくの目を見てうなずき、本を受けとった。「読書が趣味なの」バックパックに本をしまい、なぜか恥ずかしそうだった。「デンヴィル図書館にはあまり本がないから、おなじ本を二度読んだりすることもあって……」

「それも？」あごでバックパックを指した。

ぼくたちはまた歩きはじめた。

「うん。前にも一度読んだことがある」

「どんな話？」

テンリーはしばらくなにもいわず、答えないのかと思った。ほんとうは、機織りの話なんてどうでもよかった。彼女がなにをいってもよかった。そのきれいな声が山の冷たい空気に響くのを聞きたかっただけだ。それに彼女のいうことは愉快だ。ほかの女の子とはちがう。その言葉には驚かされてばかりで、それが楽しかった。楽しすぎるほどに。

「サイラス・マーナーという主人公が……」

ぼくは立ちどまった。「サイラス？」

テンリーもとまって、どうしたのかという目でぼくを見た。「そう。それがどうかした？」

ぼくは首を振り、また歩きはじめた。「なんでもない。兄の名前だから」

テンリーは唇を嚙み、気遣うようにぼくを見あげた。兄があの日、炭鉱にいたのを知っているのだ。「そうね、思いだした」ほほえむ。「お母さんはこの本を読んでその名前を憶えていたのかも」

ぼくは首を振った。「母は本は……本を読めないんだ」

「そう」テンリーはちらっとこちらを見て、しばらく無言だった。「何年も前のことだけど……」腕にさわられて、少しびくっとした。彼女はすぐに手をひっこめた。

「お悔みをいわせて、カイランド」

「ありがとう、そういってくれて」咳払いした。

気まずい沈黙のまま数分間歩き、真っ暗なぼくの家の前を通りすぎた。「それで、サイラス・マーナーがどうなったって？」

「うん……そうね、彼はイングランドのスラム街に住んでいて、その、盗みの濡れ衣を着せられたの。親友に。それで有罪となり、婚約者は彼のもとを去ってさっきの親友と結婚した」

「なんだよそれ、すごく気分がよくなりそうな話だ。きみがデンヴィルの厳しさを忘れられる本を見つけられてよかった」

テンリーの鈴を転がしたような笑い声に胸のなかで心臓が飛びあがり、思わず彼女を見やった。この子を笑わせたことがなんとなく誇らしかった。だめだ。すごく、すごくまずい。

トレーラーハウスの前までやってきて、テンリーが立ちどまり、道路脇の木にもたれかかった。「サイラスは町を出てラヴィロウの近くの小さな村に住みついたの。隠《いん》棲者《せいしゃ》のように暮らして、世間から——神からも——隠れているように感じていた」ぼくは無意識に身を乗りだしていた。ひと言も聞きのがしたくなかった。彼女は首をかしげ、遠くを見やった。それからぼくを見て、目を大きく見開いた。「でもある冬の夜、彼の人生を一変させる——」

「テンリー！」だれかがトレーラーハウスのなかから呼んだ。テンリーとおなじ色の髪を長く伸ばした中年女性。「寒かったでしょ。早くなかに入りなさい」

「はーい、ママ」テンリーはそう返して、心配そうな顔でぼくを見た。テンリーのお母さんを見た記憶はなかった。あまりトレーラーハウスからそとに出ないのだろう。

「行かないと。またね、カイランド」そういうと、くるっとふり向いてぼくを置き去りにした。あっという間にいなくなったので、とつぜんの不在にあっけにとられ、なぜか喪失感を覚えた。ぼくはしばらくトレーラーハウスを見ていたが、やがてふり向き、冷たい風に背中を押されて、自分のうちへと向かった。

# 4

## テンリー

〈ラスティーズ〉をくびになって困ったのは——収入減、屈辱、ひもじい思いのおそれだけではなく——あそこがデンヴィルで食料品を売っている唯一の店だということだった。わたしは信念だけのために、いつもはエヴァンスリーまで十キロ歩いて買いものをすることにしているけど、きょうは土砂降りの雨で、その気になれなかった。だからプライドをのみこみ、〈ラスティーズ〉の入口をくぐった。ラスティはいやなやつだけど、わたしが払うお金を拒否することはないだろう。でもありがたいことに、カウンターのなかにいたのは妹のダスティだった。ラスティの妹の名前がダスティだなんて、あの家の遺伝子はよっぽど特別なものなのだろう。ダスティはゴシップ雑誌の〈インタッチ〉に顔をつっこんでいて、わたしが店に入ったのにこちらを見ようともしなかった。わたしはほっとため息をついた。店内を回り、必要なものをかごにぽいぽい入れていった。〈ラスティーズ〉には果物や野菜はなく、缶詰も置いてない。マーロとわたしはトレーラーハウスの奥に小さな家庭菜園をつくってトマト、エンドウ豆、スイカ、じゃがいもを育てていた。夏には数週間、菜園の野菜だけを食べつづけることもある。山に住む人々はみんな小さな家庭菜園をつくっていて、ときどきできた作物を物々交換している。お金の節約になるし……〈ラスティーズ〉で買ったものばかりでビタミンC不足の敗血症《はいけつしょう》になるのを防げる。

冬には、週に一度は雪道を歩いてエヴァンスリーまで行き、果物や野菜の缶詰を買いだめするようにしている。暖房費がかさむ冬のあいだは生野菜は高くて買えないから、三、四か月間は缶詰で我慢する。春が来て、地面から最初の芽が出るのを、マーロとわたしは歓喜に近い思いで見守る。

大きなことによって、隅でうずくまってあきらめてしまいたい気持ちになるときには、ささいなことを大切にする必要がある。

「こんにちは、ダスティ」買うものをそろえて、彼女に声をかけた。

なんの返事もなく、雑誌から目をあげることもせず、手探りで商品をつかみ、ちらっと見て、レジに値段を打ちこんでいく。

「最近はどう?」わたしはカウンターに腰をもたせて尋ねた。

ダスティはようやく雑誌から目をあげてわたしを見た。目立たない顔立ちは無表情のままだ。「なにもいいことないね」

わたしはうなずき、彼女が手にしている雑誌を指差した。「カーダシアン家はそんなことないみたい」

ダスティは目を細くして、パチンと音をたててガムを嚙み、雑誌を、そしてわたしを見た。「クロエとコートニーがハンプトンを乗っ取るんだって」

わたしはゆっくりとうなずき、舌で前歯をなぞった。「うらやましいね」

「そうよ」ダスティはいった。「ほんとうらやましい」そしてにっこりと笑い、このへんでは〝マウンテンデューの口〟と呼ばれる虫歯だらけの歯を見せた。それから、案の定、飲みかけのマウンテンデューのボトルを取ってごくごくと飲んだ。思わず身をすくめそうになったけど、こらえた。ダスティはわたしの商品を会計し、わたしはお金を払い、袋を受けとり、じゃあねといって出口に向かった。するとダスティに名前を呼ばれ、なんだろうとふり返った。

「ラスティはネズミ顔のくそ野郎だよ」彼女はいった。

わたしは目をぱちぱちさせて、首をかしげて「そうね」といった。「ほんとにそう」

ダスティはふたたび黄色と茶色の歯を見せてほほえみ、親指を立てて見せた。それからまた雑誌に顔をつっこんだ。わたしは店を出た。

家に向かって歩きはじめ、自分だけの世界にひたり、きょうはなにをしようか考えた。マーロは仕事で、それから〈アルズ〉で出会った男の人と予定がある。そういう男の人とつきあわなければいいのに。〈アルズ〉の客のほとんどは姉にふさわしくない。マーロとわたしは男嫌いになって当然なのに、わたしが男は一生いらないと決めたいっぽうで、マーロは好きでもない男をとっかえひっかえすることで、自分が主導権を握っていると思っている。

マーロは前に一度、男の人に心を開いて痛い目に遭《あ》ったことがある。

三年前、彼女はドナルドという、出張で炭鉱を訪れた若くてハンサムな会社役員と出会った。彼は一週間、毎日〈アルズ〉にやってきて姉の受けもちセクションに坐り、働く姿を眺めながら、運命の相手とかそういう話をしていた。マーロはそれで、彼が自分をわびしい暮らしから救う王子さまであるかのように思いこみ、夢中になった。ドナルドなんて名前の王子さまがいるわけないのに――あとから考えればそれが最初のヒントだった。

マーロはぴかぴかのBMWの新車にもたれて彼にキスし、彼はシカゴのコンドミニアムでいっしょに暮らそうとか、あらゆる種類の約束をした。ヴァージンだったマーロがドナルドに初めてを捧げて数分後、彼はうちのある山のふもとまで姉を送ってきて、道端でおろした。姉がシカゴのコンドミニアムの話はと訊くと、彼はあざ笑い、出っ歯のぶさいくな田舎女を連れて帰ったりしないといい放った。そしてすぐに車を急発進させ、新しい白いセーターに泥をはねあげていった。姉とわたしがエヴァンスリーまで十キロ歩いていって、〈ウォールマート〉で買ったセーターだ。そのセーターを着た姉は、自分がきれいだと感じていた。少なくともそのときまでは。その後、姉は自分がきれいだと感じられなくなり、笑うときには手で口元を隠すようになった。じつは姉の歯は少し出ているけど、ぶさいくではないし、映画スターのようなふっくらした唇を目立たせ、むしろかわいらしい。マーロらしい。

ふたりで興奮しながら〈ウォールマート〉の通路を歩き、その夜のデートがどうなるかおしゃべりして、香水のテスターを手首に吹きかけ、なけなしのお金でセーターを買ったあの日を思いだすたびに、腹がたってならない。自分たちの夢にドナルドを入れてしまったこと、一瞬でもわたしたちの希望をつぶす力を彼に与えてしまったことに。なによりも、マーロがまったくふさわしくない詐欺男に大切なものを与えてしまったことに。

マーロはその夜、泥まみれで震え、打ちのめされてトレーラーハウスに帰ってくると、ドナルドとなにがあったのかをわたしに話してくれた。姉はわたしの腕のなかで泣きじゃくり、わたしも泣いた。姉のために。自分のために。ついえた夢のために。孤独のつらさのために。わたしたちが心の奥底にいだいている、だれかがやってきて救ってくれるという希望のために。そして、そんなだれかはいないという真実のために。もちろん、わたしたちはもっと分別をもつべきだった。母の経験を知ってるのだから。でも愛の約束にはなによりも強い引力があるのかもしれない。マーロは悪くない。わたしたちは最初に父親から、男は身勝手で冷酷で、頼りにしている人間より自分を優先させる生きものだと教わった。それでもわたしは、どこかに強くて思いやりのある人がいて、その人は星空の下でわたしとダンスし、愛していると——心から——いってくれるという夢をあきらめきれないでいる。

「おい」

わたしは小さく悲鳴をあげて飛びあがり、袋をひとつ落としてしまった。食料品が地面に転がる。見あげると、カイランドだった。「おもしろがってるんでしょ?」

彼は降参するように両手をあげた。「ごめん、ごめん。ちがうよ、ほんと偶然だって。エヴァンスリーから帰ってくる途中できみが〈ラスティーズ〉から出てくるところを見かけたんだ」彼はかがんで食料品の袋を拾い、もうひとつも渡すようにと示した。一瞬、断ろうかと思ったけど、彼にはこの一週間で三度もプチ心臓発作を起こされているのだから、荷物くらい持たせてもいいやと思った。

「ふーん、そういうのが手なんだ」わたしは片方の眉を吊りあげながらいった。

袋を手渡すと彼がにやりとして、なにか奇妙にくすぐったいような感覚が胸郭《きょうかく》を伝った。わたしは顔をしかめた。

「まだもちこたえてる?」

「たいへんな努力によってよ、いっとくけど」わたしはいった。

カイランドが笑って、わたしの愚かな心臓がどきっとした。どうも、男は一生いらないという決意は当てにならない――二、三回ほほえみかけられただけで、本気でときめいてしまうのだから。正直にいえば、彼はほとんどなにもしていないのに、こんなふうになっている。まったくしゃくに障《さわ》る。

「いつもすてきなラスティはどうだった?」少ししてから、彼は店のほうを示しながら訊いた。

「ラスティはいなかった。ダスティがいたの」

「そうか、ダスティはどうだった? いつもどおり不愛想?」

わたしは噴きだしたけど、すぐにやめた。「ひどすぎ」少し考えていった。「ダスティは、いい人だよ」

彼は笑った。「わかってる。冗談だよ。つまり……ほとんどは」わたしたちはしばらく無言で歩いた。

車が近づいてくる音に気づいて左側を見ると、黒いメルセデスがゆっくりこちらにやってくるところだった。わたしはさっと目をそらし、カイランドのほうに顔を向けた。彼は眉根を寄せた。「エドワード・キーニーを知ってるのか?」

車が通りすぎるまで、ずっと彼のほうを見ていた。わたしは首を振った。「ううん、知ってるというほどではない」顔が少し赤くなるのを感じ、遠ざかる車を見送った。炭鉱で働く人三人分の年収よりも高価な車だ。カイランドにうちの家族の恥を教える必要はない。それにしてもなぜエドワード・キーニーがこの町を走っているのだろう――ここには彼の興味を引くものなんてなにもないのに。わたしにはよくわかっている。

「調査であらゆる種類の安全規則違反が見つかったんだ」カイランドはいった。その日は車の後部を見つめている。「崩落事故のあと、タイトン石炭会社は罰金を払った。罰金を」彼は苦々しい口調でくり返した。

「知ってる」わたしはいった。「聞いたことがある」彼の憤りも当然だと思った。あまりにも多くのものを失っている。わたしたちはしばらくなにも話さずに歩き、まわりの木々から聞こえてくる鳥のさえずりが沈黙を埋めた。数分後、重い空気は消え、カイランドの肩の力がぬけたようだった。

数日前カイランドがわたしのあとをつけてきた崖へと続く脇道が近づいてきたところで、彼がいった。「もうすぐ日が暮れる。ショーを観ていきましょうか、お姫さま?」彼にウインクされて、わたしのホルモンが少し不安定になる。

わたしは片足からもう片足に重心を動かした。「そうね……うちに帰ってジェット水流つきのジャクージに浸かりながらボンボンでも食べようかと思っていたけど……いいわ」

カイランドはほほえんで、湿った脇道にわたしを誘導した。「ところで」彼はいった。「もしこうやってぼくを森のなかに誘いこみ、つけこむつもりならいっておくけど、ぼくはそういう男の子じゃないよ」

わたしは鼻を鳴らした。「まさにそういう男の子でしょ」

彼が侮辱されたふりをして、うしろをふり向いたので、おかしくなった。「それにそっちがわたしを誘いこんでるんだよ。あなたの提案なんだから」

彼は今度はちらっとわたしを見て、そのうぬぼれたほほえみをほんの少し翳《かげ》らせた。「ぼくを信用していい」

わたしは笑った。「無理」でもふたりで歩きながら、わたしは考えていた——カイランドは女の子に不自由することはなさそうだった。それならわたしとなにをしているのだろう？　どうしてわたしの行く先々にあらわれるの？

わたしたちは森をぬけて、このあいだの岩に腰をおろし、カイランドは食料品の入った袋も岩の上に置いた。岩はほとんど乾いていた。

しばらくそこに坐って、まるで空が燃えているかのように霧の上一面が薔薇色《ばらいろ》とオレンジ色に染まる夕焼けを見つめた。ふれあっている彼の太ももが熱い。空気のなかにはまだ雨のにおいがして、まわりの木々についた雨粒がきらきらと光っている。

　数分前には冗談をいって笑っていたのに、ふいにまた、わたしたちのあいだの空気が変わった。カイランドを見ると、彼の顔は張りつめていた。こんなふうにとつぜん思いに沈んでいるとき、いったいなにを考えているんだろう？

「そういえば、サイラスってやつが人生を変えるなにを見つけたのか、きみは教えてくれなかった」ようやく彼がいった。

　わたしは横目で彼を見た。わたしの答えなんてどうでもいいかのように、まっすぐ前を見つめたままだ。

「自分で読んでみれば？」わたしはいった。

「ふん。なにを好きこのんで。だれかの悲惨な人生の物語を読むなんて」

「それならどうしてわたしに訊くの？」

「ただ会話してるだけだよ」

「ああ、そうか」わたしは片方の眉を吊りあげた。

　しばらくの沈黙のあとで、わたしは訊いた。「それで、どの大学に願書を出したの？」わたしとおなじく、奨学金の申請をするつもりなら、もうどこかの大学に願書を出しているはずだ。

「東海岸の大学にいくつか」彼は空を見つめたままいった。そしてわたしのほうを見て、続けた。「ニューヨークかその周辺の大学ばかり。昔からずっと感じているんだ……」正しい言葉を探すように、言葉を切った。「自分はなにかを成すために生まれてきたのだと。なにかを」話しているうちに声が活気づき、彼はとつぜん照れたように見えた。「きみは？」

わたしは咳払いした。「この近くの二校とカリフォルニアの二校に出した」

彼がわたしを見た。「カリフォルニア？」

わたしは肩をすくめた。「ずっと海を見たいと思ってたから」

カイランドはわたしを見つめていたが、しばらくしてかすかにうなずいた。「そうか」それだけいった。わたしも彼を見て、その唇に目を落とすと、なにか――目には見えない、それでもたしかにそこにあるもの――が空気のなかで発火した。わたしには感じられたし、カイランドもたしかに感じていた。少し驚いた様子でわかった。彼は坐り直した。わたしはほおが熱くなり、自分がちゃんと呼吸できなくなっているのに気づいた。カイランドの表情には、真剣な、ほとんど苦痛のようなものがあった。彼が少しそばに来て――こんなに近づくと、日焼けした鼻の上に薄いそばかすが散っているのがわかる。まるで彼の子供時代が肌のすぐ下に残っているかのようだ。そして灰色の虹彩《こうさい》の縁《ふち》は淡い青で、まるではるか彼方《かなた》の晴れた日のような色だった。

「カイランド――」

「テンリー」彼が近づいてきて、その息が感じられそうだった。声が張りつめている。彼のにおいを吸いこみ、震えが背骨を駆けおりる。きれいな松の香りの山の空気と、たぶん彼だけのなにか――親しく、ひそかにわたしにささやきかけてくるなにかのにおいがした。分析しなくても直観でわかる。わたしは目をぱちぱちした。また彼の唇をちらっと見る。なんてすてきな唇なんだろう。すごくやわらかそう。ほんとうにやわらかいのだろうか？　心臓が胸のなかで早鐘《はやがね》を打ち、彼がキスしてくれるのを待った。カイランドが一センチ近づき、わたしは息をとめた。

「だれかにキスされたことは、テンリー？」かすれた声でそういいながら、手でわたしの頭をつつみ、指を髪に差しいれる。

「ないわ」ささやいた。からだが彼のほうに傾く。ないけど、キスされたかった。どうしても。わたしは期待で酔っぱらったようになっていた。キスしながらからだにもさわる？　彼の手がわたしのからだを愛撫《あいぶ》し、服の下にも？　電気ショックのようなものが太ももを伝い、脚のあいだにとまった。

わたしはこんなに彼のことが好き。優しくて、でもリードしてくれる。血が勢いよく血管を駆けめぐる。

彼は数秒間わたしの目をじっと見て、ぎゅっと目をつぶったかと思うと、からだを引いた。わたしは大きく息を吐き、彼のほうによろけそうになってなんとかこらえ、からだを戻した。

カイランドは立ちあがり、背中を向けて、荒い息をした。「ファーストキスをぼくとするべきじゃない」

いったい……？

わたしは唖然《あぜん》として目をしばたたかせた。顔をひっぱたかれるのとおなじくらいびっくりして。喉の奥から息を吐き、両腕でからだを抱きかかえた。

カイランドは眉間にしわを寄せてわたしを見た。「どうしてだれともキスしなかったんだ？」

わたしは肩をすくめた。からだが熱く、肌がぴりぴりしている。あごをあげた。

「いままでキスしたいと思った人がいなかったから」わたしは平静を装っていった。でもじっさい、それはほぼ真実だった。

「ぼくとはキスしたいと思っている？」

わたしはあきれて鼻を鳴らした。

なんてうぬぼれ屋なの。

この人、わたしにキスしないだけではなく――気まずく恥ずかしい思いまでさせようというの？ これこそ、わたしが一生男はいらないと誓った理由だ。「もう思ってない」立ちあがり、食料品の袋を拾いあげて、彼の脇をすりぬけようとした。でも手をつかまれて、引き留められた。わたしはさっとふり向いた。「離して」いらだった声でいう。「あなたのいうとおりよ。あなたとキスしたいなんて思わない。遠くの大学に行って、本物の男の人とキスすることにする。自分のことをケンタッキーの女の子たちへの神さまの贈り物だと考えているようなばかな山地住民《ヒルビリー》ではなく」

　わたしの手を放したカイランドは、ひどく憤慨しているように見えた。「そんなこと考えてないよ」

　わたしは荒く息を吐き、歩きつづけた。全身がほてり、震えていた。深いところで傷つき失望したのを打ち消そうとしたけど、だめだった。「よかった、だってそんなことないから。あなたはほかの男とおなじよ、カイランド・バレット」わたしはいい捨て、急いで道路に出てうちまでずっと速足で歩いた。カイランドがついてきているかどうか知らなかったし、そんなのどうでもいいと自分にいい聞かせながら。

# 5

## テンリー

翌週、風の吹きすさぶ日曜日、わたしはマーロといっしょに山をおりた。姉は仕事、わたしの行先はデンヴィル図書館だった。

「あまり長居しないようにね」別れ際にマーロがいった。

「わかってる。本をいくつか借りるだけだから」わたしたちはできるだけ、トレーラーハウスに母をひとりにしないようにしていた。ちゃんと薬をのんでいればなにも短絡的なことはしないけど、ちゃんと服薬しているかどうか、確かめようがない。無理やりのませるわけにもいかないし、薬を数えるのはうまくいかなかった。母は自分が薬をやめようと決めたら、薬を隠すくらいはする。いずれにしても、母は繊細なんだろうと思う。目が覚めているあいだは、ひとりきりにされるのを嫌がる。疲れるけど、わたしたちに配られた手がそうなんだから、するべきことをするだけだ。ほかに選択肢はない。

よく考えるのは、子供の面倒を見てくれる親がいるってどんな感じなんだろうということだ。いまのようにその反対ではなく。

大通りの歩道に入ったところで、うつむいて手にした電話を見ている男の人がこちらに歩いてきた。「やだ！　引き返すよ！」マーロが小声でいった。

「え？」

そのとき男の人が目をあげた。「失礼」わたしの肩をかすめて、大きく左側によけた。「あれ、なんだ。テンリーだよね？」

マーロが小さくうめき声をあげるのが聞こえた。「ええ、こんにちは、ドクター・ノラン」マーロをちらっと見ると、かすかなつくり笑いを浮かべていた。これまでドクター・ノランに会ったことはなかったけど、何度か見かけていたし、エヴァンスリーにクリニックを開いた歯科医だということは知っていた。アパラチアのマウンテンデューによるむし歯を撲滅《ぼくめつ》しようという、英雄的な試みに乗りだしているらしい。何人かの笑顔を明るくできるかもしれない。わたしも哺乳瓶から清涼飲料を飲んでいる赤ん坊を見るたびに、内心ぞっとする。いうまでもなく、たびたびぞっとしている。それに彼の患者の多くは、診察料を払うにしても、お金の代わりに自家製酒を置いていくらしい。それでも彼は町を出ていかない。それに驚くほどいつもしらふだそうだ。

わたしがドクター・ノランについて知っているもうひとつは、数か月前、ある土曜日の午後に彼が〈アルズ〉にビールを飲みにきて、マーロと一夜の関係をもったということだ。

そしてマーロは、それ以来ずっと彼を無視している。

「サムでいいよ」彼はそういって、わたしから目を離し、マーロを見た。「やあ、マーロ。調子はどう?」サムは眼鏡を押しあげた。正直いって、彼にはクラーク・ケント風の魅力がある。髪をかっちり分けて、黒縁の眼鏡をかけ、喉元までしっかりシャツのボタンを留めている。それでもハンサムだし、健康そうだ。わたしはマーロをちらっと見た。

「こんにちは、サム。いい調子よ。あなたはどう?」そういって満面の笑みを浮かべたが、それは完全につくりものだった。

男の人もうっとりすることがあるなら、いまのサムがそうだ。「ああ、悪くないよ。そうだ、何度か〈アルズ〉に寄ったんだけど、きみがいなくて」ほお骨のあたりが赤くなっている。ほほえましい。

わたしはマーロににやりと笑った。

「そう、お会いできなくて残念だったわ。お仕事はお忙しいんでしょうね」マーロはゆっくりと、大げさなほど敬語で話している。わたしは目を細くして、姉の表情を読もうとした。

「ああ、ええと、そうだね、患者さんがどっさり来る」気まずい沈黙が落ち、サムがあわてて話をつないだ。「アパラチアのむし歯は本物の疫病《えきびょう》だよ」彼はマーロとわたしを交互に見た。「もちろん、きみたちの歯はきれいだ。よく手入れしているんだろう。口腔衛生は……きっとフロスもがんばってるんだろうね、いいことだよ。だが問題は清涼飲料水なんだ。このへんではポップと呼ばれているね。それに偏った食生活も、いうまでもなく……」彼はこの話に苦痛を覚えているように顔をしかめた。

わたしは笑いをこらえた。「たしかにそうですね。あなたのお仕事はすばらしいと思います」

サムは首を振った。「いや、そんなことはない。だれよりもぼくが恩恵を受けているんだ。むし歯だらけで来院した十二歳の男の子のきれいな笑顔が見られるのは、なんともいえない気持ちだよ。自分にだれかの人生を変える力があるのだと思うと」彼の目は輝き、その声に昂りが感じられた。「ほかのものとは比べものにならない」自分の仕事に熱意をもっている。ほほえましい。

「ご出身はどちらですか、サム？　訛《なま》りがあるような」

彼は笑った。「フロリダ出身だよ。ぼくから見れば、きみたちに訛りがあるんだが」ちらっとマーロを見る。「すごくいいと思う」

うわあ。

マーロを見たけど、姉はなにも感じていないようだった。「そろそろ仕事に行かないと。ごきげんよう、サム。テンリー、行ってくるね」

「ああ、これから仕事なのかい？」サムが尋ねた。「それなら、車で送っていくよ。どうせエヴァンスリーに帰るところなんだ。この地域の家に、よければ無料診察すると書いたカードを配ってきて……」

姉がためらっていたので、わたしが口をはさんだ。「すごい偶然！　ついてたね、マーロ。じゃあうちで待ってるから」

姉はびっくりした目でわたしを見て、それからサムにほほえみかけた。「そうね、助かるわ。ありがとう、サム」

ふたりはサムの車へと向かった。サムはわたしに手を振り、マーロは「あとで話があるからね」という目でわたしを見た。わたしは図書館へと向かいながら、くすくすひとり笑いを洩らした。マーロはサムを好きにならないように一生懸命なのか、それともほんとうに彼のことが好きじゃないのか。たぶん前者だろう。マーロがほんとうに興味のない男の人といっしょにいるところを見たことがある。あんな態度ではなかった。それにサムの前では口元を隠していない。それがすごくいいと思った——サムはマーロに自分がきれいだと感じさせてくれているということだもの。

図書館の入口のドアを開いた。図書館といっても、本が詰まった本棚がいくつかあるだけの小さな小屋だ。ここは数年前、うちの高校のある教師が基金をつくり、人々の寄付を募って設立された。予算は少なく、新しい本はあまり購入されないけど、ないよりはずっといい。それにいつも貸し切りだった。だからだれかが奥の壁沿いの本棚の前に立って本の頁をぱらぱらめくっているのを見て、びっくりした。

そっと近づいていくと、カイランドだった。ばかカイランド。広い背中と、うなじのところでカールしているキャラメルブラウン色の髪は見間違えようがなかった。本を本棚に戻しているところのようだった。咳払いすると、彼はぱっとふり向いた。本を手にしたまま。彼の驚いた顔から視線を落とし、本のタイトルを見た。『ラヴィロウの機織り』。

わたしは腰を棚にもたせて、重ね着をしたセーターの前で腕を組んだ。彼をじっと見つめながら、よろこびが全身に広がるのを感じた。これはこれは。

カイランドは眉根を寄せてわたしを見つめ、うしろの棚に寄りかかり、下唇を噛んだ。わたしたちはそうして一分間くらい、奇妙な膠着状態《こうちゃくじょうたい》でにらみあっていた。もっともここで腹を立てているのはわたしだけだった。「女の子。彼が冬の夜に見つけたのは女の子だった。雪のなかに捨てられていた」彼がいった。

わたしはゆっくりとうなずき、彼の顔、彼の髪を眺めた。こんな無造作にハンサムだなんて。わたしたちの目が合う。「その子が彼の人生に意味をもたらしたのよ。彼はこれまで感じたことがないような生きる実感を覚えた」

カイランドはまだわたしをじっと見ている。「それから彼は故郷を離れたあとで貯めた全財産を失った」

わたしは肩をすくめた。「そう、でもそれは大事じゃない。エピーを見つけてから彼は一度もお金のことは気にしなかった。エピーが彼の最大の財産になったから。エピーが彼のさびしい人生に目的をあたえたから」

カイランドの目の奥でなにかが動いた。ゆっくりふり向くと本をもとあった場所に戻した。たぶん先週、借りたのだろう――わたしたちが本の話をして、わたしが本を返したあとで。カイランドがわたしのほうを見た。

「別の本を借りていくの?」わたしは尋ねた。

彼は首を振った。「いや」短く、きっぱりといった。

わたしは自分の読み終わった本を返すために彼のそばに行った。『青い眼が欲しい』。本をもとあった場所に戻すため、カイランドのほうに身を乗りだした。彼はわたしが近づいてもどかなかった。

咳払いした。「まあ、わたしが思ってたような無学なヒルビリーではないと証明しようとしたのなら、それは――」

「テンリー」かすれた声に、わたしはさっと彼の目を見た。言葉は途中でとまった。カイランドの表情にはなにか硬質の決然としたものがあった。空気が張りつめ、濃くなったように感じる。わたしたちは黙ってそこに立ち、カイランドは口を一文字に結んでいる。彼が近づいてきて、わたしの心臓は激しく打ち、息が途切れた。やっぱり彼はすてきだ。わたしはその肌のにおいを吸いこんだ。清潔で、男性的で、かすかに塩も交じっている。口を開いて周囲の空気を吸いこみ、舌で彼のにおいを感じたかった。胸がどきどきして、一瞬、ぱちぱちとまばたきした。彼はじっとわたしを見つめて、わたしのしぐさを読みとり、その顔は……怒っている？　真剣だった。わたしは背筋を伸ばしてあごをあげた。なにが起きているのかわからなかったけれど、これから引きさがる気はなかった。これがなんであれ。

カイランドがわたしにのしかかるようにして、その顔がわたしの顔のすぐ上に来た。彼を見あげた。血液が全身を駆けめぐる。「ぼくはこの町を出ていくんだ、テンリー。とめるものはなにもない。きみも、ほかのなにも。ほかのだれも。わかったか？」その声はこわばり、その目は熱を帯び、怒っていた。

わたしは鋭く息を吐き、心臓の高鳴りを抑えようとした。彼にここにいてほしいとは思わない。どんな理由でもわたしに借りがあるとも思ってほしくない。でもキスしてほしい。いまここで。わたしは彼の唇を見て、はっと息を吐いた。カイランドは息が詰まったようなうめき声をあげ、唇をわたしの唇のすぐ上に近づけた。「出ていくときには、ここでのことは置いていく。この土地のすべてを。きみのことも」

そうして当然だ。わたしは彼にとってなんでもない。

「わかった」わたしはあえぐようにいった。彼は一瞬動きをとめ、燃えるような目で見つめた。そして叩きつけるように唇を重ねた。両手でわたしの顔をつつみ、髪に指をくぐらせ、舌でわたしの口のなかに押し入った。全身が燃えあがりそう。両腕を彼の首に回してその硬いからだに自分を押しつけて密着させた。彼は苦しそうな声でうめき、両手でわたしの頭を傾け、舌をもっと深く差しいれてきた。わたしも声を洩らし、舌で彼の舌と踊り、戯《たわむ》れ、味わった。わたしは唇を離して息をつぎ、彼はわたしの喉をついばみ、キスしながら上に移動した。「そうよ、ああカイランド、やめないで」懇願。その場で床に寝かされ、抱かれてもよかった。そうしてほしいという一歩手前だった。脚のあいだがずきずきして、欲望に脈打つ。胸が重たく感じられ、ひりひりする。

彼の唇がふたたびわたしの唇に戻り、舌を押しいれては引きだす。まるでわたしに飢えているかのようだ。すごく感じる。ずっとキスしてほしかった。永遠に終わってほしくなかった。

とつぜんカイランドはわたしからからだを引きはがして、一歩さがった。息を荒らげ、ぼうっとして、なぜかまだ怒っているように見える。興奮している証拠にジーンズが突っぱっていた。「くそっ、テンリー。なにをしてるんだ？」

ほんの少し前に一瞬で燃えあがった血がまた一瞬で冷たくなり、わたしは信じられない思いで目を瞠り、カイランドを見た。「なにを……わたしがなにをしているかって？」

　そしてカイランドは踵を返してデンヴィル公共図書館から出ていき、わたしはひとり混乱したまま取り残された。唇と心をずきずきさせて。

　またこんなふうに彼に振りまわされて！　あの人どうかしてるんじゃない？　わたしもどうかしてるんじゃない？　わたしはうしろの棚に寄りかかり、二度とカイランド・バレットに屈辱を味わわされないと誓った。ここを出ていこうと計画しているのは彼だけじゃない。どうして彼になんか気づいてしまったんだろう？　ああもう、大嫌い。

＊＊＊

　大嫌いな人のことを昼も夜も考えたりしないのではないか。わたしはそんな疑いをいだいていた。

まったく。

でも次の一週間、わたしはカイランド・バレットを避けまくった。学校で廊下の先に彼がいるのに気づいたときは、引き返してそばに近づかないようにした。別のときには教室の窓からそとを見たとき、彼がシェリー・ギャルヴィンといっしょに歩いているのを見かけた。すぐに目をそらし、嫉妬でいっぱいになった。腹立ちと動揺《どうよう》で胸が痛んだ。彼女には平気でキスしたくせに。

やっぱり、このへんの男は避けるべきだ——お金持ちの女たらしか粗野なろくでなしのどちらかしかいない。カイランドはちがうと思っていたけど、そんなことはなかった。わたしが彼に惹《ひ》かれていると知ってて、わざと傷つけた。もう二度とそんなことはさせない。彼に遊ばれて幸せだという女の子がたくさんいるみたいだし。カイランドがさびしさのあまり死ぬようなことはない。さっき見かけたのがその証拠だ。でもわたしは席に坐ったままエンピツの端を齧《かじ》り、彼のことが頭から離れなかった。まったく——わたしは彼のことを好きだったのに。トレーラーハウスの狭いソファーに横になって、彼のことを考えながら、眠りに落ちていた。夕焼けを見たときのように彼がわたしを見つめる夢を見た。彼がわたしを愛撫し、キスし、セックスをする夢も見た。シャツを脱いだ彼の温かい日焼けした肌に指を滑らせる夢も見た……頭では夢見るのはやめなければとわかっていたのに、そういうことを考えるだけで電気ショックのような刺激を心に感じた。やめなさい、テンリー、いますぐに。ばかな子ね。ばかな、愚かな子。

〝一生男はいらない計画〟を公式に復活させた。

学校が終わると、通学路でカイランドと会わないように、図書館に寄った。彼はもう本を借りないといっていたから、ここなら安全だった。それにわたしは図書館が好きだった。ここはわたし専用のオフィスのようなものだった。奥の小さな机の席に坐り、宿題を広げてもだれにもじゃまされない。わたし以外のこの町の人たちはあまり読書好きではないから。それにここの机は、うちにある引き出し式の小テーブルよりもずっといい。なにしろあれは、字を書こうとするたびに軋《きし》む。

うちから五百メートルほどの図書館へと向かうと、十二月初めの空気のなか、吐く息が白くなった。わたしは急いでなかに入り、ドアを閉めて、かすかに黴《かび》くさい空気を吸いこんだ。暖房はないけど、そとよりは暖かいし、すき間風のひどいうちのトレーラーハウスよりずっとましだ。わたしは奥のテーブルに自分のものを広げて、宿題を始めた。じっくり時間をかけて取り組んだのは、ひとりの時間が心地よくて、まだ帰りたくなかったからだ。

新しい本を借りないと。わたしは本を探すために立ちあがり、『青い眼が欲しい』から小さな紙がはみ出しているのに気づいた。カイランドにキスされる前に返した本だ。子供じみてると思ったけど、わたしは静かな部屋でむかついた声を出した——そうするのが気分よかったから——そして本に手を伸ばした。細い紙を取りだし、小さな斜めの文字を見て、心臓がどきっとした。

ぼくがいままで読んだ本のなかでも、最高に暗い本のひとつだ。希望のかけらもない。近くの崖から身を投げたくなった。——KB

わたしはひと息置いて、何度も読み返した。KB。カイランド・バレット。ふざけてるの？　怒りがこみあげてきたわたしは坐って返事を書きはじめた。

無教養な田舎者にはこの本の本当のテーマはわからないでしょう。それは、だれでも心のなかに対話をかかえていて、それに囚《とら》われることも解放されることもあるということ。崖といえば、〈デッド・マンズ・ブラフ〉をお勧めする——名前だけでもあなたの目的にぴったり。それに、あのあたりではいちばん高くて底には険しい岩が並んでいるから、ほぼ間違いなく死ねるよ。——TF

わたしは小さくほくそ笑み、少し本から飛びだすようにその紙をはさんだ。それから自分の読む本を探した。とびきり暗く、心をかき乱すような本を。『ブライトン・ロック』を棚から取りだし、すき間をそのままにしておいた。

二日後、わたしはその本を返し、その三日後に図書館に行くと、本の上から紙の端が出ているのが見えた。

おもしろかった。とくに登場人物のピンキーに感心した。――KB

わたしは喉の奥で不愉快な音を出し、すぐに書きはじめた。

悪党でソシオパスで、彼を愛する美しく善良な娘を残酷に破滅させたギャングのリーダーに感心するのは、真に頭のいかれた人間だけよ。〈デッド・マンズ・ブラフ〉はどうなったの？――TF

わたしは本棚をざっと眺め、暗いだけでなくおぞましい本を探した。

五日後、『ザ・ロード』。

終末後の世界を描く刺激的な物語……サバイバル……人肉食……掩蔽壕《えんぺいごう》。男ならだれでも貪り読む！——ＫＢ

わたしは顔をしかめた。

「貪《むさぼ》る」という言葉でなにを指しているかわかった。あなた、ほんとにいかれてる。——ＴＦ

わたしは熱心に本を探し、ほぼ間違いなく、これまで書かれたなかでもっとも陰鬱な本を選んだ。

四日後、『ベル・ジャー』。

やるね。きみの狙いはわかってる。——ＫＢ

わたしは思わず笑った。まったく、怒りにしがみつこうとしたのに、彼のくだらないメモに思わずほほえんでいる。でもそのほほえみは、ゆっくりと消えた。わたしはまた別の本を探して本棚を眺めながら、ある種の憂鬱に孤独な心を締めつけられた。わたしは頭をそらして本棚を見あげ、唇を噛んだ。わたしは彼を好きだった。でもなんの意味があるだろう？　彼はなぜ、わたしをかまっておもしろがっているのだろう？　わからない。でも自分に関心のない男に夢中になった女がどうなるのかは知っている。わたしはそうはなりたくない。ぜったいに。このままのほうがいい。このゲームを進めるのはやめよう。続ければ希望をもつようになるけど、カイランドの場合、希望はもてない。わたしはため息をついて荷物をまとめ、図書館を出ると、寒風を避けるようにうつむきながら、坂道を登った。

# 6

## カイランド

　翌週は毎朝、あの小さな図書館に通ったが、もうぼく宛てのメモはなかった。どうでもいいと自分にいい聞かせようとした――ただの気晴らしだったし、じっさい本はおもしろかった。幾晩か、さびしい夜の無聊《ぶりょう》を慰《なぐさ》めてくれた。だが本心は、テンリーがメモの交換をやめたことにがっかりしていた。たぶんまだぼくに怒っているのだろう。キスするなんてばかなことをした。かすかに彼女が残っているような気がして、指で唇にふれてみる。たまらなくいい味だった。想像していた以上に。からだを離すのは一苦労だったし、以来毎晩あのキスを夢に見ている。だがもう二度としない。したいけれども。自分がけっして返せないものを彼女から奪うことはしない……テンリーの人生はただでさえ多くを奪われている。その純粋さまでぼくに奪われる必要はない――間違った期待をもたせて、町を出るときに見捨てていくなんてことはしたくない。彼女はそんな目に遭《あ》うべきじゃない。それにぼく自身が、ケンタッキー州デンヴィルになんのつながりももたないと決めている。ここを出て、もう二度とふり返らない——あらゆる意味で。大学の寮からラブレターを送ってほしがるような女の子たちとなんのつながりもつくりたくない。町を出るまでも、出てからも、たくさんの女の子とキスするつもりだけど、そのなかにテンリー・ファリンはいない。そうでなければならない。

ぼくは図書館を出て、ドアをしっかり閉めた。

「あら、カイじゃない」声をかけられたのは、うちに帰ろうと、両手をポケットにつっこんで歩いていたときだった。最近何度か降った雪が残り、今朝は身を切るような寒さなのに、うっかり手袋をしてくるのを忘れた。

ふり返るとシェリーだった。「おはよ」ぼくはいった。

彼女はにっこり笑って速足で追いつくと、ぼくのひじに腕を通した。ぐっと引きよせられる。「ううっ、今朝は寒いね」

ぼくはうなずき、彼女をふり払いたいと思ったがこらえた。シェリーとぼくはどちらかがその気になればいちゃついている仲だ。この関係は十五歳からずっと続いている。ぼくは気軽な関係だと思っているし、向こうもたぶんそうだ。だがぼくがほかの女の子といっしょにいるのは、おもしろくないらしい。ひそかにぼくは、シェリーに恋人ができて、ぼくとのじゃれ合いを卒業することを願っていた。つまらなくなってきたからだ。でもシェリーはぼくとおなじく、気軽な関係のほうがいいらしい。それにシェリーは、ぼくのもうひとつの条件にも合っている。彼女は山の地区に住んでいない。貧しいけど、絶望的な貧しさではない。テンリーほど貧しくはない。そう思った瞬間、胸が締めつけられ、歯を食いしばった。ぼくには自分以外のだれかの心配をする余裕はない。

「どこに行くんだ?」ぼくは尋ねた。

シェリーは上目遣いにぼくを見あげた。「お祖母《ばあ》ちゃんが買い忘れた夕食の材料を、〈ラスティーズ〉に買いにいくところ。でも……」彼女は誘うようにぼくを見つめた。「帰るのが少し遅くなっても、だれも気がつかないと思う」

「ぼくはうちに帰るよ、シェリー。母さんが待ってる」嘘だった。

彼女はがっかりした顔をした。「そう、それならいいわ。そうだ、夜、学校のお芝居にいっしょに行かない? 『クリスマス・キャロル』をやるんだって」彼女はにこっと笑った。シェリーは家から出るのが好きだった。父親と兄四人と暮らしている。母親は彼女が小さいときに亡くなった。自分の家を動物園のようだとこぼしているが、ぼくにはそれほど悪いことだとは思えなかった――少なくともだれもさびしい思いはしないだろう。

「もうクリスマスだっけ？」ぼくは訊いた。もちろんクリスマスだということはわかっていた。大嫌いだ。毎年この時期には憂鬱にさいなまれるが、今年はここまで、読書とテンリーとのささやかなブッククラブで救われていた。だがもうそれはない。テンリー。やめろ、カイランド。テンリーのことは考えるな。

シェリーの肩に腕を回して、抱きよせた。彼女がほほえんで見あげる。「きょうは二十四日だよ、カイ。二日前から冬休みもはじまってる……気がつかなかったの？」

ぼくはため息をついた。「気がついてるよ。冗談をいっただけだ」それに考えてみれば、夜、外出するのは悪くないと思えてきた。いつも幕間《まくま》には軽食も出る。クッキーやカップケーキよりしっかりしたものもあるかもしれない。去年はソーセージ入りのパイがあった……。

「そうだな、いいよ、いっしょに芝居を観にいこう。楽しそうだ」ぼくたちは〈ラスティーズ〉の前でとまった。

「よかった！　兄さんたちも行くって。だから、現地集合ね」シェリーはぎゅっと抱きついてきた。「あなたがそのあともあいてるなら……」彼女はほのめかし、ぼくから離れると投げキスをして店に入っていった。

＊＊＊

学校前でシェリーと合流した。雪のなかを歩いてきたのでブーツが濡れてしまった。足踏みして雪を落とし、手櫛《てぐし》で髪についた雪を払うと、シェリーがぼくを見あげて震えるふりをした。「寒ーい！」赤いウールのコートをからだに巻きつけ、「温めて」といいながら腕にしがみつき、からだを押しつけてきた。彼女の強いヴァニラの香りが鼻孔《びこう》に満ちる。

暖かいロビーに入ると、真ん中に装飾されたツリーが置かれていた。学校はクリスマスのこの芝居に力を入れている。おそらく、その多くが石炭会社の管理職であるエヴァンスリー地区の保護者たちも来るからだろう。見回すとすでに何人かいた。ぶ厚いコートと毛皮の縁取りつきのブーツや帽子が目印だ。ぼくはシェリーに手を取られて講堂のなかに入り、真ん中へんの空席へと向かった。人々のざわめき――おしゃべりや笑い声――が低く響き、室内は暗く暖かかった。そのとき、寒いなかを歩いてきてよかったと思った。幕間に出される軽食が待ち遠しい――今月は厳しかった。死なない程度に暖房することが食べることとおなじくらい重要だった。子供のころは、高速道路の盛土から石炭を削りとっていたが、それは違法だし、しかもひじょうに目立つ違法行為だ。そんな危険をおかす価値はない。あと少しで、いままで努力してきた目標がすべて実現できる……もうすぐだ。ぼくたちはすでに坐っている人たちの脇を通って、シェリーが選んだ席にたどり着いた。

席に着くと、シェリーは上着を脱いで椅子の背にもたれ、ぼくの手を取って満足げにため息をついた。シェリーのほうを見ると、彼女の隣に坐っていたテンリーと目が合った。軽く驚き、すぐに自分の顔がゆるむのを感じた。「テンリー」そういって身を乗りだし、なにか安堵《あんど》のようなものが胸に広がるのを感じた。まるでずっと彼女に会えるときを待っていたかのように。そうなのか？　テンリーは少し動揺したようだったが、なにもいわず、ひざの上でぼくの手とシェリーの手が握られているのを見た。悪いところを見つかったかのようにあわてて手を放し、シェリーがけげんそうな顔でこちらを見た。自分の隣に坐るテンリーとぼくを交互に見て、ますます顔をしかめた。照明が落ちた瞬間、シェリーがふたたびぼくの手をつかんだ。ぼくは椅子に深く腰掛けた。鼓動が速い。落ち着かず、そわそわした気分だったが、自分でもその理由はわからなかった。テンリーとぼくのあいだにはなにもない……あるとすれば友情だ。じつをいえば、シエリーとぼくの関係もおなじだ。シェリーとのほうがつきあいが親密だとしても。それなのになぜ、テンリーに悪いことをしてしまったように感じるのだろう？　なぜ急にうしろめたさを覚え、すぐ隣に彼女がいることで気が散っているのだろう？　なぜ、彼女に釈明しなければならないと感じるんだ？

劇が始まったが、ぼくは台詞《せりふ》ひとつ聞いていなかった。横目でテンリーを見ようとしたが、彼女は椅子に深く腰掛け、シェリーのからだがじゃまをして見えない。ぼくたちの近くの通路で子供が泣きだしたときにちらっと見えたが、テンリーはこわばった姿勢でまっすぐ前を見ていた。

シェリーがうしろにかけていたコートを取って、自分のひざの上と、ぼくにも一部かかるように広げた。ぼくは股間に彼女の手を感じて、かすかにびくっとした。シェリーは手のひらでぼくのものをつつみ、ジーンズの上からぎゅっと握った。そのあいだも前を向いたまま、口元にほほえみを浮かべている。ぼくはコートの下に手を入れ、彼女の手を引きはがしてコートの上に置いた。シェリーはぼくを見て眉を吊りあげたが、ぼくはあごの動きで舞台を示した。どういう意味か、自分でもよくわからなかった。

テンリーを見ると、顔を舞台に向けたまま、視界の端でぼくたちのひざにかかるシェリーのコートを見ていた。さっきぼくたちがこの下で手を動かしていた場所だ。咳払いすると、暗い講堂のなかで彼女がぼくの目をさっと見た。唇を開き、目を瞠って。すぐにまた前を向いて、ぼくを無視した。

シェリーはコートの上でぼくの手を取り、親指で円を描くようになでた。緊張して落ち着けないまま、劇の前半が終わった。劇に集中しようとしたが、無理だった。テンリーのことをひどく意識していた。彼女はまるで磁石で、ぼくにはそれに引きつけられ、ほかにはなにも感じられなかった。

照明が点《つ》いて幕間が合図され、とにかくほっとした。ぼくは立ちあがり、シェリーの隣の席のテンリーを見たが、彼女はすでに背を向け、反対側から通路に出て、ロビーに向かう人ごみに加わっていた。

ぼくもこちらの通路に出て、人々についてロビーに向かった。シェリーはすぐうしろにいて、きょろきょろとあたりを見回し、ロビーに出たときにはぼくの前の人々の頭越しになにかを見ていた。

シェリーがなにかいったが、ぼくは聞いていなかった。

コーヒーの香りと甘いにおいが漂い、ぼくはシェリーにひっぱられてテーブルに続く列に並んだ。「おなか減ってる？」彼女が訊いた。

いつも。だがいま欲しいのは食べものじゃない。それは……言葉にできないなにかだ。

ぼくはシェリーにうなずき、列に並びながら周囲を見渡した。

とつぜん、出入口のドアが開き、戸口に女が立っていた。髪は雪で真っ白になり、濡れた服だけで上着はなく、薄汚れたなにかのたすきを肩から斜めにかけている。目をしばたたいてよく見た。嘘だろ。テンリーのお母さんだ。まるで頭のいかれた、溺《おぼ》れかけの鼠《ねずみ》のようだ。濡れた服がからだに貼りつき、とがったピンク色の乳首と股間のしげみが透けて見える。ぼくは気が滅入《めい》った。

彼女はがたがた震えていたが、人々を見るとすぐに温まったようで、晴れやかな笑顔を浮かべて背筋を伸ばし、人々が会話を中断し、とまどった表情で見つめるなか、堂々とした足取りでロビーに入ってきた。なかにはくすくす笑っている子供もいた。

ぼくは必死にテンリーを目で探した。これから起きるであろうことから守ってやらないと。それ以外なにも考えられず、全身が熱く、落ち着かなかった。

「エディー」テンリーの母親はうたうような声でいい、ロビーの奥にいるだれかに近づいていった。「エディー、ダーリン。遅くなってごめんなさい」ふり向くと、立ちすくむテンリーが見えた。おののき、愕然《がくぜん》としている。その視線の先には、エドワード・キーニーがいた。タイトン石炭会社の採掘事業担当副社長で、タイトン石炭奨学金の運営責任者でもある。ぼくは歯を食いしばった。

くそっ。そういうことか。

彼は近づいてくるテンリーの母親を、大きく見開いた目で見つめていた。その顔には純粋であからさまな嫌悪が浮かんでいる。彼の隣にいる妻は、小さな声で「なんてこと」といい、十歳くらいの女の子を自分に引きよせた。彼女の口調はきわめて不快そうだった。

とつぜんまたドアが開き、だれもがそちらに顔を向けると、テンリーのお姉さんが飛びこんできた。母親とおなじく、雪用の服装をしてなくて、びしょ濡れだ。ぼくがテンリーのところに行こうとしたとき、彼女が大声でいった。「お母さん！　こっちに来て」そちらを見ると、ばつが悪そうに笑ってまわりを見回し、このひどく気まずい公然の醜態にもできるだけ普通にふるまおうとしている。

だれかに手をひっぱられ、ふり向くとシェリーだった。ぼくはその手を振りほどき、テンリーのほうを見た。

テンリーの母親は、混乱したほほえみを浮かべてふり向き、娘に気がつくと、はっとしていった。「大変！　マーロ、あなたなにをしているの？」

「ママ、わたしたちはここに来るはずじゃなかったのよ」テンリーの姉はいい、母親の手をつかんだ。ぼくはテンリーに近づいていった。シェリーが呼んでいたが、無視した。

「もちろんわたしたちはここに来るはずだったわ」母親はいった。「エディーがいるのだから。エディー！」また彼のほうに行こうとした。「エディー、ここにいると思ってたわ。だからここまで歩いてきたのよ……」

「ママ」マーロは上擦《うわず》った声でいい、母親の手を強く引いた。テンリーは母と姉のところに向かい、ぼくから遠ざかっていった。名前を呼びたかったが、彼女に人目を引きたくなかった。

「まったく、頭がいかれている」エドワード・キーニーがぼくの右手でいうのが聞こえた。「帰ろう、ダイアン、横にも出入口がある」

テンリーは母親のところに行って、あいているほうの手を取り、マーロといっしょに母親を出入口のほうへ誘導しようとした。だが母親はエドワード・キーニーとその家族が去ろうとしているのに気づき、そちらに駆けだした。マーロがからだを投げだすようにして母親を捕まえようとして、マーロの足につまずいたテンリーは床に倒れこみ、痛そうな声をあげた。くそ、くそ、くそっ。

マーロが母親を捕まえると、母親は甲高《かんだか》い声で叫んだ。「エディー！　エディー！」ふり返って腕をふり回し、顔をぶたれたマーロが悲鳴をあげた。

ぼくはテンリーの倒れているところに行って脇の下に手を入れて起こし、抱きよせて、端に連れていった。彼女の母親はまだ泣きわめき、マーロに殴りかかっている。ぼくがマーロを手伝いに行こうとしたとき、たしか警察官の男性がふたり、急いで駆け寄った。たぶん子供が劇に出演していたのだろう。ふたりがテンリーの母親を拘束し、ぼくはうしろにさがった。彼女は警官に爪を立て、エディーの名前を叫びつづけていた。

激しい抵抗のせいでドレスが肩から落ち、片方の胸が露出した。ぼくは目をそらした。

「車に乗せるんだ、ビル」ひとりがいった。「低体温症になっている」ビルと呼ばれた男はスポーツジャケットを脱ぎ、まだ弱々しく抵抗しているテンリーの母親の肩にかけた。

「病院まで送ってくれますか?」マーロが警官にいうのを聞き、ぼくはテンリーに目を戻した。

「うちまで送っていくよ」ぼくはいった。テンリーはぼくを見なかった。その目は母親と姉をじっと見ていた。ぼくもふたりを見た。

男ふたりが母親をかかえるようにして建物のそとに連れだそうとして、マーロがふり向いた。その顔にはパニックが見えた。母親とテンリーを交互に見た様子で、妹を残していくのを心配しているのがわかった。ぼくはテンリーの手を握った。「ぼくが送っていきます。ちゃんとうちに送り届けますから」マーロがさっとテンリーを見ると、テンリーはうなずいた。マーロの表情がかすかにほっとして、彼女は口の動きでいった。〝わかったわ。今度はわたしの番だから。うちで待ってて〟テンリーはまたうなずいた。その悲痛な表情にぼくは芯から揺さぶられた。

母親がそとに連れていかれてから、テンリーを見た。ショック状態のようだ。まっすぐ前を見る彼女のほおは真っ赤に染まり、首のところどころに赤味があらわれている。「テンリー」優しく声をかけると、彼女は手をひっこめた。

彼女がぼくと目を合わせたとき、その目のなかに見えた痛みに、胸がきつく締めつけられた。思わず手で胸をさすりたくなるほどに。テンリーはひどいショックで口もきけない様子でゆっくりとまわりを見回した。人々はまぬけ顔で彼女を見ながら、聞こえないほど小さくはないひそひそ声でささやき合っている。

……頭がおかしいんだ……昔の不倫で……その後よくならなかった……悪化してる……みっともない……最悪だな。

みんな黙れと怒鳴ってやりたかった。テンリーはこんな目に遭ういわれはない。「テンリー、連れに先に帰ると伝えて、そうしたらうちまで送っていくから、いいね?」ぼくを見た彼女の目のなかに、なんらかの理解が見えた。「よし」ぼくはいった。「すぐ戻ってくる。ここで待ってるんだ。すぐだから」ぼくは念を押した。

ぼくはシェリーのところに戻ろうとした——彼女を送っていく必要はもともとなかったが、ひと言断るのが礼儀だと思ったからだ。だがそのとき、ドアがバタンと閉まる音がした。ふり向くと、テンリーの姿がなかった。くそっ。シェリーを見ると、ぼくを待っているようだった。ぼくはほんの一瞬ためらっただけで、踵を返し、テンリーを追って駆けだした。

## テンリー

# 7

学校を出て三歩も行かないうちに涙が出てきた。いきなりの冷たい風に顔を平手打ちされたように感じた。その痛みは、さっき学校じゅうの生徒と大勢の保護者の前でわたしが精神的に感じた痛み――惨《みじ》めさと、深い深い恥辱《ちじょく》――の身体版のようだった。わたしは走る速度をあげた。肌にあたる風はまるで剃刀《かみそり》の刃のようで、氷の張った道で足を滑らせそうになる。

「テンリー!」うしろから声。カイランド。ばかカイランド。わたしのふたつ隣の席で、暗いのをいいことに上着の下で女の子にさわらせていた。わたしには、激しく胸を刺す嫉妬を覚える権利なんてない。でも嫉妬した。カイランドはわたしにキスもしたくないと思っている。キスしたあとで押しのけたのがなによりの証拠だ。それなのに、彼がほかの女の子といっしょにいるのを見るだけで、苦痛にさいなまれる。大声をあげて彼女を絞め殺してやりたかった……いやカイランドでも、ふたりまとめてでもよかったのかも。でもわたしにはなんの権利もない。わたしは彼にとってなんでもない。生まれてからずっと、わたしはなんでもなかったし、何者でもなかった。わたしの人生はささやかで、なんの価値もない。それなのにこんなにつらい。

「来ないでよ、カイランド！」わたしは叫び返し、しゃくりあげながら、さらにスピードをあげた。

「テンリー、とまれ！　怪我《けが》をするぞ！　とまるんだ！」

「どうでもいいでしょ？」走っていて足を滑らせ、転びそうになったけど、両腕を横に伸ばしてバランスをとった。

「テンリー！」彼が迫ってくるのがわかったから、雪を取ってふり向きざまに投げつけ、小さく叫んだ。子供じみたことをしているとわかっていた。でもなにも失うものはないとも思った。雪玉はカイランドの肩にあたり、わたしはまた前を向いて走りはじめた。雪に足をとられ、ぎこちなく不格好《ぶかっこう》な足取りになった。

「まったく、テンリー！」カイランドが叫んだ。わたしはふり向いて、また雪をすくって何度も何度も彼に投げた。彼は雪玉をよけ、悪態をつき、でもどんどん近づいてきた。わたしはまたふり向いて走ろうとした。でも三歩行ったところで足を滑らせ、右側の雪の土手に背中から倒れこんでしまった。わたしは悲鳴をあげ、泣きだし、冬の夜空と顔に降りおちる大きな雪片《せっぺん》を見あげた。どこまでもやるせなく、どこまでも孤独に感じた。カイランドの急ぐ足音が近づいてくるのが聞こえて、抱きあげられた。温かい腕につつまれ、雪からもちあげられるあいだもずっと泣いていた。打ちひしがれていた。「しーっ」カイランドのすてきな男らしい声が聞こえた。「しーっ。つかまえた。もうだいじょうぶだ、テンリー。ぼくがいる」

わたしは震えながら彼の首に腕を巻きつけ、その温かいからだと慰めの言葉に自分を押しつけていった。

カイランドはわたしを抱きかかえたまま少し歩いてから腰掛け、尽きることなくこみあげる悲しみにわたしが泣きつづけるあいだ、ずっと抱きしめていてくれた。彼はわたしのつむじあたりに、よく聞き取れなかったけど、なにか慰めの言葉をささやいていた。言葉の意味はわからなかったけど、気持ちが落ち着いた。

汚れて透けるドレス姿の母が床に引き倒されたときの人々の顔を思いだした。ぎゅっと目をつぶる。ほんとうなら自分を守ってくれるはずの人に恥をかかされるなんて、世界でもっとも耐えがたい苦痛だった。それでも母のことを愛している。

しばらくして涙はとまったけど、わたしは顔をあげなかった。カイランドにぎゅっと抱きしめられたまま首をめぐらし、わたしたちがいるのは閉まった美容室の入口だとわかった。ドアの上に小さな屋根がついているおかげで雪を避けられた。わたししたちはそこで呼吸し、かすかに震えながら、いっしょに坐っていた。カイランドが腕でわたしをつつみ、わたしは彼のコートをつかんで、その近さに慰められて。

「カイランド」ようやくわたしはつぶやいた。

「なんだい、テンリー？」

「雪を投げつけてごめんなさい」ささやくようにいった。

「いいんだ。そうされてもしかたがない……テンリー、今夜はすまなかった。シェリーとは……その……」彼はなんといったらいいか、よくわからないようだった。

わたしはみじめな気持ちでため息をついた。「あなたが謝ることはなにもない。わたしたちはなんでもないって、はっきりいってたんだから」カイランドはなにもいわず、わたしが見あげると、なにか考えるように舌で下唇をなめ、小さく眉をひそめていた。わたしは目を伏せた。胸が締めつけられる。彼がわたしにキスしたくないと思ってても当然だ。だれが頭のおかしい女の娘とキスしたいと思うだろう？　わたしのような子とつきあいたいと思うだろう？　学校でときどき聞こえてくる陰口は真実なのだから――わたしはトレーラーハウスに住む貧乏白人にすぎない。カイランドも貧しいかもしれないけど、彼の親はみんなの前で失態を演じたりしなかった。お父さんとお兄さんは一家の稼ぎ手として働き、事故の犠牲になった。わたしの父は生まれたばかりのわたしをちらっと見て、家を出ていった。

「カイランド」わたしはまたいった。

「なんだい、テンリー」

わたしは顔をあげて彼と目を合わせた。出入口は屋根で薄暗く、陰になったその目は黒っぽく見えた。「あなたにいわなければいけないことがあるの」

彼は手をあげて、親指でわたしのほおに残っていた涙をぬぐった。「なにをいわなければいけないんだ？」彼は優しくいった。

「ほんとうはわたし、ロシアの王子さまの娘ではないの」

彼は目をぱちぱちさせて、笑いだした。深く、温かい声で。

わたしも少し笑い、彼の腕のなかから抜けだそうとした。でも彼に抱きしめられ、また彼にもたれかかった。自分が自制を失ってるとわかったけど、とつぜん、どうでもよくなった。優しさが欲しかった。心から。いまだけは、カイランドが与えてくれるものを受けとる。つかの間でも、いまはこれでじゅうぶんだ。

「家宝の宝石も？」彼が訊いた。

わたしは首を振った。「家宝の小石もない。家宝の砂粒さえ」

彼の唇がほほえむのがわかった。

「わたしと姉が昔していたばかげた空想だったの」

「ばかげてない」彼が小声でいった。

「ばかげてる」わたしはいった。また泣き声になっている。カイランドはなにもいわず、わたしを抱く腕に力をこめた。わたしたちのような娘がお姫さまのふりをするのは危険なことだと、知っていればよかった。いまはなにかのふりをするのはなんでも危険そうだった。夢は醒《さ》めるし、醒めたときの現実はこんなにもつらい。

「ぼくもきみに、いわなければいけないことがある」

「なに?」わたしはくすんと鼻をすすった。

「ぼくたちが住む山にはボブキャットはいない。いや、いるけど、人に危険ではない。〈ボブキャット撃退サービス〉は全部、計略だったんだ」

「知ってた」わたしはそっといった。わたしは彼といっしょにいるのが楽しかった。彼があんなことをいったのも、おなじ理由だったのだろう。

わたしたちはその出入口でしばらく抱きあっていたが、風の向きが変わってまともにあたるようになり、ふたりとも震えはじめた。

「きみをうちに送っていかないと」カイランドはいって、わたしが立ちあがるのに手を貸してくれた。

「わたしはもうだいじょうぶ」気まずくなった。「シェリーを置いてきてしまったんでしょ――」

「シェリーはお兄さんたちと来たんだ。ぼくが来たのは食べものと暖房のためだよ」

彼は両手をポケットに入れた。

　そうなの。

「わたしも」ふたりとも下を見て、それからお互いを見て、ぎこちなく笑った。

「テンリー……きみにキスしたのは悪かった」顔をしかめる。「つまり、くそっ……きみにキスしたのは残念じゃない。ぼくが残念なのは、もう二度としないということだ」彼は小さく気まずそうに笑った。「いや、残念なのはぼくで、きみじゃない。自分が惜しいことをしてるのはわかっている。きっと……ほんとうのことをいうと、テンリー」彼の表情がさっと無防備になった。「気がついているかもしれないけど、ぼくはたいした恋人候補じゃない」

　彼への同情で胸がいっぱいになった。ほんとうは、わたしたちのどちらも、たいした恋人候補じゃない――でもどうしてか、それで気分がよくなることはなかった。それに、カイランドが自分はたいした恋人候補じゃないというのは、彼自身が知らずについている嘘のように聞こえた。

「ぼくはなにもあげられない。半年後にはここにいることもない」彼はいった。

「カイランド」わたしは彼の言葉をさえぎった。「こういうのはどう？　ただの友だちになるの。わたしは友だちがいたらうれしいと思う」言葉を切って、少し考えた。

「わたしたちがどちらもこの町を出て、どんなことがあっても、わたしたちがどちらも魅力的な恋人候補になったとき、故郷でいっしょだった友だちのことをなつかしく思いだすの。それだけ。どう？　簡単でしょ」また涙がこみあげてきたけど、どうしてかはわからなかった。簡単だとは感じられなかった。そうだったらよかったのに。

「あなたは友だちがいる？」わたしは尋ねた。いつも彼はひとりでいるから。

カイランドは首を振り、わたしをじっと見つめ、一心に考えていた。その表情は読めなかった。「兄が死んでから、友だちはひとりもいない」

胸のなかで風船が膨らむように感じた。彼のための悲しみが自分の悲しみを押しのけ、息をするのも難しかった。「それなら、ふたりとも友だちがいるといいよ、きっと」

「ああ」少しして彼はいった。その声は悲しそうだった。「そうだな」

# 8

## テンリー

わたしたちは歩きはじめた。うつむいて冷たい風と寒さをよける。少し歩くと靴が濡れて、わたしはまた震えはじめた。カイランドがわたしに腕を回して引きよせてくれて、わたしは彼に寄りかかった。デンヴィルに着くころには、雪はやんでいた。足は濡れていたが、歩いているのとカイランドのぬくもりでさっきよりは暖かかった。

「マーロと母さんが病院に着いたかどうか、電話しないと」わたしはいった。郵便局の前に公衆電話がある――最近では貴重な存在だ。でもわたしたちの住む山では、携帯電話の電波は入ったり入らなかったりだし、多くの人は固定電話ももっていない。うちはどちらの余裕もなかった。カイランドはうなずき、狭い電話ボックスまで歩いた。わたしは備え付けの電話帳で、マーロが母を連れていった病院――州政府の医療費補助制度がつかえるところ――の電話番号を調べた。ポケットから五十セント取りだした。数分後、母がいるフロアに電話を回してもらって、マーロが電話口に出た。

「ああ、テン、ごめんね。ちゃんと見ていたんだけど。あのときはシャワーを浴びていたの。もううちに帰るところ?」

「そうよ、謝らないで、マーロ。姉さんのせいじゃないのはお互いよくわかってるでしょ。わたしはだいじょうぶだから。そっちに行ったほうがいい? どうにか交通手段を考えて……」

「いいの、今度はわたしの番だから。このあいだはあなたが付き添ったでしょ。学校まで休んで。それにわたしは火曜日まで仕事が休みだから。クリスマスだってすっかり忘れていて、病院のロビーでツリーを見て気がついたよ」

「わたしは平気だから、心配しないで。愛してる」うちではクリスマスにあまり意味はないと、マーロもわたしもわかっている。いつもの日と変わらない。

「わたしも愛してる、テン。そうだ、書類を記入しなくてはいけないんだ。なにかあったらこっちに電話してね、わかった? たぶん待合室で寝ることになるけど、ときどきナースステーションで伝言がないか確認するから」

よかった、少なくとも待合室は暖かいはずだ。「わかった。気をつけてね、マーロ」

「そっちもね」

電話を切ったあともしばらく受話器を見つめていた。カイランドが、手に息を吹きかけて温めながら、問いかけるようにこちらを見た。わたしはいった。「だいじょうぶだった。もう入院してる。ふたりともクリスマスはずっと病院にいる、つまり……」わたしは背筋を伸ばして、大きく息を吸った。「まあ、そういうこと」ある考えが浮かび、わたしはまた口を閉じた。ふたたび電話帳を取って、エヴァンスリーのある電話番号を探し、そこにかけた。呼び出し音が二回鳴ってから、男の人の声が応答した。

「もしもし、ドクター・ノランのお宅ですか？　サム？」

「そうです、ご用件は？」

わたしは咳払いした。「テンリー・ファリンです……わたし、その……」とつぜん不安になった。きっとマーロに殺される。わたしはなにをしてるの？

「テンリー、どうしたんだい？」彼は緊張した声でいった。

「その……うちの母が……騒ぎを起こして、マーロが付き添って病院に行ったので、もしかして、つまり、あなたが……」

「いま上着を着ているところだ、テンリー。お姉さんがいるのは何階だ？」

「十二階です」よく憶えている。

彼は一瞬、黙りこんだ。「精神科病棟？」

「そうです」わたしは小声でいい、目をつぶった。恥ずかしさに、また不安が戻ってくる。「あなたは歯科医で、病気のお医者さんではないのはわかっています。でも……わたし、なにを考えていたんだろう。ごめんなさい、クリスマスイヴなのに」

わたしは言葉を探しながら、こちらをじっと見つめているカイランドに目をやった。

「電話してくれてよかった。少なくとも、ぼくが行ってマーロといっしょにいてあげられる。きみはだいじょうぶ？」

わたしはほっと息を吐いた。「ええ、だいじょうぶです。ほんとうにありがとう」声がかすれて上擦ってしまう。感謝でいっぱいだった。

カイランドが心配そうな顔をしたので、彼にうなずきかけ、なにも問題ないと知らせた。

「電話してくれてうれしかった。ありがとう、テンリー」

「いいえ、こちらこそありがとうございます。ほんとうに。じゃあ切りますね、サム」

わたしは受話器を置き、気を静めるために深呼吸した。マーロにきっと殺される。でもこうしてよかったと感じていた。マーロはサムとつきあいたいとは思っていないかもしれないけど、彼はいい人だ。とても好感がもてる。だれにでも友だちは必要だし。そうよね？

「マーロの友だちだったの」わたしはカイランドにいった。「彼がマーロといっしょにいてくれないかなと思って。母がいるフロアは、けっして居心地がいい場所ではないから」

彼は悲しそうにうなずいた。わたしたちは坂道をのぼりはじめた。カイランドがなにも質問してこないのがありがたかった——もし訊かれても、答えられるかどうかわからなかったから。三十分後、うちのトレーラーハウスに着いたわたしたちは、ドアをあけて急いでなかに入った。マーロは母を追いかけていったとき、ちゃんとドアを閉めていってくれた。そうでなければ凍えるほど冷えていただろう。それでも息が白くなる。わたしは小さなヒーター二台のスイッチを入れた。古くてすき間風のひどいトレーラーハウスが少しは暖かくなるのには、しばらく時間がかかる。濡れたブーツをぬごうとして、目をあげるとカイランドが落ち着かない様子で戸口に立っていた。「あなたの服も乾かさないと」わたしはいった。「つまり……すぐにうちに帰らなくてもいいなら。いけない！」わたしは額をぺしっと打った。「帰らなきゃね。お母さんが……」

彼は首を振った。「いいんだ。母さんはだいじょうぶ。起きてぼくを待ってることはないから。ぼくは……ぼくがきみを病院に送っていけたらよかったのにと思って。お姉さんのところに行かなきゃいけないんだろ？」

わたしはブーツを放り投げ、濡れた靴下をぬぎはじめた。まだ震えがとまらない。

「ううん、わたしたち……順番で付き添うことにしてるの」わたしはいった。それ以上説明しなかったけど、カイランドはわかったというふうにうなずき、ブーツと靴下をぬいだ。ふたりとも上着を脱ぎ、わたしは自分のベッド代わりのソファーに畳んで置いてあった毛布を一枚、彼に投げた。自分も毛布をからだに巻きつけ、ソファーに腰掛け、隣のスペースを差し示した。

彼は一瞬ためらってから、腰をおろし、からだに毛布をかけた。

「ツリーがいいね」彼が小さなクリスマスツリーにうなずきかけ、わたしはほおが緩んだ。そのツリーは自分たちで切ってきたものだった。小さいしたくさんの飾りはないけど、ツリー用の白いライトがかかっていて、わたしはそれが大好きだった。点滅するライトの光に照らされると、薄汚れた小さなトレーラーハウスのわが家もいつもよりきれいに見えた。

「ありがと」

少し間があり、彼がいった。「テンリー、もし話したくないのならいいけど、もし話したかったら……」

わたしはため息をついた。「母さんのこと？　つまりどこが悪いのかって？」

彼はうなずいたけど、その目は優しかった。

わたしは毛布をさらにぎゅっと巻きつけた。ようやく暖まってきた。おもてでは風が悲しげな音をたてて木々のあいだを吹きぬけている。

「わたしの父が、マーロを妊娠している母をここに連れてきたの。父はわたしが生後三日で出ていった。このトレーラーハウスの玄関を出て、二度とふり返らなかった」

「そんな。気の毒に」

わたしは首を振った。「いいの。少なくともわたしはね。わたしは父を知らないし、父が母にした仕打ちを考えたら、知らなくてよかった」

「それが原因で……」カイランドは正しい言葉を探して、くちごもった。

「母がいまのようになったか？」首を振った。「ちがうよ。つまり……もしかしたら、それで悪化したかもしれないけど……うちの母は、昔からずっと躁鬱《そううつ》を行き来していた……ときどき妄想的になることもあるの。母の薬を処方してくれている町のお医者さんは、母が抑鬱《よくうつ》障害だというけれど、どうかな。それよりも重いような気がするし、あのお医者さんは自分がいってることをよくわかっていないみたいだから」わたしは話し過ぎてしまったような気がして、うつむいた。いままでこのことを、マーロ以外の人と話したことはなかった。

「母は出場していた美人コンテストのひとつで父と出会ったの。優勝したこともあったのよ――〈ミス・ケンタッキーの太陽〉で優勝したのが母の自慢なの」わたしはおかしくなさそうに笑い、少し間を置いて、続けた。「とにかく、父は照明スタッフのひとりとして働いていて、ふたりは熱烈な恋に落ちた。少なくとも母はそういってる。母はいい家の出身なんだけど、妊娠して、小さな炭鉱町出身のタトゥーを入れた男の子と駆け落ちするといったら、家族は母を勘当した。母はずっと連絡をとろうとしているけど、あの人たちは母からの電話に出ようともしない」わたしは首を振った。「父は母をここに連れてきて、二年くらい炭鉱で働き、自分には妻と家族はいらなかったと見切りをつけ、出ていった。それっきり」わたしは両手の埃を払い落とすしぐさをした。それは父がわたしたちにしたことだ、払い落とす。払いのける。

カイランドはわたしをじっと見つめた。憐れむのではなく、理解して受けとめているようなまなざしで。それでわたしは、話を続ける気になった。

「お母さんとエドワード・キーニーはどんな関係だったんだ?」彼が訊いた。

わたしは唇をすぼめた。「ふたりが愛人関係になったのは、わたしが八歳でマーロが十一歳のときだった。彼は母に、妻と別れて、わたしたちの面倒を見る、町にある屋敷に住まわせるといってた。わたしの母は、彼を救い主のように思っていた」

「それは確かなのかい? つまり、お母さんがいくらか偏った考えをするなら……」

わたしは首を振った。「全部、彼がいってたことだよ。このトレーラーハウスは狭いし、壁も薄い」わたしは彼をじっと見つめた。

カイランドは目を大きく見開いた。「ここに来てたのか?」

「そうよ。しょっちゅうね」

彼は髪をかきあげ、唇を一文字に結んだ。「なんてことだ。あのブタ野郎」もっといいたそうだったけど、それ以上はいわなかった。

「たぶん楽しんでいたんだろうと思う。そういう目つきだった。なにか奇妙なスリルを得ているみたいな。帰り際にテーブルの上にお金を置いていくのよ」

カイランドはむかついたような声を喉から洩らした。

「とにかく、その関係は二年くらい続いた。彼はまるで娼婦のように母を利用したの。母は彼に愛されていると思っていたのに」わたしはまた首を振った。「母はわたしたち姉妹の手を引いて、彼と奥さんに直談判しにいったこともあった。彼の家まで十キロ以上歩いていって、表玄関のドアをノックしたの。わたしは恥ずかしくてたまらなかった」わたしは横を見て、人差し指で唇をなでた。あのときの絶望感がよみがえってきて、カイランドの目を見られなかった。カイランドは黙って、わたしが続けるのを待っていた。

「エドワードが戸口にやってきて、わたしの母がなぜ来たのか理由を説明すると、あの男は母に唾を吐きかけたの」わたしはカイランドと目を合わせた。「唾を」くり返した。「そして母の目の前でバタンとドアを閉めた」わたしはカイランドの向こうに目をやった。あの日の深い黄昏色《たそがれいろ》の空を、母の顔に浮かんだ落胆を、無言でうちに歩いて帰ったときに靴があげた土埃を、思いだしていた。

「テンリー……」彼がささやくようにいった。「つらかっただろう」

わたしはうなずいた。「これが現実なんだと思う」

「なるほど、きみが一生男はいらないと決めたのも無理はない」カイランドはちいさくほほえんでいった。

わたしの気持ちを軽くしようとして、からかっている。ほほえみを返した。「だからこそ、わたしたちは友だちでよかったのよ」

彼は笑った。少ししてから、「エドワード・キーニーが運営責任者の奨学金に応募するのは変な気がする？」と尋ねた。

わたしは肩をすくめた。「べつに。お金を出すのはタイトン石炭だし。彼はただの担当者でしょ。奨学金でここから出ていけるなら、よろこんでそんなプライドはのみこむつもり」

彼はうなずき、なにか考えているように下を見ていた。

少しして、彼はわたしの目をまっすぐ見つめた。なんてハンサムなんだろう。わたしたちの視線がぶつかった。わたしは目をしばたたかせた。下腹部がじわりと温かくなる。「ココア飲まない？」

「ああ、うん、もらうよ」

わたしは立ちあがった。毛布をからだに巻いたまま、入口近くにある小さな台所に行った。カイランドも、毛布を巻きつけたまま、ついてきた。お湯を沸かすわたしをカイランドは見ていた。狭い戸口に腰をもたせている。わたしは目をそらし、やるべきことに集中した。とつぜん、彼の男らしさがトレーラーハウスを満たしているように感じた。自分のスペースに男の人がいるのに慣れていないせいかもしれないし、いつも彼のことをものすごく意識しているせいかもしれない。それがいやだった。だって友だちなんだから。自分がいい出したことだ。もう二度とわたしにキスしないと彼にいわれたあとで。でも、もう二度とキスしないなら、友だちになるか、ならないかという選択肢しかない。わたしは深呼吸して、ココアミックスの粉を入れておいたふたつのマグカップにお湯を注いだ。簡易コンロのスイッチを切って、マグをカイランドに手渡した。彼がマグのハンドルをつかんだときわたしたちの手がふれあい、ふたりとも天井に目を向けた。「ごめんね」わたしは小声でいった。

「なににたいして？」

わたしは目をしばたたいた。「その……」あなたに息が切れるほどキスしてほしいと思うのをやめられないことに。あなたのキスの味を忘れられないことに。初めてあなたの唇がわたしの唇にふれた瞬間に感じたほどのときめきを、ふたたび感じることがあるのだろうかと思ってしまうことに。あなたと友だちになってうれしいふりをしていることに。「ココアが熱過ぎることに」

「熱いのはいいよ。からだが温まる」

わたしはうなずき、彼の脇をぬけた。少し頭を冷やさないと。ほんとうは真冬の冷たい風に顔をあてる必要があるけど、せっかく温まったからだをまた凍えさせたくなかった。

友だちって、なにをするんだろう？

「それじゃあ……〈スクラブル〉かなにかする？　いくつか古いボードゲームがあるんだ。父のだったの」

「いいね、なにがある？」

「ええと、ちょっと見てみるね」小さなクローゼットのところに行って、棚の上段をのぞきこんだ。マーロとわたしがボードゲームで遊んだのはずっと前のことだった。なんだか急に、すごくわくわくしてきた。「スクラブル……ウノ……モノポリー……」

「モノポリーにしよう！」カイランドがやる気まんまんでいった。わたしは笑って、ゲームの箱に手を伸ばした。

ふたりで並んでソファーに腰掛け、わたしはコーヒーテーブルを引きよせてゲームの盤面を広げ、自分の前にお金のトレーを置いた。銀行係になるためだ。彼には不動産の権利書を手渡した。

「銀行係をやりたい」

わたしは顔をしかめた。いつも銀行係だったから。でも彼はお客さんなのだからと思って、お金のトレーを渡した。

「駒はいつも靴なんだ」彼はまたいった。

それはのめない。「わたしもいつも靴だよ」わたしはいった。

「いやいや、ぼくは靴だと決まってる」

「どうして古くてきたない見た目の〝靴〟がいいの？　〝車〟のほうがぜいたくでいいんじゃない？」わたしは彼に車を選ばせようと、車をもちあげて、手をさっと振って勧めた。

「いや。靴は勤勉を表している。勤勉は富につながる。だからいつも靴なんだ」

わたしは眉を吊りあげた。

「きみこそ、なぜ靴がいいんだ？」

「だって靴は控えめだから。靴がみんなを追いぬいて勝ってしまうなんて、だれも思わないでしょ。みんな高級車には注目するけど……靴にはしない。靴はレーダーに捕捉されないように低空を飛ぶ、というか歩くから」わたしはウインクした。

カイランドは笑って、おもしろがっているようだった。「その答えは気に入った。それならサイコロで決めよう」

わたしはにやりと笑った。「いいよ」

わたしが最初にころがした。四。

カイランドが次にころがした。三。彼は笑った。「いいだろう。きみが靴だ。公明正大に」

一時間後、ふたりとも株価の暴落を耐えぬき、いくつか土地取引に深くかかわり、数えきれないほど何度も「GO」のマスを通りすぎ、何周もしていた。カイランドが優勢で、わたしはおもしろくなかった。そこでまた、彼のいまいましい「鉄道」のマスにとまってしまった。

カイランドが笑い、わたしはさっと彼を見た。「なにがおかしいの?」

「こんなに負けず嫌いだとは知らなかったよ、テンリー・ファリンが」にやりと笑って、楽しそうだ。

「ふん!」わたしは鉄道に支払うレンタル料のお金を数えはじめた。

「モノポリーのコツだよ。最初に鉄道を買うこと」

わたしは彼をにらみつけた。「まだ勝ってもいないのに、勝利のアドバイスをするのは気が早すぎますよ、旦那」わたしは口ごもった。「そういえば、鉄道を買ったことは一度もないな。鉄道は退屈だもの」

「次は買うべきだよ。ほかの土地にくらべて、鉄道の収益は長期間にわたり一定だ。

四つすべて所有したら金のなる木になる。それをほかの独占資金にできる」

わたしは手をとめて彼を見あげ、首をかしげた。カイランドも奨学金を目指しているのは知っていたけど、彼がどれほど頭がいいのか、いままでよくわかってなかった。その瞬間、理解した——彼はここにいたらいけない。こんな頭脳を活かすにはここを出ていくしかない。なにか深い悲しみのようなものが胸を満たすのを感じて、わたしはとまどった。頭がいいのは悲しいことではない——とくにケンタッキー州デンヴィルのように、それがめったにないことの場合は。

「敵のきみにアドバイスするべきじゃないんだが、でも明らかに」彼は盤面の上でさっと手を振り、自分の優勢を示した。「きみには必要そうだから」

わたしは笑って、「やなやつ」とつぶやいた。彼も笑った。

一時間後、わたしは完全に破産して、はらわたが煮えくり返っていた。カイランドはおもしろがっているのを隠せていなかった。まったく頭にくる。

でも、ほんとうのところ、こんなに楽しかったのはすごく久しぶりだった。

「わかった——負けを認める。あなたは正式にわたしのお金をすべて取りあげた。おめでとう」わたしが盤面を持ちあげ、駒と家などをざらっと箱に戻すとカイランドが笑った。

「なんだったら、もう一回やってあげてもいい」

「ふん」

トレーラーハウスの玄関ドアがノックされ、わたしはとまどって目をあげた。

「どなたですか?」声を張りあげた。

「バスターだよ」

「バスター……」急いで行ってドアをあけると、冷たい風が吹きこんできて、思わず一歩さがった。「入って」バスターはうちのご近所さんで、この山の長老のひとり。変わり者だけど優しい心のもち主で、夏になると籠《かご》いっぱいのルバーブを届けてくれる。

「こんばんは、おじょうさん」彼はにっこり笑って、フードをおろした。

「こんなお天気なのに、どうしたの、バスター?」

「クリスマスの贈りものを届けに寄ったんだよ」彼はカイランドを見た。

「バスター、カイランド・バレットを知ってる? ここから少しおりたところに住んでいる――」

「もちろんさ。やあ。おふくろさんはどうしてる?」

「こんばんは、サー。あまりそとに出ないんです、ご存じのとおり」

バスターは顔をしかめた。「そうだな、たしかに見かけない」彼はカイランドをちょっと不自然なほどじっと見つめた。なに? カイランドはというと、彼は両手をポケットにつっこんで床を見つめていた。

「ああ、そうだ、これだよ」バスターが白いティッシュペーパーの包みを差しだし、わたしはそれを受けとった。

「こんなことしてくれなくてもよかったのに」わたしはぎこちない笑みを浮かべ、もじもじと足を踏みかえた。包みの中身はわかっていて、カイランドの前であけたくなかった。でもバスターがとてもうれしそうに、期待をこめた目で見ていたので、わたしは包みをほどき、木彫りの小さな置物をもちあげ、できるだけ平気なふりをした。でも首筋からほてりがのぼってくるのは抑えられなかった。バスターは官能的な彫刻が得意だった。そしてわたしの知る限り、彼は『カーマスートラ』のコレクションを完成させようとしている。きょうの彫刻は、女性が男性の前にひざまずいてフェラチオし、男性は女性の髪をつかんで、恍惚《こうこつ》に頭をそらしているという男女像だった。

まあ。

「わあ、バスター。これは……とても……ロマンティックね」

カイランドは喉の奥がつかえたような音を出し、咳をしはじめた。

バスターは夢見るようなほほえみを浮かべた。「そうなんだよ」でもすぐに心配そうな表情になった。「アナベルはどうした?」わたしの母のことだ。

「また入院になったの」

バスターはうなずいた。「そうだと思ったよ。あのたすきをかけて、この家を飛びだしていくのが見えた。おれはすぐにここに来てマーロに知らせたんだ」彼はいった。どの言葉の最後にも〝t〟をつける、このへんの山の人たちの話し方で。「かわいそうに、あの娘はシャワーを浴びていたのに」首を振る。「アナベルが治療を受けてるならよかった」

そういういい方も可能だ。わたしはうなずいた。「そうだ、わたしもあなたに贈りものがあるの」ささやかなクリスマスツリーの下に置いてあった、小さなブリキ缶を取った。

バスターに渡すと、彼はにっこり笑った。「ラヴェンダーティーか。大好物だ。あんたはすばらしいよ、ミス・テンリー」

わたしは笑った。「どういたしまして」ほんとうは、わたしはクリスマスに限らず、ちょこちょことラヴェンダーティーをつくっては彼にあげている。好物だと知っているから。だからそんな驚かれるようなものではない。でもバスターはとても優しいから、まるで思いがけない贈りもののようによろこんでくれる。

「じゃあ、ふたりともメリー・クリスマス」バスターはフードをかぶり、カイランドにほほえみかけ、わたしのほおにキスした。その唇は冷たく乾いていた。

「あなたも」わたしはいった。

バスターを見送ってカイランドを見た。みだらな置物を手に持って。「もらったのがたくさんあるのよ」わたしはいった。

カイランドは頭をそらして大笑いした。わたしもつられて笑った。「まったく、バスターはちょっと頭がおかしいと思う。でも大好き」

カイランドは首を振った。まだくすくす笑っている。「見てもいい？」

わたしが置物を渡すと、彼はためつすがめつして眺めた。「すごい。バスターの彫刻の腕はたいしたものだ」彼はさらに男女像を見つめていたが、とつぜん、わたしに見られているのを思いだしたらしい。まじめな顔になって、咳払いをした。

わたしはその小さな置物をクリスマスツリーの下に置いて、カイランドに向き直った。彼は真剣な熱のこもった表情になった。わたしは肌がぴりぴりして、ほてるように感じて、セーターの裾を手でつまんだ。ふたりのあいだのこの緊張を、なんと呼べばいいのかわからなかった。わたしたちは友だちだ。そうよね？

「そろそろうちに帰るよ。ほら、母さんが待っているといけないし」

わたしはうなずいた。「そうね、そうよね」ちらっと時計を見ると、もう十時近かった。

カイランドはためらっている様子だった。「ほんとうにだいじょうぶかい？」彼は手早く靴下とブーツをはきながら訊いた。

「うん」わたしはほほえんだ。「もうだいじょうぶ。ありがとう」なんとなく気恥ずかしくなって、うつむいた。「ほんとうにありがとう」

彼はうなずき、一瞬わたしの唇を見つめてから、はっと目を合わせた。わたしたちは同時に動いた。わたしはドアに、彼は乾いた上着に。カイランドが上着をはおった。わたしはドアをあけた。「家まで気をつけて帰ってね」わたしはそっといった。「道が滑るし、それに――」

「ボブキャット」ふたりでハモって、笑いだした。

カイランドはまじめな顔に戻っていった。「気をつけるよ、約束する」彼のまなざしがふたたびわたしの顔にとどまった。

「そうね」

「そうだ」

彼は二段の階段をおりて、雪の上に立った。「鍵をかけるんだ。カチリという音が聞こえたら行くよ」

わたしはうなずいた。「おやすみ、カイランド」

「おやすみ、テンリー」

わたしはドアを閉めて、鍵をかけた。ソファーのところに戻り、毛布をからだに巻きつけて坐り、ぼんやりとささやかなクリスマスツリーを見た。トレーラーハウスがとつぜん静かでさびしすぎるように感じられた。それに、なにかがおかしかった——なにかが気にかかっていた。心が張りつめている。なにかしなければいけないのに、それがなんなのかわからない。でもそれをつきとめる前に、眠くなってきた。少しして横になり、すぐに眠りに落ちた。

目覚めたとき、クリスマスの朝の光が窓から室内に射しこみ、ミソサザイのお祝いのさえずりが聞こえてきた。

# 9

## カイランド

雪が降っている。ぼくは窓際に立ち、そとを見た。ほかのだれかなら畏怖《いふ》の念に打たれてため息をつくだろう雪景色だ。このあたりでクリスマスに雪が降るのはめずらしい。今年のクリスマスは特別だと思う人間もいるだろう。ぼくはちがう。クリスマス。憂鬱が全員に広がったが、できるだけ抑えようとした。ほかの日となにも変わらないと考えようとするのだが、心はそう思っていない。「しっかりしろ、カイランド」自分にたいしてつぶやき、熱いコーヒーをひと口飲んだ。

玄関ドアがノックされる音がして、軽くぎくっとした。いったい？　クリスマスの朝にだれかの家を訪ねようってやつがいるのか？　しかめっ面で玄関ドアのところまで行った。「どなたですか？」用心しながらいった。

「テンリーだよ」ぼくは目をしばたたいた。テンリー？　くそっ。ほんの一瞬ためらってから、ドアを少しあけた。

テンリーが立っていた。両手で小さなクリスマスツリーを持ち、腕に紙袋をさげて、おずおずとほほえみ、濃い栗色の髪には雪片がついていた。長い睫毛《まつげ》にも、いくつかひっかかっている。寒さのせいでほおが薔薇色に染まり、息が白くなっている。はっとするほどきれいだ。ぼくは彼女をよく見るためにドアをもう少し開いた。

「ここでなにをしてるんだ？」ぼくは訊いた。まずい。冷たいいい方になった。でも帰ってもらわないと。うちに入れるわけにはいかない。

ほほえみが消え、一瞬うつむいたテンリーは目をあげてぼくと目を合わせ、小声でいった。「いつからいないの？」

ぼくは眉をひそめた。「いつからって？　だれが？」

「あなたのお母さん」

ぼくはびっくりして目を瞠り、戸口をはさんでテンリーと見つめあった。雪が彼女の髪と上着に積もりつづけている。

「なにを……どうして……」ぼくはいった。でもそこで大きく息をつき、手で髪をかきあげた。「どうしてわかったんだ？」

テンリーの表情が優しくなった。「あなたの家はいつも電気が点いていなかったし……ほかにも……」首を振る。「それでもしかしたらと思って」彼女が唇を噛み、ぼくの心臓は異常な激しさで鼓動した。思わずほんとうの痛みにするように、そっと胸に手をあてた。「合っていなければよかったんだけど」言葉を切る。「それであなたはひとりだろうと思って。きっとクリスマスもなにもないのだろうと思って。だから」彼女は小さなクリスマスツリーを差しだした。「あなたにクリスマスを持ってきたの」期待をこめた笑顔を向けた。

ぼくはドアを大きくあけて、彼女になかに入るように促した。テンリーはにっこりほほえみ、ほっとした様子でうちに入ってきた。彼女は少し立ちどまって室内を見回し、ぼくはポケットに手をつっこんで彼女の目でうちを見ようとした。狭いし家具は古いものばかり――祖母が亡くなったときに母が受け継いだもので、当時も新品ではなかったし、いまではかなりくたびれている――だがぼくはいつも、清潔整頓を心掛けている。

テンリーの視線は肘掛け椅子とその横のテーブルにしばらくとどまった。テーブルの上にぼくが置いた母の写真がある……最初にそうしたときは、帰ってきてほしくてたまらなかった……そのうちぼくはその写真にたいして声をかけるようになった。もっと前に片付けておくべきだった。

テンリーは笑顔でぼくのほうを向いた。「いいおうちね」胸のなかでふたたび愚かな心臓がどきりとした。彼女が心からそういっているとわかり、それは受け入れがたいことだった。テンリーのような女の子はこの家をみすぼらしいと思うべきだ。じっさいぼろいのだから。だが彼女はそう思っていない。そのことのなにかにひどくムカついた。だが同時に不思議な幸福感にも満たされた。

「上着をかけとこうか？　クリスマスツリーは？　紙袋は？」

彼女は笑ってクリスマスツリーをコーヒーテーブルの上に置き、肩をすぼめて上着をぬいだ。ツリーのスイッチを入れ、「このライトは電池式なの」といった。「どこにでも置ける」そういって、コーヒーテーブルの上のツリーの位置を好みに直して立ちあがり、見おろして、また不安げな表情を浮かべた。きまずい沈黙が落ちる。

テンリーがぼくを見た。「ごめんね、カイランド」かすかに首を振りながら、ささやくようにいった。「押しかけてきちゃって。でも……」また唇を噛んでいる。「きょうはなにをするつもりだったの？」

「テレビでも観て……勉強して……さびしさにひたるつもりだった」

彼女は笑わなかった。冗談ではないとわかっているのだろう。その反応で自分が本音をいっていたことに気づいた。

「テレビがあるの？」

「ときどき。電気がつかえるときは」

彼女はうなずき、ぼくたちは少し黙りこんだ。

「お母さんになにがあったの？」とても静かな声で尋ねた。

ぼくは躊躇《ちゅうちょ》した。いままでこのことは、だれにも話したことがなかった。だれにも話せなかった。それにだれにも話すつもりはなかった。だがこのときは、理由はよくわからないが、テンリーに話したいと強く思った。

「出ていったんだ。炭鉱事故の一週間前に」

目に同情をいっぱいに浮かべたが、彼女はなにもいわなかった。

「父はすごく恥じていた」ぼくは首を振り、うなじをかいた。あの思い出を語りながら、追い払おうとしていた。「とんでもない恥だと思っていたんだ。とても誇り高い人だったから。ぼくたちには、自分の準備ができるまではだれにもいうなと命じた。たぶん……たぶん父は、『妻は夫と子供を捨てていった』よりもましな話をつくるつもりだったんだと思う」ひと呼吸置いた。「あるいは、母が戻ってくるのを期待していたのか。でも母は、ずっと幸せじゃなかった。父は高校も卒業していないし、炭鉱でもたいして稼いでいなかった。いつも夫婦げんかしていたよ」手で髪をかきあげ、顔をしかめた。「わかっただろ、テンリー、きみのお父さんはきみが生後三日で出ていった、それがつらいのは、彼がきみといっしょにいたいと思わなかったからだ。だがぼくの母は、ぼくといっしょに暮らしていた――ぼくが母を愛しているのも知っていたんだ。それでも出ていった」

「カイランド」テンリーはささやいた。

ぼくは首を振った。ひとりでに口から流れ出てくるかのような言葉をとめられなかった。「そして炭鉱の事故が起きた――」震える息を深く吸いこんだ。あの事故について、自分がいまだに、これほど感情的になることに驚いていた。ずっとあの事故とともに生きてきたように感じている。だがどういうわけか、こうして語ることで、ふたたびあの日に命が吹きこまれるようだった……。「ぼくは父と兄を亡くしたが、この山にある家はどこでも、家族のだれかを亡くしていた。だからだれも気がつかなかったよ、うちの母がどの葬儀にも出なくても――あるいは、悲しみのあまり寝込んでいると思われていたのかもしれない。ほかにもそういう人はいたから。ぼくは母が戻ってきてくれるのをひたすら待った。どこかで事故のことを知っただろうと思ったからだ。知らないわけがなかった。母はぼくがひとりになったこともわかっていたはずだ。だから母が帰ってくるのを待ちつづけた。でも母は帰らなかった」深く息を吸った。「ぼくは里親制度に入れられたくなかった。あの奨学金のチャンスが欲しかった。いい人生の……チャンスが欲しかったんだ。それをつかむ唯一の道はこれまでどおりの暮らしを続けることだった。だからだれかに訊かれたら、母は具合が悪くて寝ていると答えた」ぼくは肩をすくめた。

「無理もないわ」

「なにが無理もない？」

「あなたがここをひどく嫌うのも」

ぼくはテンリーの目をのぞきこんだ。

「もうひとりぼっちでなくてもいいんだよ」彼女は手を伸ばしてぼくの手を握った。目に悲しみを湛えて。その手はひんやりして、やわらかかった。ぼくの手のなかで小さく感じた。

「テンリー……きみはわかっていない。ぼくは奨学金を獲得するかどうかにかかわらず、ここから出ていく。数か月後には、もうここにはいない。万一、奨学金をとれなくても、この家の売れそうなものをすべて売り払って、ヒッチハイクで出ていくつもりだ。どこかで仕事を見つけて、働きながら遠くに行く。ここにとどまることはない。なにがあっても。ぼくは炭鉱で働くことはできない。ここでひもじい思いをすることも。この町を出て、二度とふり返らない。ケンタッキーのことも、デンヴィルのことも二度と思いださない」

彼女はしばらくぼくの顔を見つめ、それからうなずき、ぼくの手を放した。「前にもそういってたよ。そしてわたしは、それでもいいっていった」

まったく、この子は。

「ああ、そうだ」

「ほんとうの本気でいってるんだよ。あなたの友だちになるって」テンリーは期待をこめた目でぼくを見た。でもその奥になにか揺れ動くものが見えた。

友だち。そうだ、ぼくたちはそうしようと決めた。ゆうべそのことを考えたときもうれしくなかったし、いまでもうれしくない。

ふたりのまわりの空気中に漂う分子の動きが速まり、ぼくたちのからだをつつむ空間を熱していた。「だから」テンリーは明るい声でいった。「あなたへのクリスマスプレゼントをもってきたの」

ぼくはゆっくりと眉を吊りあげ、自分のなかを駆け巡りはじめた熱を封じこめようとした。彼女が欲しかった。裸にしたかった。そのなかに突きあげたかった。激しく、速く、彼女の顔を見つめながら。彼女がぼくに満たされてなにを思うのか知りたかった。そのとき発する言葉を聞きたかった。彼女が隠そうとしているケンタッキー訛りが、気持ちが昂ると目立ってくるから。雲ひとつなく晴れた空に走る稲妻《いなづま》のように、たまにしか出現しない彼女の情熱的な一面が見たかった。彼女の初めてを自分のものにしたかった——優しくなんてしない。ぼくが彼女を見るたびに苦痛にさいなまれるように、彼女にも苦痛を味わわせたかった。彼女に烙印《らくいん》を押し、自分のものにし、ぼくの、ぼくだけのものだと宣言したかった。

くそっ！

だめだ。

だめだ。

だめだ。

そんなことはひとつも考えたらだめだ。ぼくはここを出ていく、テンリーを置いて。それははっきりしている。ぼくは彼女の無垢《むく》を奪ったうえで町を出て二度と連絡しないようなくずではない。そんなことはしない――自分のためにも、彼女のためにも。望むのは新たなスタートだ。デンヴィルに自分の一部を残していきたくない。そのために四年間も努力しつづけた。もう少しでそれが手に入る。見るたびに目を細めたくなるほど明るい心をもつ美しい女の子も、それを阻《はば》むことはない。

テンリーは床に置いた紙袋からなにかを取りだし、不思議そうにぼくを見た。「なんだかすごく真剣な顔をしてるよ」

われに返った。「ごめん。考えごとをしてた」

彼女は首をかしげた。「きょうはなにも考えないことにしない？　きょうだけは。きのうのように、いっしょにいる時間を楽しむだけ。それほど悪くなかったでしょ？」彼女は長い睫毛の下からぼくを見あげた。

「ちがう、それが問題なんだ。ぼくはもっとを望んでしまう」

彼女が目をぱちぱちした。

「くそっ。テンリー」ぼくは髪をかきあげ、彼女から顔をそらした。「これは……」

大きくため息をつく。「ぼくになにをくれるって?」

とつぜん彼女は気まずそうになった。「え……その」一瞬、手に持っているティッシュペーパーの包みを見おろし、ぎこちなく笑った。「ちょっと変かもって気がしてきた」

ぼくは片方の眉をあげた。「なおさら欲しくなった」手を伸ばすと、彼女は少しためらったが、それをぼくの手のひらに載せた。ゆうべバスターが彼女に贈った包みに似ている。手がとまった。まさか……。急いで包みを開くと、バスターの官能彫刻があらわれた。よつんばいになった女性の腰を男性が両手でつかみ、うしろからやってる。女性は背を弓なりにしている。とんでもない彫刻だが、ものすごく興奮させられた。このとおりのことを、目の前に立っている女の子にしたかった。ここで。いますぐ。からだがぴくっと震えるのを感じる。

ぼくは、急に恥ずかしそうな顔をしているテンリーを見あげた。「たくさんもらってるから」彼女はいった。「笑ってくれると思ったのに」ぼくたちは見つめあい、彼女の語尾がしだいに細くなった。これがどれほどぼくを興奮させているか、覚られたらだめだ。彼女がこれをぼくへの贈りものにしたのは、バスターが彫りだしたとおりのことを――彼女と、彼女に――ぼくがしたがっているのを知らないからだ。ぼくはふたたび彫刻を見た。

そしてこらえきれなくなった。ばかばかしい彫刻を手のひらに載せて、噴きだした。テンリーも笑った。最初はおずおずと、それから激しく、ふたりで立ったまま大笑いした。ようやく笑いがおさまってから、台所の窓のところに行って、彫刻を飾った。完璧だ。

ぼくはほほえみながら、テンリーのところに戻った。「ありがとう、ほんとに」本心だった。彼女は手彫りの木の置物をくれようとしたのではない。ぼくを笑わせようとしたのだ。そして成功した。ぼくにとってそれは、なによりの贈りものだった。

「ハムももってきた」テンリーはあごで紙袋を示しながらいった。「アルはフルタイムの従業員全員にひとつずつハムをくれるの。姉ももらったんだ」彼女はにっこりした。「あとで温めて食べない?」

「いいね、それは――」

いい終わる前に、彼女が両手を打ち鳴らしたので、びっくりして口を閉じた。

「そり!」

「え?」

「そり遊び。きょうやること。昔、マーロとわたしは、だれかの庭からタイヤのチューブを借用して、それを持って斜面をずっと上まで登って――滑るのに最高の場所だって知ってるよ」

　ぼくはテンリーをじっと見た。「いや、ぼくが知ってる場所のほうがいいよ。兄とぼくもよく滑ってた」

　彼女はにやりと笑って首をかしげた。「ほんとに？　ばったり会わなかったのが不思議だね」

　ぼくは小さく笑って首を振った。テンリーだけが、ぼくの気分を極端から極端へと変える力をもっている。さっき自分の人生で最大の心の痛手を語ったばかりなのに、なぜいまは笑えるのだろう？

「よさそうだ。ほかにすることもないし？」

「そうでしょ」しばらく見つめあっていて、彼女が肩をすくめていった。「じゃあ……行く？」

「ああ」だがぼくは顔をしかめて考えた。「きみには兄の雪用の装備を貸すよ。裾を折り返さなければならないし、調整が必要なものもあるけど……ぼくのはひと組しかないんだ」

　テンリーはうなずいた。だがその目は、ぼくがほんとうにいいのかどうか見極めようとするように用心深かった。正直にいえば、自分でもわからない。ぼくはため息をついて、服をとりにいった。わずか十五分間のあいだに、きょうという日はまったく予想外の展開になった。この先どうなるのかわからなかったが、すごく楽しかった。
まったく、この子は。

# 10

## テンリー

十五分後、わたしたちはできるだけ厚着して、デル・ウォーカーのトレーラーハウスの裏で木の陰《かげ》に隠れた。庭にはいらないものが散らかり、半分雪に埋もれている。どうせいらないものなのだから、彼の庭に入っていって好きなものを借りればいい、と普通の人は思うだろう。でも山に住む人たちは自分のものには変に執着する。もしもデルが、わたしたちが彼のごみをあさっているのに気がついたら、きっと散弾銃をもって飛びだしてくるだろう。いらないなら貸してくれとわたしたちが頼んだら、自分のごみに価値があるのに気づいて料金をとるといいだす。デルは意地悪な人間だった。散弾銃をもった意地悪。それにいつも大酒を飲んでいる。

カイランドが、わたしたちの隠れ場所から三十メートルくらいの場所に半分出ているタイヤチューブを指差した。彼は唇に人差し指をあてて、わたしにウインクした。

胸のなかで小さな蝶々たちがいっせいにはばたきはじめる。わたしはうなずいた。そして彼が、右手にある小さな小屋まで走り、その裏に隠れるのを見守った。少しして、彼が姿をあらわし、雪のなかを駆けながらタイヤのチューブを拾いあげ、また小屋の裏に隠れた。わたしは口に手をあてて笑い声を抑えた。手には厚手の靴下の上にビニール袋をかぶせて手首でしばってある。防水手袋の代わりだ。

カイランドを待っているあいだ、わたしの考えはさっき彼の家で聞かされた話に戻っていった。トレーラーハウスでそのことに思いあたったとき、わたしはぞっとし、茫然《ぼうぜん》とした。でも心のどこかで、それがほんとうのことだとわかっていた。でも彼の口からそれを聞いて、もう一度衝撃を受けた。かわいそうなカイランド……ずっとひとりで……家族をなくした悲しみを受けとめていたんだ――ひとりぼっちで。だれの助けも借りずに。それに孤独。どうやって生きてきたんだろう？　彼がデンヴィルを出たいと思う理由がよくわかった。長年背負ってきた深い苦しみとは無縁のどこかで、新しい人生を始めたいと思う理由もわかった。そんな彼を愛したくなる。それはまずい。まったく。だって彼がわたしを愛することはないから。もし愛したいと思っても、自分にそれを許さないだろう。そもそも思っていないかもしれない。それでもいいことにしないと。彼を責めることはできない。彼は女の子に限らず、人との深いつきあいを避けている。わたしは男とはいっさいつきあわないと決めているけど――どちらも捨てられた経験に傷ついている。

カイランドが走って木立に戻ってきた。息を切らし、ほおを紅潮させて、ほほえんでいる。やっぱりすごくハンサムだ。

ああ。だめだめ。

「行く?」わたしは小声で訊いた。

「ああ」彼は息をついた。まだほほえんでいる。

わたしたちは、途中、デル・ウォーカーのときと同様にクレトゥス・ラッカーの庭からふたつめのタイヤチューブを借用して、丘を登った。カイランドは、この山でいちばんのそり滑りポイントだという場所にわたしを案内してくれた。その言葉はおおげさではなかった。

松林をぬけるとそこは丘のてっぺんで、完璧な斜面が広がっていた。急だけど距離があり、ふもとは次の森の手前まで平らな場所になっていて、停止する時間はたっぷりある。

「すごい!」わたしは叫んで見おろした。「わたしたちが何年間もこの斜面を滑りそこねていたと知ったら、マーロはすごく悔しがると思う」

カイランドはうなずいた。「いや、この斜面の場所を口外するのは許されない。トップシークレットだからな。極秘事項だよ」

わたしは笑った。「わかった。でもどうやって見つけたの？」

彼は丘の頂上に自分のタイヤチューブをセットし、わたしも彼の隣におなじようにセットした。「兄が見つけたんだ。丘が大好きだった。ぼくたちは隅々まで探検したよ、ほんとに」笑顔ではなかったけど、彼の表情はどこか優しかった。わたしがその手を取ると、彼は目をあげ、はにかむようにわたしと目を合わせた。まるで小さな男の子だったころを思いだしているみたいに。

「手をつないだまま滑ろうよ」

彼はうなずき、わたしたちはタイヤチューブに坐って、構えた。

カイランドがわたしを見た。その顔に――いままでわたしが見たことのなかった――輝くような、息詰まるほどの期待に満ちた表情を浮かべて。これからなにかすばらしいことが起きると思っているような表情。わたしは一瞬、息ができなくなった。そこにはきわめて純粋ななにかが存在し、わたしは初めて彼を見たように感じた。なんのてらいもない完璧なよろこび。わたしもその一部だなんて。この瞬間が過ぎてしまう前に、しっかりと記憶に刻みこんだ。

「準備はいい？」彼が小さな声で訊いた。

「いいよ」

わたしは斜面、下の森、さらにさがったところにあるデンヴィルの町を見やった。

煙突から煙がたなびき、地平線あたりに煙草工場が点々と見える。ここから見ると、平和で、自由で、美しくしか見えなかった。わたしは大きく息を吸いこんだ。この瞬間の感情を肺のなかにつかまえて、永遠にそこにとどめておきたかった。

わたしたちは同時に前のめりになり、手をつないで滑りはじめた。タイヤチューブは斜面でどんどんスピードを増し、わたしは頭をそらして声をあげ、抑えきれずに笑った。風が髪を切り、わたしの手をしっかり握っているカイランドの手は温かく、力強かった。普通、タイヤチューブは回転するのだが、ふたりで手をつないでいたので、まっすぐ滑りおりた。彼のほうを見ると、彼も笑っていた。

わたしたちは森のすぐ手前まで行ってゆっくりとまった。足を雪面につけてブレーキにして。

カイランドがわたしを見た。ほおを赤くして、満面の笑みを浮かべている。「もう一回？」

わたしは笑ってうなずき、ふたりでのんびり丘の斜面をのぼっていった。

午後じゅうずっと、わたしたちは子供のように遊び、回転しながら丘を滑り、わたしの悲鳴とカイランドの深い笑い声が静かな丘にこだました。地面に寝転がって腕をばたばたして、スノーエンジェルをつくった。真っ赤なカーディナルを三羽見つけた。森の端で二頭の鹿が小枝の皮をかじりとっているのも見かけた。これまで生きてきていちばん楽しいクリスマスだった。

丘のてっぺんで、タイヤチューブの上に坐ってお弁当を食べた。家を出る前にボローニャソーセージのサンドイッチをワックスペーパーにつつみ、カイランドがポケットに入れてきたのだ。

ほんの少し日が沈みはじめ、カイランドはもう帰ったほうがいいといった。濡れてからだが冷えていたけど、あまりにも楽しかったのでわたしは気にしていなかった。

「最後にもう一回滑らない？」わたしは訊いた。

「いいよ」彼は笑った。

「とばそうよ」

「いいよ。ぼくがきみを押して、そのあとすぐうしろを滑っていくから」

わたしは笑顔でうなずいた。タイヤチューブに坐り、ふり返って彼を見て、準備オーケーだと知らせた。

「速いよ」

「いいよ！」わたしは笑いながらいった。

カイランドが両手でわたしのタイヤチューブをぐいっと押しだし、わたしは飛ぶようなスピードで斜面を滑りはじめた。くるくると小さく回転しながら、冷たい風を顔に受け、何度も声をあげた。

とつぜんタイヤチューブが、雪の下のなにかにぶつかった。いままでのわたしたちのコースでは通らなかった場所だ。わたしは宙に投げだされて悲鳴をあげ、タイヤチューブに置いていかれてしまった。どうしよう、きっと痛い。

わたしは顔から雪につっこんで落ちた。肺から空気が押しだされた。どこか上のほうでカイランドがわたしの名前を呼んでいるのが聞こえる。わたしは怪我《けが》はしていなかったけど、びっくりしてそのまま倒れていた。鼻と口のなかに冷たい雪が入ってきた。

とつぜん、ひっくり返されて、カイランドの慌てふためいた顔に見おろされた。

「テンリー、そんな」喉がつまったような声。「だいじょうぶだといってくれ」

彼はひどくおびえた顔で、わたしの顔じゅうに視線を走らせた。わたしはぼうっとしていたけど、怪我はなかった。「だいじょうぶ」息を吐く。「だいじょうぶだよ、カイランド」

彼の肩の力がぬけ、大きく息をついた。わたしの顔を見つめるその表情になにか真剣なものが入りこんできた。まるでなにかの決断をしたかのように。時間がゆっくりとなり、とまった。わたしは黙って彼を見つめ、なにか行動を起こすのを待っていた。彼はなにかいおうとするように口を開き、すぐに閉じて、あごをこわばらせた。

そして上体をかがめ、その唇がわたしの唇に重なった。やわらかく温かい唇が、わたしの冷えた唇にふれ、彼が舌でわたしの唇をなぞり、ふたりの息が混じりあった。彼がふたたび唇を押しつけてきて、キスを深めた。かすかにサンドイッチの塩味と、なにか奥深く男らしいものの味がした。欲望。

わたしの心臓は早鐘を打ち、熱いものが血管を駆け巡り、脚のあいだをうるおした。でも、わたしはためらっていた。彼は前もわたしにキスして、押しやった前科がある。お願い、今度は押しやらないで。

「キスを返してくれ、テンリー」彼がささやいた。張りつめた声で。「ああ、頼むからキスを返して」ふたたび唇でそっとわたしの唇をかすめる。

それでじゅうぶんだった。

両腕を彼の首に巻きつけて顔を傾けた。一瞬、見つめあってから、カイランドがわたしの上に重なり、両手でわたしの顔をつつんだ。彼が舌でわたしの唇の合わせ目をなぞると、わたしはすぐに唇を開いた。彼の味に喉の奥から声が洩れる。彼はどこまでも男子で山の空気で、わたしはからだをもちあげて密着させた。彼が与えてくれるもの、なんでも受けとめたかった。

舌がぶつかり、絡みあい、彼も声を洩らし、舌をわたしの口の奥に挿し入れてくる。わたしのからだはぴりぴりと活気づき、つま先まで全身で彼のキスを感じていた。

周囲の世界は消え、寒さもどこかにいってしまった。彼と、熱く濡れた唇と舌、彼の味、のしかかる硬いからだの重みしか、存在しない。

「カイランド、ああカイランド」彼が口を離し、その熱い息を喉に感じて、わたしは臆面《おくめん》もなく声をあげた。羽でなでられるように彼の唇に首を愛撫されて、思わず雪のなかに頭をそらした。脚のあいだがずきずきして、重ね着した服のなかで乳首が硬くなる。「欲しいの……ああ……」なにもかも。わたしはすべて欲しかった。からだがうずき、うつろで、焦がれるように感じる。

「うちに連れていくよ」彼はわたしの肌に唇をつけていった。

わたしは固まった。「え?」またわたしを拒絶するの? 目玉をくりぬいてやる。

彼は顔をあげた。「ぼくのうちだ」彼の視線がわたしの唇に落ちた。そしてわたしの目を見つめたとき、彼の目のなかには恐怖のようなものがあった。まるでわたしが彼を傷つけると思っているかのように。

あるいは彼が自分で自身を傷つけると思っているかのように。

「きみの初めてを奪うことはしない、だがどうしても、きみにさわりたい。きみを味わいたい」

そうよ、わたしもしてほしい。わたしはごくりと唾をのみ、うなずいた。

「でも前に……」わたしは小声でいった。

彼は首を振った。「もう我慢できない。努力したんだ。ほんとうに」彼がまたわたしの唇に唇をかすめ、わたしは口を開いて彼の息を吸った。

「我慢してほしくない」

彼は頭をさげて額と額をつけた。まだ温かい両手でわたしの顔をつつんでいる。

「きみを傷つけたくない。ぼく自身を傷つけたくない」

わたしは首を振った。「あなたが出ていくのはわかってるよ、カイランド。もう知ってる」

それでもあなたが欲しい。求めるべきではないかもしれない。でも求めてしまう。

「これでなにも変わらない。きみがそれを理解していると確認しておきたい」彼は顔をしかめ、首を振った。「そんなことをいうぼくはくそ野郎だ。自覚してる。ほんとに。ただ――」

「いいよ。ほんとうに。いいから」

彼は、真実をいってるのかどうか確かめるように、わたしの顔をじっと見つめた。ようやく顔をさげて、ふたたび唇を重ね、温かいキスをした。やがてふたりとも息を切らし、わたしは脚のあいだがずきずきと脈打ち、痛いほどだった。

カイランドはふいにわたしの唇を放してひざ立ちになり、わたしを引きあげた。

「行こう」その声はかすれ、素っ気なく響いた。まるで彼も痛みを感じているかのように。

わたしたちは立ちあがり、きょう百回くらい滑った斜面をのぼった。でもとつぜん周囲の空気が静電気とともに小刻みに震え、それを反射する雪の表面が輝いて見えた。

それぞれタイヤチューブを肩にかけて、黙って森のなかの道を歩いた。さっきはからだが冷えて少し空腹を感じていたのに、いまは一歩一歩歩くたびに脚のあいだのうるみばかりが気になって、呼吸が小刻みになっていた。うしろにいるカイランドを感じる。彼の存在そのものが、わたしのまわりの空気を重くしているかのようだった。

やっと彼の家が見えてくると、カイランドはわたしの手を取って、最後の五百メートルを駆けだし、わたしは笑いがこみあげてきた。自分が緊張しているのか、それとも期待でいっぱいなのか、よくわからないけど、全身が昂っていた。

「ここで待ってて」カイランドはいって、わたしのタイヤチューブを取ると、家の裏のどこか、わたしから見えないところに片付けにいった。そして戻ってくると、またわたしの手を取って、家に入り、ドアをしめて鍵をかけた。

# 11

## カイランド

ぼくはたぶん、これから人生最大の間違いをおかそうとしている。でももう、どうでもよかった。テンリーに惹かれないようにするのは、あまりにも大変な仕事だった。ときにはフルタイムの職業のように感じるほどだった。無理だ。ホルモンの勝ちだ。ただ、なにかがぼくに、彼女に惹かれるのはホルモンだけが理由ではないと告げていた――そのことがものすごくこわかった。どうしても裸の彼女の肌にふれたい。これまで生きてきて、これほどなにかを求めたことはなかった。月曜日の朝の学校の食堂で、だれかが残した食べものに思わず手を伸ばしてしまうのは、極度の空腹への原始的な反応――生存本能――で、自分では抑えがきかない。テンリーもおなじようにぼくを衝き動かす。狂おしいほど彼女が欲しくて、自分の一部が彼女に飢えているように感じる。

最後まで抱くことはしない。だが彼女の一部だけでも自分のものにしたい——せめてそれだけは。

これは普通なのか？　そんなはずはない。いままで一度も、女の子にこんなふうに感じたことはなかった。もしかしたら、一度彼女を味わえば、この気持ちも消えていくのかもしれない。そうすれば感情をコントロールできるようになる。この渇望の半分は期待でできているはずだ。

そうだろ？

テンリーが先にぼくのうちに入り、ふり返ってぼくと面と向かった。「また真剣な顔してる」彼女はささやいた。淡い緑色の目を大きく見開き、寒さとぼくのキスのせいで唇が赤くなっている。

まったく、ぼくは硬くなりすぎて痛いほどだった。

「濡れた服をぬがないと」彼女の言葉を無視して、コートをぬぎはじめた。

テンリーはうなずき、ほおを赤らめ、うつむきながら上着をぬいだ。

彼女はあまりにも無垢で美しく、ぼくは思わず躊躇した。

だがさっと顔をあげてぼくと目を合わせた彼女の目に、なんらかの決意が見えた。

五歩でぼくに近づくと、唇をぼくの唇に重ねた。ぼくが両手でその顔をつつむと、吐息のような小さなうめきを洩らした。数秒前にはあったぼくの自制は、どこかにいってしまった。

はるか彼方に。

たぶん東アジアのどこかに。

キスをして、互いの唇と舌をなめたり吸ったりしながら、ぼくは彼女をうしろ向きに歩かせた。彼女は言葉ではいいあらわせないような味がした。えもいわれぬいい味で、ぼくをさらにのめりこませる。彼女にキスしながら正気の一線を超えていた。酔い痴《し》れている。その感情はあまりにも強烈で言葉にできなかった。ぼくのキスは優しくなかった。荒々しく貪った。煮えたぎり勢いづく欲望が血管を駆けめぐっている。

なんとかぼくの部屋にたどりつき、テンリーは狭いシングルベッドにつきあたって、ベッドの縁に腰掛け、うしろに倒れた。ぼくもその上に倒れこみ、キスを続けながら、昂ったものを彼女に押しつけ、その刺激に思わず声を洩らした。こんな状態でどうして彼女を抱くのを我慢できる？　彼女の温かく濡れた場所に押し入りたいという欲望はあまりにも強烈で、ほとんどからだが震えるほどだった。だが、我慢してみせる。そうしなければならない。唇を離し、彼女の顔を見おろした。すごく興奮していても、あいかわらず美しく無垢そのものだ。

「抱いて」彼女がささやいた。

イエス！　だめだ。

一瞬、目をぎゅっとつぶって、彼女の顔に目を戻した。自分がどうかしてしまいそうだ。「できない、テンリー。きみを抱くことはしない」ぼくはいった。「だがきみが必要としているものをあげる」

傷ついたような表情がよぎったが、彼女はうなずいた。

すばやくもう一度キスをして、上体を起こし、テンリーのブーツと濡れた靴下、重ね履きしたパンツをぬがせた。こんなばかばかしい、不格好な服を着てこれほど魅力的な女の子はほかにいない。

パンツの下に、彼女はピンク色の飾り気のないコットンの下着をつけていた。ぼくのものが大きく脈打ち、うめき声をこらえる。

テンリー、きみにはかなわない。

彼女も上体を起こし、重ね着したシャツをぬいでいった。最後に長袖の下着をぬいで、白いブラだけの姿になった。ブラがツーサイズくらい小さすぎるようで、胸がこぼれそうになっている。たぶん小さいのだろう。

しばらく彼女に見とれた。現実になった夢のようだ。きめ細かな白い肌、肩と背中に流れ落ちる濃い栗色の髪。胸は丸くふっくらして、ウエストは細く、脚は長くほっそりしている。これまでずっと生きてきて、ぼくのベッドに飾り気のないコットンの下着だけをつけて坐っているテンリー・ファリンより美しいものは見たことがなかった。腹筋がひきつる。

「テンリー」ぼくはささやいた。「すごくきれいだ」

彼女は目をぱちぱちさせてぼくを見あげ、恥じらうようにほほえんだ。鳥肌になっている。「ふとんのなかに入るんだ」ぼくはいった。

彼女はベッドを見て、唇を噛み、上掛けと毛布をめくって横になり、ぼくの枕に頭をもたせてふとんを引きあげた。

自分も服をぬいだが、あまりに急いで憶えていないほどだった。だが肌に冷たい空気があたり、急いで隣の毛布の下の彼女の隣に入った。ふたたび彼女に口づけると、ついに冷えた肌がふれあい、ぼくたちはため息を洩らした。ぼくはふとんを、ほとんど頭が隠れるまで引きあげた。すぐに小さな暖かい繭《まゆ》につつまれた。

手で彼女の胸にふれ、親指で軽く乳首をなでた。テンリーに名前を呼ばれて、ぼくのものがぴくりとする。あまり続けられそうにない。さわられてもいないのに、すぐにいってしまいそうだ。まいった。彼女をいかせてから、シャワーで自分の始末をする。

「テンリー、いままでにいったことは？」ぼくは唇を彼女の首に滑らせながら、そっと尋ねた。

彼女は首を振った。

「自分でしたことも？」

「うちのトレーラーハウスはほんとうに狭いから……」彼女はいった。ぼくはうなずき、彼女のきれいな顔を見つめた。自分が最初に彼女をいかせるのだと思うと、なにか温かいもので胸がいっぱいになった。初めて彼女を抱く男にはなれないが、初めてのオーガズムを与えられる。これはぼくの、ぼくだけのものになる。

彼女の背中に手を回し、ブラのフックをはずして、ぬがせると、床に落とした。テンリーはぼくの顔を見つめていた。欲望と緊張でいっぱいになっているようだ。

ぼくはふとんのなかで背をかがめ、彼女の乳首を口にふくみ、そっと吸った。その味はまるで天国のようだった。

「ああ！　カイランド」テンリーはうめいた。両手でぼくの頭をかかえ、髪に指を通した。一分ほど片方の乳首をなめたり吸ったり、舌で転がしたりしていると、彼女が腰をもちあげてぼくに押しつけてきた。ぼくは自分の腰をずらして、彼女に昂りを圧迫されるという甘美な拷問を避け、もうひとつの乳首に口を移動させた。

「なんていい味だ」吸いながら、口を離したすきにつぶやいた。

「ああ」彼女が切なげに声を洩らす。首を左右に振っているのが枕にあたる音でわかる。ぼくは胸に口をつけたまま、なめらかで平らな腹に手を滑らせ、彼女の下着のなかにもぐりこませた。今度はぼくが声を洩らす番だった。

すごく濡れている。指を彼女のなかに沈め、ゆっくりと出し入れして、ほんとうはほかの部分でやりたい動きをまねした。テンリーの呼吸が乱れる。濡れた指をクリトリスにもっていって、優しく円を描くように愛撫すると、彼女が小さく叫んだ。

脚のあいだに顔をつけて味わいたかった。だがぼくたちにはひと晩じゅうの時間がある――そう願った。もしテンリーが泊まってもいいといったら、知っている限りのあらゆるやり方で彼女を感じさせてやる。

親指でクリトリスを愛撫しながら、濡れたなかに指を挿し入れた。彼女はほっと息を吐き、ぼくの手に押しつけてきた。

「なにを考えているか教えてくれ」ぼくはいった。「いま頭のなかでなにを思っているんだ、テンリー」彼女が欲しい。だがすべてを自分のものにすることはできない。だが一部……かわいい感じやすさ、快感、彼女が思っていること、それはぼくのものにする。少なくともいまだけは。

テンリーは切ない声をあげた。「わたし……なにもわからない」ぼくが指を動かすテンポを変えると、彼女は大きくうめいた。「わたしには問題とか……心配とかあったはずなのに、なにも思いだせない。感じるのはただ、気持ちいいってことだけ。ああ、カイランド、すごく気持ちいいの」

ぼくはほほえんでテンリーを見おろした。いとおしさで胸がいっぱいになる。彼女はあらゆる意味で美しい。なめらかで柔らかくて温かく、天国のようにいいにおいがする。どうか、彼女がこれを後悔しませんように。ぼくは円を描く指のスピードをあげ、彼女の乳首に吸いついた。

数秒後、彼女は鋭く声をあげた。そのからだがこわばり、震えて、ぼくはこれまで経験したことのない満足を感じた。

「ああ、こんな……」テンリーがうめいた。ぼくは背筋を伸ばして、彼女が落ち着き、目をあけるところを見ていた。なにか驚嘆のような表情でぼくを見あげ、にっこりほほえんだ。それがあまりにもきれいだったので、ぼくははっとした。テンリーが美人なのはいうまでもない。だがときどき、彼女がすることや見せる表情がぼくをくらくらさせ、言葉を失わせる。このときもそうだった。

「わお」彼女はいった。

ぼくは小さく笑って、横向きに寝転がり、枕の上に彼女と頭を並べた。勃起《ぼっき》したものがずきずきして、解放を求めている。

「さっとシャワーを浴びてくる」からだを起こしながらいった。

「だめだよ」テンリーも起きあがり、ぼくを押さえつけて寝かせた。「わたしもあなたを楽しまないと。公平じゃないよ」

「テンリー」ぼくはうなった。「ぼくを殺す気なんだろう?」

彼女は笑って、ぼくのからだを覆うように上になった。どういうわけか、彼女は拷問のやり方に精通している。このベッドでそれらを存分に駆使している。ぼくの上でからだをもぞもぞさせた。ほら。「きみが知りたいこと、なんでも教える」ぼくはいった。「なんでも」テンリーは笑った。「なんでも?」でも次の瞬間、彼女の手が胸郭を滑りおり、ぼくはなにもいえなくなった。

彼女は横にずれて、その手でぼくの太ももをなでた。「さわってくれ、お願いだ」懇願していた。だがどうでもよかった。

彼女の手がおずおずと太ももをあがっていって、ついに、ついにぼくのものを握った。温かい指を巻きつけ、軽く力を入れる。ぼくの全身に鳥肌が立ち、思わずまたうめき声を洩らした。快感がからだのなかで爆発した。自分の手を彼女の手に重ねて、上下にしごき、ぼくがしてほしいやり方を教えた。テンリーは身を乗りだしてぼくにキスした。彼女の味が口のなかを満たし、なめらかな肌がぼくのからだにこすれ、その手がぼくのものを上下にしごく。テンリーはぼくのあごから首の横にキスをして、その息でぼくの耳をくすぐった。そのあいだも手の動きは続けている。彼女はなにも知らないのに、その動きも、その手の感触も、ぼくのからだにかかる息遣いも完璧で、ぞくぞくした。ぼくは二分ともたずにいった。あまりにも強烈なオーガズムに息をのみ、からだが震えた。快感の波がゆっくりと凪《な》ぎ、テンリーの手の動きもゆっくりとなって、べとべとになった指がゆるんだ。

彼女はほほえんでぼくを見おろした。ぼくはぼうっとしていた。自分がどこにいるかもわからなくなった。「なんてことだ」ようやくつぶやいた。テンリーは笑って、身をかがめ、ぼくのウエストに腕を巻きつけた。

「人々がセックスで理性を失うのも当然だわ」彼女はいった。「すばらしかった」

ぼくは笑った。ほんとうは、セックスがどれほどすばらしいものか、すべてテンリーに教えてやりたかった。セックスがどれほどすばらしいものか、ぼくも彼女に教えてほしかった。彼女とならそうなるに決まっていると、なぜかわかったからだ。ここでわれに返った。残念ながらそうはならない。ぼくはそれを肝に銘じる必要がある。転がって横向きになり、テンリーもそうして、ふたりで向きあった。彼女の顔の横に指をおろしていって、優美なほお骨をなぞった。「寒くない？」

「うん」彼女は小声でいった。

「腹が減ってる？」

彼女はうなずいた。

「ハムをオーヴンで焼こうか？　じゃがいももある。インゲンの缶詰も」

彼女はにっこり笑った。「それはすてきなクリスマスディナーになりそうね、ミスター・バレット」

「それならよかった、ミス・ファリン。行こう。上掛けをもっておいで」

立ちあがり、ぼくはバスルームでからだをきれいにして、部屋に戻るとジーンズをはいた。家のなかでも寒かったが、凍えるほどではなかった。ありがたいことに、居間の錬鉄製《れんてつせい》のストーヴにはまだ少し石炭が残っている。今夜は部屋を暖める。たとえそれであしたから寒い思いをするとしても。テンリーにはその価値がある。彼女だけには。

ぼくはストーヴの火を熾《おこ》し、テンリーはソファーに坐って上掛けにくるまり、ささやかなクリスマスツリーのライトの光が彼女の顔を照らした。

ハムとじゃがいもをオーヴンに入れ、テンリーの隣に坐って、できあがるのを待った。今夜だけは、ケンタッキー州デンヴィルの贈りものを楽しむのを自分に許した。なんといっても、きょうはクリスマスだ。

# 12

## テンリー

わたしたちはカイランドの居間にあるストーヴの前の床に坐って食べた。いままで食べたもののなかで、いちばんおいしかった。カイランドのうちは暖かく、おなかがいっぱいになり、純粋に幸せだった。わたしはこんなに舞いあがっているべきではないかもしれないけど、しかたがなかった。カイランドがもうすぐここを出ていくのはわかっている。彼がふり返らないのもわかっている。でもいまよりも彼と親しくなったら、わたしはだいじょうぶでいられるだろうか？　たぶんだいじょうぶじゃない。でもなにかがわたしをカイランドに引きつけている。なにか、わたしが抗うことのできない、すごく気持ちがよくて抗いたいとも思わないもの。ついにわたしにもその引力がわかった。母と姉が経験したものの片鱗《へんりん》を理解した。マーロが、この終わりの痛みを経験したくないと思う気持ちも。でもわたしの状況では、初めから――何度も何度も――これは終わるといわれている。このほうがいいのかもしれない。少なくとも、彼が荷物をまとめて出ていっても、とまどうことはないのだから。心の準備をする時間がある。でももしわたしが奨学金を獲得したら、ふたりとも荷物をまとめる……ただそれは別々の人生を生きるためだ。それでもわたしは、いま彼といっしょにいたいと思ってしまう。あとで悲しむとしても、いまの幸せを求めてしまうのは間違っているのだろうか？　たとえ一時的なものだとわかっていても？

「どっちが真剣な顔をしてるって？」

わたしははっとしてカイランドを見て、笑いだした。

「自分で提案したルールを破ってるね」わたしは小さく笑った。

カイランドもくすくす笑って、そしていったん黙った。「きみが来てくれてほんとうによかった。念のためいっておく。きょうは……すばらしかった。きみもすばらしい。それを伝えておきたい」

「わたしを追いだそうとしてるように聞こえるけど？」

カイランドは首を振った。「逆だよ。帰らないでほしいと思ってる。今夜は泊まっていってくれたらうれしい」

「わたしもそうしたい」わたしはそっといった。カイランドは、わたしの返事にほっとしたように、息をついた。

玄関ドアがノックされる音がして、わたしたちはなんだろうと互いの顔を見た。カイランドは、応対するかどうか考えるようにひと呼吸おいた。でもそのとき、ドアのそとでまぎれもなくバンジョーを爪弾く音がした。わたしは噴きだした。「大変。みんな密造酒で酔っ払ってる」

「まったく」カイランドも笑いながらいった。彼はドアのところに行き、わたしも立ちあがり、上掛けをからだに巻きつけた。ちゃんと服を着ていないけど、ドアの向こうにいる山の住人たちのことも、密造酒好きだということも知っている。だれも気がつかないだろう。

カイランドがドアをあけて、わたしたちは戸口に立ち、酔っ払った山の住人バンドによる、オリジナルバージョンの『ジングルベル』を聴いた。バンジョーや手作りの楽器を奏で、上擦った大声で歌っている。ひどい演奏だし、滑稽《こっけい》だった。騒々しい酔っ払いたちはしかたがない。わたしはほほえみっぱなしだった。彼らは故郷だ。

三本しか歯が残っていないサリー・メイおばあさんが、カイランドの腕をつかんで乱暴なツーステップを踊り、彼をくるくる回して、声をあげて笑わせた。カイランドの大っぴらに幸せそうな顔に胸が締めつけられた。つかの間、世界がゆっくりと回転し、そこには彼しかいなくなった。笑ってサリー・メイと腕を組み、楽しそうにくるくる回って、曲の終わりは紳士らしいお辞儀で締め、サリー・メイもひざを曲げてお辞儀をした。わたしはドア枠にもたれかかった。

彼らは自分たちのジャグの密造酒を、わたしたちにも勧めてくれた。わたしはまるでコーヒーのような味のする強いお酒をふた口飲んで、咳きこんでしまった。カイランドも飲んで、顔をしかめ、手の甲で口をぬぐった。そして彼らは踊りながら雪道を行き、カンカンと鳴り響く音楽は晴れた寒い夜空に消えていった。

カイランドはドアをしめて、わたしに手を差しだした。わたしはまだ巻きつけた上掛けを押さえていて、あいてるほうの手でその手を取った。彼はさっきサリー・メイにしたようにわたしをくるっと回し、わたしはくすくす笑って彼の筋肉質の胸にぶつかっていった。彼のからだは美しかった。筋肉質だけどすらりとしていて、肩幅が広く、ウエストは細い。ずっとわたしのものにはならないけど、いまのうちは堪能してしまおう。

「いかれてる」カイランドは口元をゆがめてほほえみ、いった。

「ほんとに」わたしもいって、笑った。「でもすごく楽しい」

カイランドの部屋に戻り、わたしたちは笑いながらベッドに倒れこんだ。彼がわたしにキスして、キスが深まるにつれて笑いは消えた。わたしはため息をつき、両腕を彼の首に巻きつけ、爪の先で彼の頭皮をこすった。

彼がうめき、その声に脚のあいだがずきずきした。セックスはだれにとってもこんな感じなのだろうか？　ほんとうに好きあっているカップルはどうして家から出られるのだろう？　もしカイランドがわたしのものだったら――わたしと結婚して、ふたりでこの家に住んでいたら――一日じゅう彼を閉じこめておきたい。唇をつけたままくすくす笑うと、彼はからだを引いた。

「なにがおかしい？」

「なにも。わたしはセックスが好きなだけ」

「まだセックスしたことないだろ」彼は鼻をわたしの鼻につけてこすった。

「あなたがしてくれればいいのに」わたしはいった。「姉は自分がピルをのみはじめたときからずっと、わたしにものませてる。無料クリニックでたくさんもらえるから。毎日ちゃんとのんでるよ」彼にこのことを打ち明けるかどうか迷ったし、恥ずかしかったけど、避妊が彼のためらう理由のひとつなら、その心配はないのだと教えたかった。

「テンリー」彼はうなった。

「あなたにしてほしいの、カイランド。わたしの初めてになってほしい。いずれ出ていってもかまわない」

「だめだ。そんなことをいうな。そんなふうに思ったらいけない。ぼ、ぼ、ぼくはかまう。ぼくにはできない」彼は強調するように首を振った。わたしの髪をそっと耳にかける。

「テンリー、きみはいつか、きみに人生を、自分のもてるすべてを与えたいと思う男に出会う。ぼくは彼のものになるべきなにかを奪うことはしない。それはきみが贈りものとして彼に与えるものだ」言葉は優しかったが、彼のあごはこわばっていた。

わたしは彼の胸を押した。無性に悔しく、腹立たしかった。「あなたってほんとに雰囲気をぶちこわすのがうまいよ。知ってた？」わたしは立ちあがり、上掛けをひっぱった。「いま自分が求める相手にキスされているときに、ほかの男の話を聞きたがる女の子がいる？　次はきっと、あなたがもてるすべてを与えたいと思う女の人の話を始めるんでしょう？　いつか、ここを出ていったあとでね。きっと洗練されて世知にたけた女の人ね。ニューヨークの社交界のお嬢さまとか？　彼女はきちんとしたレディのように話すのよ――ケンタッキーの田舎娘とはちがって。真珠のアクセサリーを身につけ、お茶を飲むときは小指を――」

「テンリー、やめろ。そういうことじゃない。話を聞いてくれ。なんだよ、密造酒で絡み酒か」彼は小声で毒づき、坐って手櫛で髪をかきあげた。「これが間違いだってわからないのか？　まったく、女ってやつは」

「わたしが間違いだというの？」わたしは傷つき、胸のうちが煮えくり返った。手近にあるものをつかんで、彼に投げつけた。あいにくそれは枕で、彼はよけもしなかった。わたしはまわりを探したけど、手が届くところにあるのはもうひとつの枕だけだった。だからそれもつかんで、彼に投げた。

カイランドは立ちあがり、わたしのウエストに手を回してベッドの上に倒し、押さえつけて馬乗りになった。わたしは抵抗し、むちゃくちゃにぶったのに、彼はたじろがなかった。彼は体重の一部しかかけていなかったけど、牡牛のように力が強く、自分でそうしようと思わない限りどかないのは明らかだった。

「もう気が済んだ?」彼がそっと訊いた。わたしは彼をにらみつけた。

「話を聞いてくれるかい? ぼくがいったのは……さっきのいい方はよくなかった」

彼は自分の心のなかを探すように、目をそらした。「ぼくがいいたかったのは、ぼくたちのセックスは、取り返しのつかない形ですべてを変えてしまうということだ。ぼくはそれを感じるし、きみも感じているんだろう」

わたしは暴れるのをやめた。「わたしは受けとめられる」

「そんなことをきみにさせたくない」

「ただのセックスだよ、カイランド」

彼は首を振った。「ぼくたちのあいだでは、そうならない。だいたい、キスでさえぼくたちの場合はただのキスではないだろ」それがひどく悪い知らせであるかのように、つらそうな顔になった。

「ほかの女の子とはセックスしてるのに」

彼は首を振った。「きみは彼女たちとはちがう。それにぼくはだれの初めてでもなかった。たしかに……ほかの子とそういうことはした、でも相手にとって不公平なことはしていない。もしぼくがきみとセックスしたら、それはぼくたち両方にとって不公平だ」

たぶんよろこぶべきなのだろう。彼はわたしのことを大事に思ってくれているのだから。でも感じるのは、彼がたくさんの女の子たちにしたことをわたしにはしてくれないという、悔しさと嫉妬だけだった。「わかった。だからどいて」わたしは不機嫌にいった。

「テンリー」彼は低い声でいい、完全にいらだったように天井を見あげた。「頑固な癇癪娘だな」彼はつぶやいたが、その声はほほえんでいるようだった。

わたしはふんと鼻を鳴らし、また暴れはじめたが、カイランドが背をかがめて唇を重ねた。わたしは抗議の声をあげたけど、からだを押しあげて彼に密着させたことや、両手を彼の髪に差しいれて引きつけたことで帳消しになった。彼は激しく濃厚なキスをした。たまらず、彼に腰をすりつけた。

とつぜんカイランドはわたしからおりると、わたしがかけていた上掛けをはぎとり、自分も服をぬいだ。すぐにわたしの上に戻ってきた彼の硬く突きだしたものを見て、もしかしたら考え直してくれたのかと思った。彼がわたしにからだを重ね、わたしは脚を開いた。

カイランドはまるで苦痛を味わっているかのようにうめき、わたしのからだを滑りおりた。いちばん感じやすい場所に彼の温かく濡れた舌を感じて、わたしはびっくりして目を瞠った。腕を伸ばしてシーツをつかみ、頭をそらしてせつない声を洩らした。「そんな、カイランド」彼は舌を打ちつけ、わたしの膨らみを転がすように円を描いた。あまりの快感に、大きな声をあげそうになる。

わたしは彼の頭を両手でかかえて、臆面もなく彼に押しつけていった。こらえきれずいったとき、よろこびが全身を貫き、わたしは背を弓なりにしてカイランドの名前を何度もくり返していた。

かすんだ目をあけると、カイランドがのぞきこんでいた。「また友だちに戻った？」彼はにやりと笑って訊いた。

わたしは彼のほおに手をあて、まじめな口調でいった。「わたしたちはけっしてただの友だちにはなれない」

彼は真顔になった。「知ってる」

わたしはほほえんだ。「でもあなたは上手ね」

彼はわたしの首筋に顔を押しつけた。「知ってる」

わたしは彼を押しのけ、彼はくすくす笑った。「冗談をいっただけだよ」

「ちがうね」

「はいはい、ちがうよ」

わたしは黙りこんだ。どうやって彼が上手になったのか考えたくなかった。嫉妬のかたまりが胸のなかで燃えあがり、わたしはまたなにかを投げたくなった。

「おいで」彼はいい、毛布を自分にかけて、隣にわたしが入れるように端をもちあげた。わたしは彼の隣に横になった。彼はうしろからわたしを抱きしめ、毛布をかけた。彼の硬くなったものがお尻にあたっているのを感じた。もぞもぞと動いてみると彼はひきつった声を出した。わたしが手を伸ばすと、彼はその手を取って、わたしの腰に押しつけた。「ただきみを抱きしめたい」

「でもあなたが――」

「きみを抱きしめたい」くり返した。

わたしは一瞬迷ったけど、力をぬいて彼の胸に寄りかかった。「いままでに」唇を噛んだ。「こんなふうにほかの女の子を抱きしめたことは?」思いきって訊いてみた。息を詰めて彼の答えを待った。一部でもいいから、ほかの女の子と共有していない彼を自分のものにしたかった。

「ないよ」彼は静かな声でいった。「きみだけだ」わたしはまたリラックスして、胸がよろこびでいっぱいになった。彼はわたしに腕を巻きつけ、もっと自分に引きよせた。彼は温かく、大きくて、わたしはうっとり寄りかかった。安全で守られていると感じ、それにすごく心地よかった。わたしはため息をつき、彼はわたしの肩にキスをした。「おやすみ、かわいい癇癪《かんしやく》娘」彼はささやいた。

しばらく静かだったので、彼はもう眠ったのだろうかと思った。

「あなたが行ってしまっても、このことを後悔したりしない」わたしはささやいた。

少しのあいだ、窓のそとの風の音しか聞こえなかった。それから彼が、とても小さな声でいった。「ぼくもだ」

わたしは安心して深い眠りに落ち、次に目を覚ましたのは真夜中で、カイランドの手がわたしの脚のあいだをゆっくりと愛撫していた。わたしはため息をついて目をあけ、彼のベッドの横の窓越しに雪が静かに降っているのを見ていた。彼がわたしをいかせて、わたしもお返しに、彼の昂りを握ってしごき、やがて彼はうめき声とともに射精して、暗闇にわたしの名前を呼んだ。

そのしばらくあと、喉を詰まらせたような音で目を覚ますと、カイランドに抱きしめられていた。彼の肌は冷や汗をかき、筋肉が硬直している。「カイランド」わたしは小声で呼びかけ、軽く揺すった。彼ははっと目を覚ました。

「夢を見ていたの」

彼は深く息を吸いこんだ。

「ああ」

「なんの夢？」わたしは手櫛で彼の髪を梳かした。

彼は一瞬ためらったが、答えてくれた。「炭鉱のみんなだ。地下深く、生きたまま埋められた。ときどき彼らの夢を見る。窒息《ちっそく》するように感じる」

わたしは彼にからだを寄せて、両腕でぎゅっと抱きしめた。「つらいでしょう」

彼は音をたてて息を吐いた。「彼らは酸素が尽きるまで三日間、地下で生きていたんだ。三日間」

それは知らなかった。救助活動がおこなわれたことは知っていた。そして救助隊が見つけたとき、彼らは全員死亡していたことも。でも三日間も生きていて、それを伝えていたのは知らなかった。わたしは想像して、身震いした。

「それが理由なの、あなたが――」

「閉所恐怖症？」彼はいったん黙りこんだ。「それもある。七歳のとき、プライヴェン家のそばの森で兄とかくれんぼをしたんだ。ぼくたちはいつもそとで遊んでいた……」彼は咳払いをして、続けた。「とにかく、彼らの庭の隅に古い冷蔵庫が置いてあって、ぼくはそのなかに入って隠れた。扉を締めたら掛け金がかかって、出られなくなった」思い出を語るその声も喉が詰まったようで、わたしは彼の胸にキスをして、回した腕に力をこめた。「最終的には見つけられたけど、数時間たっていたし、ぼくはこのなかで死ぬんだと思ったよ。生き埋めにされるのと似ている。そして父と兄があんな形で死んで、そのときの記憶がよみがえり、ぼくはふたりが経験した苦しみと恐怖を想像した。とつぜん、狭い場所に入ると正気を失いそうに感じるようになった。ときどきはシャワーを浴びるだけで……いまでもシャワーカーテンは閉められない」彼は恥ずかしそうに笑った「ばかみたいだろ」

わたしは彼の胸に顔をつけたまま、首を振った。「ばかみたいじゃない。ぜんぜん」

彼はわたしに腕を回し、抱きしめながらわたしの腕をなでた。わたしは彼がどんなにさびしかっただろうと思った。こんなに長いあいだ……。

「カイランド？」

「うん？」

「どうやって……いままで、ということだけど……ずっと生活してきたの？　食べものを買うお金は？　暖房は？」

彼はなにもいわなかった。「そのことは話したくないんだ、テンリー。どうしてか……自分をさらけだすように感じるからかもしれない」

「無理しないで。いいの」急いでいった。ああ、カイランド、どうしているの？　どうやって自立していたの？　わたしは彼の裸の胸にキスして、唇をつけたままにした。

数分間ふたりともなにも話さなかった。ようやく、彼がとても静かな声でいった。

「なんでもする。週末にくず鉄を集めたり。ジャコウネズミやウサギの罠《わな》をしかけて、売ったり、必要なら食べたりもする。瓶のキャップを集めたり……必要ならなんでもしている。たいていはそれでなんとかなるんだ。電気代を払えるときさえある。払えないときも。月末はいつも厳しい。請求書をすべて支払ったあとはなにも残らないから」

泣かない。ぜったいに。

カイランドはいま、彼の心のすごく個人的な部分を話してくれた。生き延びるためになにをするかは、もっとも個人的なことだと、わたしはだれよりもよく知っている。生きるための闘いでは、だれにも知られたくないようなやり方で、自分の小ささを思い知らされるから。なぜなら、それはいうに耐えないようなことだから。ぶざまで、恥ずかしくて、同時に美しくて、勇敢なことだから。そして彼はいま、その一部を与えてくれた。わたしは彼のために悲しかったし、おそろしかったし、苦しかったけど、深い感謝を感じてもいた。彼をぎゅっと抱きしめた。「あなたはすごいと思う」わたしはいった。「それにすごく勇敢」

「ぼくは勇敢じゃないよ、テンリー。毎日起きて悲惨な人生を生きているだけだ。ほかにどうしようもないだろ?」

わたしは黙って、そのことを考えていた。おなじ状況の人があきらめてしまう方法は千もあるのに、カイランドはそれを選ばなかった。彼は自分がどんなに強くて勇敢なのか、わかっていない。

「なあ、テンリー」少しして、彼がささやいた。

「なに?」

「あの本だよ、『ザ・ロード』」

「うん?」わたしは人肉食を書いた本について〝貪る〟という言葉をつかった、彼の悪い冗談を思いだしていた。

「あのなかに、どれほど小さくても、どれほど隠れていても、心に小さな火を燃やしつづけるという文章があった」

「そうね」わたしは小声でいった。

「ときどきあの文章のことを考える。その小さな火は希望なのだろうと。つらいとき、あまりにも苦しくてもう生きていたくないようなときを乗りきるために、それを燃やしつづけることを考える」

わたしは目をあけた。「なにがあなたの火を燃やしつづけているの?」

「人生はいつもこんなにつらいことばかりではないという希望。いつかここを出て――いつまでも寒さと飢えに苦しんだりしないという信念。それがぼくを動かしている。ぼくの火だ。そのおかげで、生き延びるために必要なことができる。それがあるから、そういう自分をあまり嫌いにならずにすむ」

ああ、カイランド。

わたしはうなずき、また彼の胸にキスした。彼は両腕でわたしをつつんで、ぎゅっと抱きしめた。

数分後、彼の呼吸が一定になり、眠りに落ちたのがわかった。わたしは暗闇に横たわり、長いあいだ考えていた。カイランドがすばらしい男性になったこと。彼があらゆる困難にもかかわらず生き延びたこと。そのときまで、わたしは知らなかった。畏《い》敬《けい》と心痛《しんつう》、そしてよろこびと悲しみ、そういうものすべてで心がいっぱいになることがあるなんて。

# 13

## テンリー

わたしは早朝に家に帰った。朝の冷たい空気のなかで服を着て、眠っているカイランドにキスをしてから。彼はあれから悪い夢を見なかったけど、起こしたくなかった。わたしたちはほとんど眠らなかったから。彼のベッドでふたりで経験したことを思いだして、肌がほてるのを感じた。暖かいふとんのなかに戻り、もう一度経験したくなる。でもマーロが戻る時間はわかっているし、マーロと母が帰ってくるときにはうちにいたかった。だから音をたてずに彼の部屋を出て、玄関ドアをそっと閉めた。

クリスマスツリーは置いてきた。寒さに震えながら、雪道をトレーラーハウスまで歩いた。全世界のなにかが、いつもとはちがって感じられた。寒さはより寒く、空気はより清く、松の木はより香りが強く、青空はより明るくなった気がする。生きているのを感じる。

わたしはトレーラーハウスのドアをくぐり、最低限暖まる程度にヒーターを点けた。すばやくシャワーを浴びて、きれいな服に着替え、セーターを二枚重ね着し、ウールの靴下を二足重ねばきした。濡れた髪で冷えないように、頭のてっぺんで雑なおだんごにまとめた。

キッチンに行って棚のなかをのぞいた。オートミールが残っていたのでそれを温め、シナモンを少々振って、毛布にくるまり、ソファーに坐って食べた。

すぐに思いはカイランドのことに移った。きのう彼について知ったことすべてについて考えた。彼が生き延びるためにしなければならなかったことを考えて、心が痛んだ。まだ眠っているのだろうか。そうならいいけど。これでわたしたちの関係はどうなるのだろう。なにも期待するべきではないのかもしれない。ひょっとしたらゆうべのことは一夜限りの経験だったのかも。そう考えただけで、ものすごくがっかりした。ああ、テンリー、ばかなことを考えるのはやめて。なにか期待しても、きっといい結果にはならない。

わたしはため息をつき、さらにオートミールを口に運んだ。彼にははっきりいわれたじゃない。きのうの夜ふたりでしたこと以上のことはなにも、彼に約束されていない。わたしの推測では、それさえ彼は全力で抗っていたようだ。彼はどんな恋愛関係も望んでいない。つまりわたしのことも。たとえキスしても——からだを合わせても——

なにも変わらない。わたしはそれでもだいじょうぶ？　でも選択の余地はない。彼は正直に自分の与えられるものを差しだし、わたしはそれを受けいれたのだから。だいじょうぶにならないと。望むかどうかにかかわりなく。

もしかしたらわたしは、母と姉の男性経験のせいで、複雑に考えすぎているのかもしれない。とりあえずカイランドと楽しんで、ときが来たら別れればいいだけなのでは？　たぶん悲しいし――少しは泣いてしまうかもしれないけど――いずれあきらめて前に進む。彼とおなじように。人生は続き、思い出は消えていく。

カイランドがふたりの性的な関係を制限したのは、たぶん正しいことなのだろう。そのことについては彼のほうがわたしより冷静に考えているのかもしれない。なんといっても、経験豊富だし。わたしは顔をしかめた。彼はほかの女の子たちとも続けるつもりだろうか？　わたしがやめてといえる？　いいえ、わたしにはそんな権利はない。でもあのベッドで彼が、わたしにしたことをほかの子にもしているところを想像して、すごく苦しくなった。

からになったボウルをコーヒーテーブルに置き、自分を抱きしめるように両腕をからだに巻きつけた。どうやら、からだと心を切り離すのが、まったくうまくできていない。

トレーラーハウスのそとからエンジン音、ドアが閉まる音、足音が聞こえた。わたしはあわてて立ちあがり、ドアをあけた。

マーロとサム、ふたりに左右から支えられた母がドアの前まで来ていた。

「ママ」わたしは小さな声で呼びかけ、ドアのそとに手を差しだして、階段をのぼってくる母の手を握った。母はうっすらと疲れたほほえみをうかべて、トレーラーハウスに入ってきた。マーロとサムが続いた。わたしはソファーで自分がつかっていた毛布を片付け、母が坐る場所をあけた。

「ありがとう、テンリー。でも横になりたいの」母は弱々しい声でいった。

「そうね、ママ」わたしはいい、疲れた様子のマーロに問いかける視線を投げた。マーロがほほえんで、うなずいたので、母はだいじょうぶなのだとわかった。

母とマーロが寝室としてつかっている奥の部屋に連れていくと、母はベッドに横になった。わたしは靴をぬがせて、ふとんをかけた。母がため息をついた。「ありがとう、テンリー」そういって手を差しだしてきたので、その手を取って、ベッドの端に腰掛けた。

母はとても悲しそうだった。「ごめんなさいね、テンリー。ほんとうに悪いと思ってるのよ」

わたしは首を振った。涙がこみあげてくる。「ママによくなってほしいだけだよ」

「わたしもよ。いまはどうすればいいのかわからないけど。こんなめちゃくちゃで。

わたしはめちゃくちゃよ。自分でもなんとかしようとしてるのよ、ほんとうに。でも真っ暗な闇がやってきて……」母は首を振り、目をぎゅっとつぶって、最後まではいわなかった。

「愛してるよ、ママ。なにがあっても、ママのことを愛してる」

母の目から涙が流れ落ちた。「わかってるのよ、テンリー。それが助けになってる、ほんとうに」母は横を向き、もう話は終わりのようだった。眠そうだし、たぶん薬の作用もある。わたしは母の顔にかかった栗色の髪を払い、きれいな顔が眠りでリラックスするのを見守っていた。

しばらくそこに坐っていて、気をとり直し、眠っている母を置いて寝室を出た。

「具合がよさそうに見える」わたしは静かな声でマーロにいった。マーロとサムはソファーに坐っていた。サムはひざにひじをつき、室内を見回して、かすかに不機嫌な表情を浮かべた。きっと彼にはむさくるしい部屋に映っているのだろう。

「そうよ。とりあえずはね」マーロはいい、ため息をついた。わたしたちは経験で知っている。具合がいいときがどのくらい続くのか、だれにもわからないのだ。

「ええと、サム、この週末はずっとありがとう」マーロはそういうと立ちあがり、明らかにサムを帰そうとしていた。彼は、こんなにすぐに帰されると思っていなかったように眉を吊りあげたが、紳士なので、席を立った。

「そうだね。もうぼくがいなくても……?」声はしだいに小さくなった。具体的になにを申しでたらいいのか、わからないという感じだった。

「ええ、だいじょうぶ。ありがとう」マーロはほほえんだ。ちょっと、これは気まずい。

「ほんとうにありがとう、サム」わたしはいって、手を差しだし、心をこめてほほえんだ。「こんなに親切にしてもらって――」

「どういたしまして」サムは恥ずかしそうに、爪を噛んでいるマーロをちらっと見た。「なんでも必要なことを思いついたら、どうか遠慮なくぼくに連絡してほしい」

わたしはうなずき、マーロが彼をドアのほうに送っていった。「そうだ」サムがそういってふり向き、マーロとぶつかりそうになった。ふたりはぎこちなく笑い、サムのほお骨のあたりが赤く染まった。ほんとうにハンサムな人だ――眼鏡と前髪を分けた髪型がおたくっぽいけど、間違いなく見込みはある。心からマーロに好意をもっているようだし――彼女といっしょにいると落ち着きなく、不器用になるのがそのしるしだとすれば。

サムはポケットから、薬局の袋のようなものを取りだした。「お母さんが指示どおりに服用するように気をつけて。あの医者はこの組み合わせがきっと効くはずだと期待していたよ」

わたしたちはこれまで何度も期待した。

マーロはうなずいた。「ありがとう、ほんとうに」

彼は一瞬ためらったが、ほほえんで、わたしたちにうなずきかけ、トレーラーハウスを出て、ドアを閉めた。数秒後、彼の車のエンジンがかかる音が聞こえた。

マーロは倒れこむようにソファーに坐り、大きなため息をついた。

わたしはその隣に坐って、姉のほうにからだを向けた。マーロが横目でこちらを見た。「わたしはあなたに激怒してて当然なんだけど」

「でも怒ってない？」わたしは訊いた。

姉は深く息を吸いこみ、考えているようだった。「ないわ。サムは……いい人だし、だいたいの場合、無害だし」首をかしげて、唇を嚙んだ。「それにママのことでとても助けになってくれた」

わたしはうなずいた。「疲れてたけど、具合よさそうだった」

「〝医師〟という肩書のせいなのか、彼が男性だという事実のせいなのかはわからないけど、彼はわたしやあなたよりもずっと、ママのフロアの医師たちと深い話ができた。そのおかげで効果があると思われる薬の組み合わせを試してみることになったのよ」

わたしは顔をしかめた。「組み合わせ……ということは複数の薬ということでしょう……つまり──」

「わかってる、うちでは薬代を払えない」マーロは心配していた。「それにこれがよく効くとも限らない。でもドクター・ノラン──サムが、二種類目の薬代を払ってくれたの。わたしは遠慮したんだけど」うしろめたそうにわたしを見る。「でもママのためになるならと思って、出してもらった」マーロはうつむき、ふたたび唇を嚙んだ。

「それでよかったんだよ、マー」わたしはいった。でもマーロがこれきりにするつもりなのはわかっていた。それに姉のいうとおり、この新しい組み合わせが効くとは限らない。これまで何種類もの薬を試してきたけどママはよくならなかった──それどころか悪化させた薬もあった。

わたしはマーロを見た。「それで、サムは……本気でマーのこと好きみたい」

姉は鼻を鳴らした。「そうね、いまはね」

「マーロ──」

「ううん、聞いて。彼はいい人だしハンサムだけど……でも地位のある人よ。この地域の一員でもない。ほんとうの意味ではね」いったん言葉を切って、考えていた。

「でも彼がいてくれたおかげで病院での時間がいつもより早く過ぎた。それは感謝してる」

「今回病院にいってくれてありがとう」わたしはいった。「クリスマスだったのに……」

マーロは悲しげにわたしを見た。「少なくともわたしはひとりではなかった。でもあなたは、このうちにひとりきりだった」そういってわたしの手を握った。「本を読んでいたんでしょ？　だいじょうぶだった？」

わたしはうつむき、ほおがほてるのを感じた。

「どうしたの？」

顔をあげて、説明しようと口を開いたけど、ためらった。

「テンリー……」マーロの声は、いいなさい、それもすぐに、という警告だった。

わたしはぎこちなくほほえんだ。「ひとりというわけではなかったの。それにここにもいなかった」

マーロは目を大きく見開いた。「ええ？　いったいどこにいたの？」

姉はすでに、カイランドが学校からわたしを送ってきたことは知っていた。わたしはおずおずと、その前にあったこと、いっしょの学校に通っていて家も近所なのに最近知り合いになったこと、図書館でのできごと、クリスマスの劇のときのこと……すべて打ち明けた。マーロはわたしの姉であり、親友だった。隠しごとはしない。

わたしが話しおわったとき、マーロはわたしの顔をまじまじと見た。「わお、テンリー。わたしが病院の待合室にいるあいだに、そんな大事なことがあったなんて」そこでいったん言葉を切り、わたしが話したことについて考えているようだった。「そうね、彼は少なくとも、あなたがどういう立場かについて正直にいってる。少なくともあなたには、彼がいなくなるとわかっている。あなたをだましてつきあい、そして消えるということではない。たいていの男たちのようにね」

わたしは悲しい気分でうなずいた。そういう男たちが、わたしたち三人にとってこれまでの経験のすべてだったのは否定できない。でもわたしのなかのなにかが、それに反論したがっていた。わたしのなかのなにかが、世のなかには善良で誠実な男の人も、そしてとどまってくれる人もいると信じたがっていた。

でもカイランドは、ここにとどまることはない。はっきりと断言した。

「受けとめられるの、テン？」マーロがそっと尋ねた。

「わからない」正直に答えた。「でももしかしたら、これでおしまいかもしれない。だって、クリスマスはさびしいし、お互い惹かれあっていたから……」わたしは彼のキスを思いだしながら、唇にふれた。「なにもかもタイミングのせいかもしれない、でしょ？　カイランド・バレットとのつきあいともいえないつきあいは、これで終わりかも」わたしは背筋を伸ばした。でもわたしはだいじょうぶ。いままでもそうだったのだから。ほかに選択肢はないのだから。

マーロはほほえんで、わたしの手をぎゅっと握った。「わたしはシャワーを浴びて、ママといっしょに少し横になるわ」あくびをしながら、立ちあがった。「病院の待合室ではほとんど眠れなかった。あなたもあまり眠らなかったみたいだけど」

姉がバスルームに入ってから、わたしはソファーにひとり坐っていた。数分後、本を取ってあおむけに寝た。でも集中できなかった。カイランドのことが頭のなかでぐるぐると渦巻き、心は憂鬱に閉ざされていた。

# 14

## テンリー

トレーラーハウスのドアがそっとノックされる音がした。わたしは深い眠りから覚め、上半身を起こした。真っ暗だ。いったい？

また音がした。わたしはからだに上掛けを巻きつけて、ドア越しに小声で訊いた。

「どなた？」

「カイランドだ」

心臓がどきりとした。ドアをあける。コートと帽子を着けたカイランドが、両手をポケットにつっこんで立っていた。その表情はよくわからなかった。

「ハイ」わたしは寝ぼけ顔でほほえんだ。「ここでなにをしてるの？」訊きながら、部屋をふり返った。

「ぼくは、その、きみがだいじょうぶだろうかと思って」

わたしは眉根を寄せ、上掛けをかたくからだに巻き直した。そとの冷気でからだが冷えはじめている。「なぜわたしがだいじょうぶじゃないの？」

彼は目をぱちぱちさせてわたしを見た。「うん、お母さんが帰ったのはわかってる。ぼくはただ、きみの様子を見に……お母さんは……」

「夜中に？　もっと早く来てくれればよかったのに」

カイランドは、まるで初めていまが夜だと知ったかのように、暗い星空を見あげた。わたしを見た顔は決まりが悪そうで、迷っているようだった。わたしは首をかしげて彼をじっと見た。冬空の下に立ち、白い息を吐いている。

「さびしいの、カイランド？」わたしはそっと尋ねた。

彼は驚いた顔をした。「え？」首を振る。「いや、というか、ぼくが来たのはそんな理由じゃない。自分のためではなく。きみのために来たんだ」

わたしは首をかしげたまま下唇をなめた。彼はさっとそれを見て、ごくりと唾をのんだ。

「自分のためになにかを求めてもいいんだよ」

わたしを求めても。そうしてほしい。そうだったらいいのに。

カイランドはうなずいた。「わかってる。ぼくはただ、きみはお母さんを迎えたりしてるんだろうと思って……お母さんの具合は？」

「まあまあよ。よくなってる。 起きてきて、わたしが夕食をつくるのを手伝ってくれた。それはいいしるしなの」

彼はうなずき、もじもじと足を踏みかえるあいだ、一瞬、沈黙が落ちた。

「ぼくに帰れといってくれ、テンリー。それも本気で。もう帰れといってくれないと。ぼくは自分ではできないみたいだ」

わたしは驚いて彼を見た。「わたしは帰ってほしくない」

彼は喉からほうっと大きな息を洩らし、また足を踏みかえた。

「またわたしがあなたの家に行こうか？」

カイランドはわたしと目を合わせた。「できるかい？ つまり、可能なのか？ ほんとうに？」

わたしはうなずいた。「うん。待ってて」なかに入って、そっとドアを閉めた。マーロ宛てに手短に、カイランドの家に行くこと、朝には帰ることを書き置きした。これで母にはなにか言い訳しておいてくれるはず。わたしたちはこういうことは母には話さない。いままでも話したことはない。いまそれを始めるのも変だ。

すでにスウェットパンツと長袖のシャツを着ていたから、ブーツをはいて上着をはおり、トレーラーハウスを出た。

わたしがおもてに出たとき、カイランドが見せた表情は純粋な安堵だった。「ほんとうにいいのかい?」彼は訊いた。

「うん、だいじょうぶ。察するに、まだわたしのからだを堪能《たんのう》しきってないってところでしょ」わたしはからかった。カイランドは固まり、殴られたような顔をした。

「テンリー、ちがう。ぼくが来たのはそんな理由じゃない。きみを利用するために来たんじゃない。ただ……ゆうべ、きみといっしょに眠ってすごく……でも今夜は眠れなくて、だから、もしかしたらきみもと……」彼は乾いた笑いを洩らし、しかめっ面で空を見あげた。「まったく、ぼくはなにをいってるんだろう。それに夜中にきみを起こしてしまって――」

「いいよ。わたしもあなたといっしょに眠ってよかった。眠るという部分はね」わたしはほほえんだ。「というか、ほかの部分もすごくよかったけど、眠るという部分もよかった。だからそうしよ? もう夜も遅いし。あなたが自分をさいなんでうじうじ悩むのが終わったら」

彼は一瞬黙りこみ、首のうしろをなでてくすくす笑った。「ぼくはうじうじ悩んだりしない」

わたしは鼻を鳴らした。「なにいってるの。〈うじうじ悩む教室〉を開けるくらいだよ。うじうじ悩むことにかんする一流の専門家にだってなれる」そんな冗談をいえることに自分でも驚いていた。でもまたカイランドに会えて純粋にうれしかった。それに彼がわたしに会いたいと思ったことも、うれしかった。

カイランドはまたくすくす笑って、わたしの手を取り、歩きはじめた。雰囲気が軽くなった。

五分後、わたしたちは彼の家に入った。

無言で彼のベッドに行った。わたしはブーツと上着をぬいで、シャツとスウェットパンツもぬぎ、下着だけの姿になった。彼といっしょに過ごしたのは一日、肌を合わせたのは一夜だけど、すでに彼の前でくつろぎ、安心していた。

彼も下着だけになり、ふとんのなかのわたしの隣に入ってきた。わたしの背中を自分の胸に引きよせ、髪の毛に鼻先をうずめた。彼が吐きだした息は、何時間も何時間も息を詰めていたかのような音がした。わたしは彼の腕を取って自分に巻きつけ、からだを密着させた。

「ありがとう」低くかすれた声。そのいい方のなにかに……切羽詰まった響きがあった。わたしは心配になって、ふり向いた。

部屋の薄闇のなかで彼はわたしを見つめた。その目は、なんと呼んだらいいかわからない苦痛に満ちていた。わたしは眉をひそめ、彼のほおに手をあてた。

「カイランド――」

でも彼は首を振ってさえぎった。「ごめん」彼はいった。

ひどく身勝手なことに」

「きみから離れていられないことに。きみのことが頭から離れないことに。目が覚めてきみがいないと気がついてからずっと、五分置きにきみの家に行こうとしたことに。ひどく身勝手なことに」

わたしの心は舞いあがると同時に沈んだ。「身勝手じゃない。わたしもあなたに会いたかったもの。いいの。わたしはあなたが与えられる以上のものは求めてない。ほんとうだよ」

「そのことをいちばんすまなく思っている」

「なに？ そのことって？」

彼はゆっくりと首を振った。「きみに与えるものをなにももたないことに。きみから奪うことしかできないことに。それは悪いことだ」

「悪くない。わたしが差しだしているんだから」

「いいや。それでも悪いことだよ」

わたしはほぼ暗闇のなかで彼の顔立ちをまじまじと見つめ、そのほお骨の上に指を滑らせ、あごにさげ、ふっくらしたきれいな唇にふれた。

「ま、あなたの道徳的な葛藤《かっとう》を台無しにして申し訳ないけど、わたしがこの関係を続けているのは、あなたのからだが目的なんだよ、カイランド・バレット。だからそんなに悩まないで」

　彼は笑って、わたしを抱きよせた。わたしは彼の肌の、男らしく清潔なにおいを吸いこんだ。

　少しして、訊いてみた。「また悪い夢を見たの？　それが眠れなかった理由？」

　彼は手の動きをとめた。わたしは彼が答えないかもしれないと思った。だから彼の低い声が沈黙を破ったとき、わたしは身じろぎもしなかった。「夢はたいしたことないんだ。家族のことを話せないのがいちばんつらかった。ぼくはそのことにきのうの夜まで気づいていなかった」彼は震える息を吐いた。「みんながいなくなって初めて、母さん、父さん、兄さんのことを話した」

　わたしは頭をそらし、ふたたび彼のほおをなでた。「それはつらかったでしょう。そんな苦しみをずっと自分のなかにかかえていたなんて、かわいそうに」

　彼はうなずいた。「このうちのこのベッドで幾夜《いくよ》もひとりぼっちの夜を過ごした。だが昨夜はきみといっしょに寝て、すごく気分がよかった」彼は喉の奥から声を発した。「こうして。きみがいる。すごくいい気分だ」

「わかるよ。わたしもすごく気分がいい」わたしはささやいた。

　わたしたちは額と額をつけ、息と息を交じらせ、つま先とつま先を絡ませて数分間そのままでいた。そこでようやく、勇気を出していった。「お兄さんのことを話してくれる？　ときどき町で見かけたことはあったけど、直接会ったことはなかったから」

彼はほっと息を吐いた。「兄は……」少し考えているようだった。「生気に満ちていた。頭がよくて、いたずら好きだった」暗い部屋のなかで、彼の唇がほころんだ。「いつも笑っていた。目を閉じるといまでもあの笑い声が聞こえる。全身で笑うんだ、わかるだろ？　からだをふたつに折ったり、よろけたり、ほんとに……」彼が小さく笑って、わたしはほほえんだ。「ときどきすごくふざけたりして。きのうそり遊びをしたとき、斜面を滑りながら、兄の笑い声が山にこだましているのがたしかに聞こえたんだ。誓ってほんとうに」

わたしは胸が締めつけられるようで、思わず息を洩らした。それからわたしたちはしばらく無言だった。わたしは彼が考えをまとめるのを待った。

「兄はぼくの五つ上だったけど、なんでもいっしょにやった。このあたりの山々を走って、インディアンの部族の仲間ごっこをした」彼はまたほほえんだが、すぐに真顔になり、少し静かだった。「ぼくたちが子供のころは暗闇がこわかった。サイラスはいつも母さんに、廊下の電気を点けておくように頼んでいた」また沈黙。「兄は地下の暗闇で死んだんだ、テンリー」喉が詰まったような声でわたしの名前を呼んだ。

「崩落事故のあとで電源が切れ、彼らは全員、暗闇のなかにとり残された。ぼくはどうしても……どうしても、兄はどれほどこわかっただろうと考えてしまう。きっとものすごくおびえていただろう。いまでもぼくの頭のなかで兄のささやく声が聞こえるんだ。子供のころ、兄がベッドからささやきかけてきたときのように。『起きて電気を点けてくれよ、カイ』って。それなのにぼくは兄になにもしてやれない。なにもだ」

わたしは目をぎゅっとつぶり、こみあげてくる涙をこらえた。「でもふたりはいっしょだった。お父さんとお兄さん。ほかのみんなも。きっと助けあっていた。わたしが知っていた亡くなった人たちは、みんないい人だった。きっと最後まで、みんなで助けあっていたと思う――」

「そうだな」彼はそっといった。

わたしたちはしばらくなにもいわずに横になっていた。カイランドが頭をさげてわたしにゆっくりと、濃厚なキスをした。このキスはなにかがちがったけど、わたしにはそれがなにか、わからなかった。

カイランドは唇を離したけど、からだを寄せてきた。「きみはぼくにわれを忘れさせる」彼がつぶやき、唇をわたしの唇にかすめ、わたしは震えた。「きみは暗闇を追い払う。ぼくに心の安らぎをくれる」彼が荒い息を吐き、わたしはそれを吸いこんだ。

「ぼくはどうすればいいのか、わからない」

「受けとって、カイ」わたしはささやき声でいった。「あなたには安らぎが必要だもの。わたしが与えるものを受けとって」

「ぼくはきみになにを与えるだろう、優しいテンリー」ささやいたその声は、打ちのめされているようだった。「ぼくになにが与えられる？」

少し考えてみた。「あなたはわたしに信じさせてくれる」

「なにを？」

「善良さを。強さを」

世のなかには誠実な男の人もいるということを。

彼はわたしの顔にかかった髪をなでて払った。

「それと、お尻。あなたはほんとに、いいお尻してる」

彼は笑って、すぐに真顔になった。「知ってる」

わたしが軽く肩をぶつと、彼は笑って、寄り目にしてみせた。

わたしは笑った。「血まどってる」わたしはいった。山の住人たちが〝頭がおかしい〟という意味でつかう言葉だ。

カイランドは笑って、鼻をわたしの首に押しあてた。「ふむ。怒るときみの内なるヒルビリーが出てくるのはおもしろいな」

わたしは笑った。少しも怒ってない。「山の方言は、その起源をエリザベス朝のイングランドまでたどれるって、知ってた?」

「いや、知らなかった」彼はいいながら、鼻をわたしのあごに沿って滑らせた。わたしはほほえんだ。

「うーん。アパラチアなどの地域には、あまりにも僻地《へきち》で――あらゆる意味でほかの社会から隔絶されていた場所がたくさんあるから、昔の言葉をよく保っているんだって……たとえばこのあたりでは、すべての言葉の語尾に〝t〟をつけて発音するでしょ」

「ああ、それならぼくがニューヨークに行って、『椅子を引いて腰掛けらどうだい、かなりつかいからしてるみたいだ』といったら、相手はそれを王室で話される英語だと思うのか?」

わたしは笑った。「まさか。きっと通訳が必要だと思われるでしょうね。でもあなたがヒルビリー全開で話すとセクシーに聞こえる」

彼はハミングしてわたしのあごを軽くかじった。「気に入った? よかった。なぜならあとで」彼は唇をわたしの首に滑らせた。「下のほうをとぶらうつもりだから」

わたしはまた笑って彼を押し、彼も笑った。笑いがおさまると、カイランドはわたしの顔にかかっていた髪を優しくうしろになでつけた。彼のまなざしは、わたしには読めないなにかで満たされ、その唇は小さなほほえみを浮かべていた。わたしは彼の美しい顔を眺め、彼がなにを感じているか理解しようとした。

少ししてカイランドは背をかがめ、わたしに軽くキスをした。「きみの夢は？　教えてくれ」彼はささやいた。

いい、いい、いい、いい、いい、いい、いい、いい、それがあなただったらと強く願うのをやめることどまってくれる人と恋に落ちること。

「そうね。海を見ること。波のなかで踊ること。レストランでディナーを食べること。二足以上靴をもつこと。お店で売っている、四隅に完璧なピンク色の薔薇が飾られた誕生日ケーキを買うこと。母を治せるいいお医者さんに診せること。教師になること――自分とおなじくらい子供たちを本好きにすること。庭と花壇と自分のベッドのある家に住むこと」

カイランドはしばらく無言だった。ようやく、すごく静かな声でいった。「そういうものすべてと、ほかにもたくさん、かなうべきだ」

「あなたの夢はなに、カイランド？　ここを出ていくこと以外に……なにが欲しいの？」

彼はすぐにはなにもいわなかった。「ぼくは技師になりたい。いつも食べものでいっぱいの冷蔵庫が欲しい。なにか大事なことを成しとげたい――本物の変化をもたらすようなことを。そしてそれが目の前にあらわれたとき、ちゃんとわかるようになりたい」

わたしはほほえんだ。彼が心の一部を打ち明けてくれてうれしかった。「きっとあなたはその全部、そしてそれ以上のことも実現させるよ」いいながら、一抹《いちまつ》のさびしさを覚えた。カイランドには夢をすべて実現させてほしいけれど、そうなったとき、わたしは彼の頭のなかのささいな記憶でしかなくなるのだろうかと思ったからだ。

彼はわたしの髪に指を通して、唇を重ね、わたしは彼のキスにとろけた。

前夜のようにわたしたちは互いに相手をいかせて、それから抱きしめあって眠った——毛布でつくったふたりの繭のなかでは、さびしさと寒さは感じなかった。

# 15

## テンリー

冬休みのあいだは毎晩、カイランドのベッドでいっしょに寝た。彼はわたしがいくら臆面もなくお願いしても、けっしてわたしと最後までしようとしなかった。でもわたしたちは互いのからだをよく知るようになった。夜の闇のなかでささやき、秘密を打ち明け、心の傷を見せあった。彼はお父さんとお兄さんのことを話してくれた。そして話せば話すほど、彼の言葉は楽に出てくるようになった――お父さんとお兄さんの思い出話をしながら、ほほえんだり笑ったりすることも増えた。カイランドはお母さんのこと、彼がずっとかかえてきた苦しみ、混乱と心痛も打ち明けてくれた。

「お母さんを探すつもりなの？」わたしは尋ねた。それは土曜日の朝で、わたしたちは彼のベッドでのんびりしていた。「ここから出ていったら、ということだけど」いつものように、〝出ていく〟という言葉に、わたしの心は突きさされるように痛んだ。

彼はわたしの質問をしばらく考えていた。「考えたことはある。でも、なんの意味がある？　母はぼくを置いていった。二度と戻ってこなかった。なんらかの事情で炭鉱事故のことを知らなかったとしても、そのふたつの事実は変わらない」

わたしは横向きになって、彼と向かいあった。「でもお母さんは知らなかったのかもしれない。あなたはお父さんとお兄さんと三人で暮らしているから、安全だと思っていたのかもしれない。お母さんはたしかにあなたを置いていったし、その理由はわからないけど、あなたはお父さんといっしょにいた。お母さんは、自分がしたことをあなたに赦《ゆる》してもらえないと思って、戻るのがこわかったのかもしれない」

「きみは自分を置いていったお父さんを赦すかい？　お父さんを探したいと思う？　きみはどうなんだ」カイランドの口調は冷たく、わたしは思わずたじろいだ。彼はわたしのほうに寝転がり、一瞬、目をぎゅっとつぶって、わたしのほおに手をあてた。

「ごめん。いまのはひどい質問だった」

わたしは深く息を吸った。「ううん。もっともな質問だよ。ちがいは、わたしは父のことをまったく知らないということ。たぶん……たぶんわたしは父を赦していると思う。でもわたしにとって、父は他人だから。でもあなたのお母さんはちがう。あなたはお母さんを愛していたし、お母さんもあなたを愛していた」

「ぼくは愛されていると思っていた」彼の顔が苦痛でゆがんだ。「でも最悪なのはそのことじゃない――最悪なことを聞きたい？」

わたしはゆっくりうなずいた。

「最悪なのは、こんなにも傷つき、いくらやめようとしても、母を愛するのをやめられないことだ。母はそれに値《あたい》しないと頭ではわかっているのに。あの人はぼくを捨てていって、二度とふり返らなかった。それなのに、ぼくはまだ母さんを愛している。救いがたいばかだと思うだろ？」

「あなたはばかじゃない」わたしはそっといった。苦しくて声がかすれてしまう。手を伸ばしてカイランドを抱きしめた。わたしにできることはそれしかなかった。抱きしめながら、彼はなんと強く、粘り強いのだろうと思っていた。いつも前を見て、立ちどまらず、けっしてあきらめない。そうしてもしかたがない理由は数えきれないほどあったのに。それに頭がよくて、思いやりがあり、愛情深い。「あなたはきっとだいじょうぶ。あなたは強いもの」わたしはささやいた。「あらゆる意味で。牡牛とおなじくらい強くて、牡牛の二倍頑固だから」

わたしはほほえみ、彼もほほえむのを感じた。「あなたはずっとあの火を燃やしつづけてきた。多くのものを失ったのに。そのことよりも強いことはなにもない。なんにも」

わたしたちはその日、真昼の太陽が窓から射しこんでくるまで、ベッドから出なかった。

＊＊＊

二週間後、学校が始まると、わたしは彼のベッドで夜を過ごせなくなったのを嘆いたが、じっさい、しかたがなかった。最後の学期でいい成績をとるというプレッシャーがかかった。いよいよ大詰めだった。この学期は奨学生に選ばれるだけの成績をとるための最後のチャンスだ。問題は、わたしにとって、奨学金は彼をわたしから連れ去るもの、あるいは彼からわたしを連れ去るものになったということだった。高校入学以来四年間、ずっと目標にしてきたものなのに、とつぜん、それにたいする自分の気持ちがわからなくなった。奨学生に選ばれたいかどうかさえ、もうわからない。カイランドが経験してきたことを考え、彼にこんなに強い気持ちをいだいているのに、どうしてわたしに彼の夢を奪うことができるだろう？　たとえ自分の夢がかなうとしても。そんなことできるのだろうか？

カイランドは奨学金を獲得してもしなくても、デンヴィルを出ていくといっていた。だから彼にはどちらにしても計画がある。でもわたしは、彼がほとんど無一文でこの町を出ていっても平気でいられるだろうか？　これ以上彼が苦労することになっても、平気でいられるのだろうか？　そんなことを考えただけで、彼のことがひどく心配になり、うずくようなさびしさで胸がいっぱいになる。

自分の心配をしなさい、テンリー・ファリン。わたしはそういって、おのれを叱った。ほかにはだれも、してくれる人はいないのだから。でも、とわたしは思った。カイランドも奨学金について以前とはちがうふうに思っていたりするのだろうか？　もしそうだとしても、彼はわたしにはいわなかった。わたしたちのどちらも、そのことについては話したくないようだった。

学校ではカイランドを見かけたし、廊下ですれちがうとき彼はわたしの手を握ったけれど、わたしたちはおなじクラスをとっていなかったし、昼食の時間もずれていたから、いっしょにいることはなかった。

でも夜はいっしょに勉強した。勉強以外にもっと楽しいことも。そして一月半ば、久しぶりに本を借りるために図書館に寄ったわたしは、小さな白い紙が、数週間前に返した本から飛びだしているのに気づいた。

わたしは棚から、『ライ麦畑でつかまえて』を引きだした。

ホールデン・コーンフィールド：泣き言ばかりで、好感のもてない語り手。彼は人々を〝インチキ〟呼ばわりしてばかにしているが、ほんとうは自分もそのひ

とりだ。――KB

わたしは小さく笑って、自分のメモを書いた。

ホールデン・コーンフィールド：社会から疎外されていると感じている少年。世のなかでの自分の場所を理解しようともがき、共感できるだれかを探している。さびしさを描いた物語。――TF

いつも楽観的なテンリー・ファリン。嫌味な登場人物にたいしても。――KB

わたしは彼のメモを見てほほえんだ。自分のことを楽観主義者だと思ったことはなかったけど、もしかしたらそうなのかもしれない。そしてもしかしたら、わたしたちは自分の心にもとづいて、おなじ本をちがうふうに読むのかもしれない。

二月、成績優秀生徒四名が発表された。タイトン石炭奨学金に応募できる生徒たちだ。わたし、カイランド、ほか二名の女子に絞られた。わたしはサンディエゴ州立大学から入学許可通知を受けとり、入学予定だと返事した。もしかしたら利用するチャンスがないかもしれないのにそんな返事をするのは残酷《ざんこく》に思えたけど、もし奨学生に選ばれたときに、行く大学がないと困る。もし奨学生に選ばれなかったら、入学予定を取りさげる。ほかのふたりもそうするだろう。わたしはカイランドに、どこの大学から入学許可が出たのかを訊かなかった。知りたくなかった。

冬のあいだずっと、早春まで、わたしたちはいっしょに勉強した。あらゆる場所でゆっくり時間をかけてキスをした。丘陵をハイキングして、それぞれの、アパラチア山脈のいちばんのお気に入りの秘密の場所を教えあった。そこには美しさと静けさしかなかった。ふたりで小川の土手に坐り、カイランドの手作りの釣り竿で魚釣りをした。わたしは彼のひざに頭を乗せ、太陽の光に肌を温められ、背の高い草が風に吹かれてさらさらと音をたてた。ふたりで野原を歩き、まばらに咲いている野の花を摘んで花束にして古い空き缶に生け、うちのトレーラーハウスとカイランドの家に飾った。たがいのからだを探究する楽しい夜を過ごし、よろこびをもたらすあらゆる場所を見つけていった。次から次に本を読み、本の感想はもっぱら手書きの短いメモによってやりとりした。それらのメモはどういうわけか、相手の心についての簡潔な洞察《どうさつ》をもたらしてくれた。

わたしは〈アルズ〉でシフトに入れたときは働いた。家計は厳しく、ひもじい夜もあったけど、小銭をかき集めて母の薬代にした。

そしてわたしは恋に落ちた。

深く、激しく、まっしぐらに、完璧な恋に落ちた。

それでも彼はここを出ていく。そして二度とふり返らない。

もしかしたらわたしも、ここを出ることになるかもしれない。それを考えるたびに不安と心配を覚えた。奨学金にかんする混乱した思いや、もしわたしが獲得した場合のカイランドへの影響だけでなく、故郷を離れることにたいする不安もあった。ずっと大学に行くことを夢見てきたのに、とつぜん、母と離れ、マーロと離れ、自分がよく知る、愛するものすべてと離れること――貧苦の現実もあるけど、わたしはケンタッキー州デンヴィルを愛していた――そういうことを考えると、恐怖とパニックでいっぱいになった。

もしかしたらそういう迷いは、母が新しい薬をのみはじめて以来とても具合がいいことと関係しているのかもしれない。母はほぼ普通に見えた。わたしはいままで一度も、母のことを話すのに普通という言葉をつかったことはなかった。〝具合がいい〟、〝具合が悪い〟はあったけど、普通はなかった。マーロとわたしは、母とやり直す機会を得たかのようだった。でもわたしがいなくなったら、どうなるのだろう? 現状ではわたしたちふたりでなんとか母の薬代を捻出《ねんしゅつ》しているのに。わたしがいなくなったら、たとえ額は少なくても収入が減る。もちろん、わたしの食費はかからなくなるけど。

でも自分が選ばれない場合のことを考えると、心が沈んだ。わたしはなにをすればいい？　マーロのように〈アルズ〉でフルタイムで働く？　ほかに選択肢はある？　このあたりでは最低賃金の仕事しかない。わたしはカイランドとちがって、手荷物ひとつでヒッチハイクしてここを出て遠くに行く勇気もない。それに、わたしにはデンヴィルを離れがたいと思わせる人たちがいる。カイランドにはだれもいない……わたしをのぞけば。わたしたちはとても親しくなったけど、彼がわたしのためにとどまることはない。わたしもそんなことは望まない。

ときどき、気づくとカイランドが不思議な表情を浮かべてわたしを見ていた――苦痛と決意の入り交じったような表情だ。どういう意味かわからなかったけど、そわそわ落ち着かない気持ちになった。

カイランドは出ていって二度とふり返らないとわかっているのに、もっと親しくなってもわたしはだいじょうぶなの？　もっと彼を愛してしまっても？　それとももしかしたら……彼がデンヴィルとのすべてのかかわりを断つという決意を考え直してくれる？　ふたりの関係がこんなに……前よりずっと……深くなったのだから。

「ばかなテンリー」わたしは小さく声に出していった。カイランドが全力で警告してわたしを遠ざけようとしていたのに、自分でこの状況にはまりこんだ。でも後悔はできなかった。ぜったいに。彼を愛している。彼はわたしの心の一部になった。わたしは自分も彼の心の一部になり、彼が平気でわたしを置いていくことができなくなるのを必死で祈っていた。

ジェイン・オースティンの『説得』。

「だが苦しみも過ぎてしまえば、そのお思い出はしばしばよろこびになる」きみもそう思うかい、テンリー？——KB

わたしは書棚に寄りかかり、ペンを唇につけてしばらく考えた。ようやく、書いた。

じゅうぶんな時間が過ぎ、自分でも乗り越えられると思わなかったことを乗り越えたとき、そこには尊厳があると思う。それは自分のものだといえるもの。苦痛によって自分は強くなったという誇り。いつか、自分の夢をかなえたとき、わたしは自分の心を打ち砕いたものを思い、そのすべてに感謝するつもり。——TF

あなたにも、カイランド。

# 16

## カイランド

テンリーにたいして抑えが利かなくなっている。彼女を——その声、その考え、その笑い声、そのにおい、その味、そのからだ、その唇を——ただ彼女を渇望するのをやめられない。ぼくはけっしてそうならないと自分に誓った、まさにその状態に陥っている。二か月後に簡単に置いていけないほどの愛着を彼女にいだいた。愛着？　そんなものじゃない。ほとんど執着だ。ぼくはしくじった。完全に、とんでもなくしくじった。それでも、彼女を置き去りにして出ていくのは変わらない。かならずそうする。そうしないことは考えられない。だがいま、自分が彼女に溺れているように感じる。そして溺れる者ならだれでもするように、ぼくの本能は手足をばたばたして溺れまいとすること——抗うことだった。自分のからだと心を乗っとったものに抗う。彼女に抗う。

ぼくは丘の上で腰をおろし、ふもとの街並をぼんやり見つめていた。数か月前、テンリーとぼくがそり遊びをした丘だ……あの日ぼくは、彼女となにかを始めた。そのときに戻ることはできない。

ここから見ると、はるか下に広がる町はテンリーとぼくに人生を与えてくれそうに見える。ここからは、ごみも、貧困も、不幸も、夜の闇のなか屋内で起きている、言葉にするのもはばかられるようなことも見えない。ぼくは両手で頭をかかえて髪をかきあげた。崩れてしまいそうだ。

〝あなたはぼくの心を突き刺します。ぼくの半分は苦痛、半分は希望に占められています〟

そう、そうだ。

ぼくのキスで唇を赤く腫《は》らし、その目に愛をいっぱいに湛えているテンリーの優しい顔に見とれて、『説得』で読んだこの一節を暗唱しそうになった。だが思いとどまった。それは公平じゃない。ぼくはほかのだれにも許さなかった形でテンリーに心を開いた。でも彼女に最後まではしていない。愛しているともいっていないし、彼女にもいわせていない。それをふたりのあいだの一線にすると決めた。少なくとも心の一部は保ったまま、少なくともぼくの一部は彼女のものではないまま、ここから出ていけるように。その一部がぼくの足を前に進ませてくれるだろう。ここではないどこかへ。

ぼくは彼女に必死に抗ったが、意志が弱すぎるし、身勝手すぎた。その結果、ぼくが出ていったあとでふたりとも代償を払うことになった。

もしかしたら、いっしょになれるかもしれない……いつかは。いつか、ぼくが世界を見て、自分がここではない場所でどんな人生を送りたいかを見つけたあとで。どこかに幸福と希望に満ちた場所があるはずだ。もっとも、自分にほんとうに正直になれば、テンリーはそれらをほんの少し、ぼくにとり戻してくれた。ずっと長いあいだ、ぼくは両親とサイラスの思い出を遠ざけていた。あまりにもつらく、悲しい記憶でいっぱいだったからだ。だがそうした暗い面といっしょに明るい面も遠ざけていた。自分の頭のなかで分けて考えられなかった。だがテンリーがあらわれ、ぼくがそうするのを手伝ってくれた……それも意図せずに。いまやこの丘も、四年ぶりにちがって感じられる。数週間前、学校からの帰り道で、兎が低木の茂みの下に入りこむのを見かけて、ある思い出が一瞬でよみがえってきた。あまりにふいを衝かれ、ぼくはまるで頭を殴られたかのように立ちすくみ、森のなかを見やった。ぼくが十歳でサイラスが十五歳だった年に、ぼくたちは怪我をした兎が道を横切ろうとしているの見つけた。ふたりで捕まえて、家に連れ帰り、家の裏にあった古い小屋に入れた。最初はスポイトで牛乳を飲ませ、やがて柔らかい野菜をやるようになった。ぼくたちはそいつに

〝バグス〟という名前をつけ、元気になってから、小屋から出し、最初に見かけた道の端に放した。そのほうが兎が仲間を見つけやすいから、とサイラスはいった。ぼくは泣いてしまい、サイラスはぼくを泣き虫だといったけど、そのあとうちまで歩いて帰るとき、肩を抱いてくれた。

数年後のある夜、サイラスとぼくは家のそとで坐っていた。母と父が家のなかで喧《けん》嘩《か》していたからだ。サイラスは十八歳になったばかりで、もうすぐ高校を卒業し、炭鉱で働きはじめることになっていた。父はちゃんと働いていて、必要なものは買えていた。だがうちにはサイラスを大学にやる余裕はなかった。「数か月だけだよ、カイ」兄は小さな声でいった。「ぼくたちふたりでここを出ていけるだけの金を稼いだら、出ていこう。二度とふり返らない。どこに行きたい？」

「ニューヨーク」ぼくはいつもとおなじく答えた。

兄はまるで初めて聞いたかのようにうなずき、いった。「それならそこに行こう。ぼくが二か月給料を貯めたら、出発するぞ。おまえはあの炭鉱で働くことはない。おまえはなにか大きなこと、偉大なこと、ほんとうに大事なことを成しとげるんだ。それにひょっとしたら――ぼくだってそうなるかもしれない」

ぼくはうなずき、そのとき右手になにか動きを感じて、ぼくたちがふり向くと、兎がいた。うちの庭の端に坐って、しばらくぼくたちを見てから、足をひきずって去っていった。あれはバグスだと、ぼくは確信した。バグスにまた会えたことは、なにかもうまくいくというしるしに思えた。生きていれば傷つくこともあるが、元気になればまた立ちあがれる。助けてくれる人がいればなおさらだ。サイラスがぼくの肩に腕を回し、家が静かになってなかに入ってもだいじょうぶになるまで、ぼくたちはしばらくそうして坐っていた。

ぼくは自分のためだけでなく、兄のためにも、どこか別の場所で人生を築かなくてはならない。兄が手に入れられなかった人生を――兄が夢見た人生を生きる。もしテンリーがここに残らなければならないのなら、いつかぼくは彼女のために戻るかもしれない。あるいは、彼女は甘い思い出のなかに消えてしまうのかもしれない。もしかしたら彼女はエヴァンスリーで、炭鉱で働くちゃんとした男と出会うかもしれない。結婚して、子供がふたりくらい生まれる。もちろん家計は厳しく、ときには小銭をかき集めて家賃を払うこともあるだろう。子供の服は〈ウォールマート〉の安売りで買い、だがじゅうぶん幸せで――

くそっ、だめだ！

激しい怒りといらだちに駆られ、大声をあげそうになった。いままで自分の悲惨な人生にたいして感じたよりもずっと大きな絶望に襲われる。テンリー・ファリン。美しく、楽観的で、賢く、短気で、優しい心をもつテンリー・ファリンには、これまで彼女がずっとしてきたような、小銭をかき集めたりひもじい思いをしたりする人生よりもましな人生がふさわしい。ぼくはまた両手で頭をかかえた。どうしようもない状況だ。彼女が苦労の一生を送ることを想像すると暴力的な気持ちになる。ぼくはそばに落ちていた松ぼっくりを拾いあげ、崖下の木々に向かって投げた。遠くで、松ぼっくりがなにかに当たった音がしたが、小さく、つまらない音だった。

数分後、ぼくは立ちあがり、両手をポケットにつっこんで、家へと歩きだした。暖かな風が吹き、地面のあちこちにテンリーが好きな野の花が咲いている。本格的に春だ。

もうすぐ期末試験があり、勉強することはたくさんあった。だが正直にいえば、ぼくは心配していなかった。どの科目もすべてじゅうぶんに理解していて、眠っていても暗唱できる。ぼくが奨学生に選ばれなかったら、そのほうが驚きだ。これまでの成績は完璧。抜かりはない。このところ毎日、陶酔《とうすい》と苦悩を行ったり来たりしていても。ほとんどいつも、頭のなかは脚のあいだのうずきのことに占められていても。このうずきが消える唯一の方法は、テンリーのきついなかに押し入ることだ。そんなことを考える自分に首を振り、唇を引き結んだ。「だめだ」声に出していった。「だめといったらだめだ」いまがひどい状況だと思っているんだろう、カイランド。そういう形で彼女を自分のものにして、それからここに彼女を置き去りにしたらどうなる。ぼくは首を絞められたような声を洩らし、胃から酸っぱいものがこみあげるのを感じた。

これまでなんとか抗えたのだから、いまそれをやめるつもりはない。山のきれいな空気を肺いっぱいに吸いこんだとき、自分の家が見えた。テンリーのトレーラーハウスの横を通り、ドアまで行ってノックしたいという衝動をこらえた。からだがそちらに動いてしまう前に歩くペースをあげた。きょうの放課後、彼女はきっとぼくはどこにいるんだろうと思っただろう。最近は裏のドアから校舎を出て——ひとりで——うちに帰る。彼女を避けるためだ。テンリーはなにもいわないが、きっと傷ついている。だがぼくは少しずつ彼女を傷つける必要がある。なにが起きているのかを察して、ぼくが彼女から離れようとしているように、彼女もぼくから離れる必要がある。そうすれば、二か月後に絆創膏《ばんそうこう》をいっきにはがすよりは楽になるだろう。二か月したら、もう二度と彼女とは会うことはない。絶望が血管を駆けめぐる。

トレーラーハウスから女性の笑い声が洩れ聞こえて、ぼくのなかのなにかが苦痛と憧憬《どうけい》に締めつけられ、おなじくらいよろこびに震えた。テンリー。

半分は苦痛、半分は希望。

半分は悲嘆、半分は陶酔。

半分は悲しみ、半分はよろこび。

半分は破滅、半分は救い。

# 17

## テンリー

「どうしてわたしを避けてるの？」

彼はさっとふり向いた。驚いた顔。「テンリー、まったく、びっくりするだろ」初めのころ、おなじことを彼がわたしにしていたのを思いだし、胸が苦しくなった。わたしはカイランドを失いつつあるように感じていた。まだ彼が出ていってもいないのに。最近はふたりとも忙しかった――わたしは少なくとも週三は〈アルズ〉で働いていて、それはいいことだったけど、時間がたつにつれて、わたしたちが以前ほど会えないのは彼がわざとそうしているせいだと気づいた。わたしは答えを待つように彼を見たが、彼は口を結び、息を吐いた。「やることがたくさんあって……期末試験はもうすぐだし、家をどうするか考えなければならないし、いろいろなものも……」声が小さくなった。

「わたしを避けている」

一瞬、彼の顔に痛みのようなものがよぎり、すぐに平静に戻った。「テンリー」彼が小声でいう。「このほうが楽になると思わないか、もしぼくたちが――」

「もしわたしたちが、なに？」詰問した。わたしたちが立っているのは、丘のてっぺん近くの、大通りにつながる山道だった。カイランドがもう一か月近く学校からの帰りにつかっている道だ。彼は答えず、わたしは足元を見た。「さびしくて。ほとんどいっしょにいられないから。それにいろんなことが不透明で……」首を振る。「わたしたちのどちらもなにが起きるかわからない、それにもしかしたら――」

「ぼくは出ていく。それが起きることだ。きみとぼくのあいだのことで、ぼくの考えが変わると思ったのか？」

心を刺すような痛みを感じ、思わず顔をしかめた。「ちがう。そんなことは考えてない。でもわたしは思っていなかった……自分が……」

わたしの言葉がどこに向かうかを察して、彼は目を瞠った。すぐにわたしの目の前にやってきた。「いうな」ほとんど懇願のようないい方。「いわないでくれ。頼むから」

わたしは目をあげて、勇気をかき集めた。引きさがるつもりはなかった。「自分があなたを愛してしまうとは思っていなかった。そしてもしかしたら……」

……あなたもわたしを愛してくれるかと。たとえ出ていくとしても。わたしを愛しながら出ていくこともできる。

彼はぴくりともしなかった。どこか上空で鷹が鳴き、そよ風がまわりの木々を揺らした。彼はわたしの目を見つめたままだった。

彼が小声で罵《ののし》り、次の瞬間、その唇がわたしの唇に重なった。熱く強引な舌がわたしの唇をこじあけ、口のなかに押し入る。わたしが望む答えではなかったけど、なんらかの答えだった。まったくじゅうぶんではないけど、なにもないよりはいい。

カイランドが唇を離し、荒く呼吸しながら大きな手でわたしの顔をつつんだ。額を額につけて、ふたりともしばらく息を整えた。

「ぼくは今夜キャンプに行く」

わたしは目をぱちぱちさせた。「キャンプ?」それはまったく予想していなかった。

彼はからだを引いてわたしを見おろした。張りつめた表情のままだ。「ああ」彼は指を髪に通して梳かしつけた。「うちの家族は……毎年ぼくの誕生日にキャンプに出かけていて、子供のころはそれが好きだった——ラヴェンダーでいっぱいの野原まで登って」また手櫛で髪を梳かす。「とにかく、ぼくはひとりで毎年続けてきた」

わたしはうなずいた。「その場所は知ってる。そこでラヴェンダーを集めてお茶や……におい袋をつくっていたから……」わたしは黙りこんだ。ひどくぎこちなく感じて、泣きたくなる。ああカイランド、まだあなたがいなくなってもいないのに、もうこんなにさびしい。わたしはうつむいた。

わたしは彼に愛してるといったのに、彼はいってくれない。

顔をあげたとき、彼は目を細めて空を見あげていた。少しして、わたしと目を合わせた。その表情になにか狂おしく生々しいものがあったが、ただわたしを見つめて、それからわたしの手を握ると家に向かって歩きはじめた。彼がわたしにふれたのはすごく久しぶりだった。その手は温かくしっかりしていた。

黙って歩いた。わたしは心が痛み、カイランドはどんどん思いつめた様子になっていった。うちのトレーラーハウスの前を通ったときも彼は手を放さず、だからそのまいっしょに彼の家まで歩いた。

自分が泣きたいのか、ものを投げつけたいのか、わからなかった。でも何週間も感じていたさびしさがとつぜん熱を発し、ふつふつと怒りが湧いてきた。

カイランドはわたしの手を放して玄関ドアをあけた。わたしは彼といっしょになかに入ったが、なぜ自分がここにいるのかもわかっていなかった。

室内に入った瞬間、わたしは息をのみ、怒りはどこかに流れていって、ショックと痛みに代わった。そこらじゅうに箱が積みあげられ、居間の真ん中に置かれていたストーヴがなくなっていた。「どうしたの?」わたしは訊いた。

カイランドはわたしの視線をたどった。「エヴァンスリーの男に二百五十ドルで売った。彼は車でやってきて、ストーヴと母さんのキッチンテーブルセットを買ってくれた」

わたしは息をのみ、みじめな思いが全身に広がった。うなずくと、涙がひと粒こぼれ、恥ずかしくてあわてて払った。

これが起きることだ。彼は出ていく準備をしている。

「テンリー」しわがれた声。「泣かないで」わたしのほうに近づいてきた。「それだけはやめてくれ、お願いだ」彼は途方に暮れているようだった。「こうなるのを避けようとしていたんだ。これを。どちらもこんな気持ちにならないように」

彼は別れが楽になるように、わたしから離れようとしていたんだ。でも離れていかれるのはもっとつらい。

「そう、わたしはちがうから！　それにあなたがわたしからそれをとりあげることもできない。わたしはあなたを愛してる、あなたはそれに口出しできないから。わたしがあなたに感じる愛はわたしのものよ。わたしが感じたければ感じる」

「テンリー」かすれた声。「ぼくを愛したらだめだ。愛さないでくれ。ぼくはここにいられない。愛したらだめだ」

「もう遅い」わたしは逆らうように激しく首を振った。「手遅れよ。わたしはあなたにとどまってくれと頼んでない。でも、もうあなたを愛してるの」

カイランドはわたしと目を合わせ、ゆっくりと近づいてきた。その目がますます思いつめた感じになる。すぐ前にやってきて、しばらくわたしの唇を見つめていたが、それから温かい唇をわたしの唇につけた。そのキスの優しさは、彼の表情とも、わたしたちを引きつけあう力の強さとも正反対だった。どう考えていいのか、わからなかった。

「あなたを愛してるの、カイランド」唇が離れたとき、わたしはささやいた。彼のほおに手をあてた。「あなたがここデンヴィルにいても、ニューヨークにいても、ロンドンにいても、木星に行っても、それは変わらない。あなたを愛してる」

彼はぎゅっと目をつぶり、大きく息を吐いた。わたしの髪に指を通してそっとつかんだ。「これは間違いだ」

わたしはゆっくり首を振った。彼が髪をつかんでいるので頭皮がひっぱられた。わたしは苦悩に満ちた彼の目をのぞきこんだ。「どうして愛が間違いなの？」

わたしは両腕を彼の背中に回し、手のひらを滑らせて温かくなめらかな肌を感じた。彼がからだを寄せてきた。

「ぼくもきみを愛してる、テン」ついに彼はささやくようにいった。「だから余計につらいんだ」打ちのめされているように見えた。その言葉自体が彼からなにかを盗んだかのように。

わたしの心は舞いあがると同時に、彼の苦しそうな声、もうすぐ彼がいなくなるという証拠に、血を流して横たわっているようだった。

わたしは彼をぎゅっと抱きしめた。「あなたの望むものなんでも、それがなんであれ、あなたにあげる」

彼はほうっと震える息を吐き、でもなにもいわなかった。

問題は、わたしたちが愛しあっていることでなにかが変わるのかどうか、わからないということだった。じっさい、この数か月間カイランドといっしょにいて、だれよりもわたしが、彼は出ていかなければならないとわかっていた。さびしさと喪失に染まったこの家を出て、人生を築くべきだ。ここでは毎日苦しみを思いだす――お兄さんの叫びを聞き、お父さんの声を聞き、お母さんの不在を、自分が見捨てられたことを感じる。彼とおなじくらい、わたしは彼をこの家から出したいと思っている。でもすごくつらい。わたしは唇を嚙んだ。でももしかして……もし彼が奨学金を獲得しても、わたしを置いていかないかもしれない。いつか、どうにかして、ここではないどこかで、ふたりでいっしょに人生を築けるかもしれない。もしかしたら彼は、それなら許してくれるかもしれない――デンヴィルのすべてが彼を苦しめるとは限らない。そして彼を苦しめない例外のもの――わたし――なら、いっしょに連れていってくれるかもしれない。最初は彼の心のなかに、いずれ……いずれは彼の家に、彼の人生に。もしかしたら彼に必要なのは、過去の悪霊なしで生きてみることなのだろう。愛することでかならず傷つくわけではない、愛だけでじゅうぶんなこともあると信じられるように。わたしは待ってもいい。彼に必要なら、いつまでも待つ。

わたしたちはソファーに横になり、長いあいだそうしていた。カイランドは自分の物思いにふけり、わたしも自分の考えごとをしていた。それから彼が、少し勉強していきたいかと訊いた――期末試験は月曜日だ。わたしたちはもう、気持ちについては話さなかった。

愛はこんなにもつらいものなの?

夕食に野菜スープを食べて、わたしは彼にさよならのキスをした。マーロがもうすぐ仕事に出かけるから、わたしは帰って母の様子を見なくてはいけない。

「今週末は会えないね」わたしはしょんぼりといった。「気をつけてね?」

カイランドはうなずいた。その目にはある種の悲しげな切望があった。でもキャンプに行くのは彼だ。彼が選んだことだ。それに彼には必要なことなのかもしれない。家族の幸せな思い出のある場所で過ごす。もしかしたら、それこそ彼に必要なことなのだろう。そしてわたしにも必要なことなのかもしれない。たぶんわたしは、なにもいわず彼を行かせるべきなのだ。

わたしは彼を愛している。彼の望むものならなんでも彼にあげる。

「あしたはきみの誕生日でもある」カイランドはそっといった。「なにか計画は?」

わたしは肩をすくめた。「そうね、マーロがたぶん煉瓦《れんが》みたいに硬いケーキを焼いてくれるから、わたしは本でも読もうかな」わたしがほほえむと、彼もほほえみを返して、わたしの額に落ちた髪を手で払ってくれた。

「誕生日おめでとう、テンリー」

「誕生日おめでとう、カイランド」

並んでソファーに坐って、ゆっくりと濃厚なキスをして、彼の昂りを感じた。でもわたしがからだを引くと、彼は放してくれた。最後にもう一度、彼の唇にキスして、歩いてトレーラーハウスに帰った。心が粉々に割れて、どうしても、それをひとつにつなぎとめておく方法がわからなかった。それに自分がそうしたいのかどうかも、よくわからなかった。

# 18

## カイランド

ぼくが家族といっしょにキャンプしていた場所は、いつ来ても自分の記憶より平穏な場所だった――かなりの平穏を必要としているいまはそれがありがたかった。テンリーがぼくを愛しているといい、ぼくも愛していると返した。よろこびとおそろしい絶望でいっぱいになる。ぼくは彼女になにも与えられない。そしてこうなったいま、どうして彼女を置いて出ていけるだろう?

ここに来る前に、彼女のトレーラーハウスに寄って、いっしょに来てくれといいそうになったが、こらえた。この三週間くらい、彼女から距離を置こうとして、それでしだいに楽になると思っていた。だがそれどころか、彼女を求める気持ちは増すばかりだ。からだの奥深くにある渇望――それは満たされない限り、より激しく、より大きく募りつづける。ぼくはずっと前から自分がテンリーを愛しているとわかっていた。――ひょっとしたら彼女がぼくを愛するよりも前から、愛していたかもしれない。いつからだったのだろう？　いつガードをおろし、彼女の優しさがぼくの心を、けっしてほどくことはできないような形でつつむのを許したのだろう？　いまとなっては、それはもうどうでもいい。

周囲を見渡した。大きな古い樫《かし》の木があり、ぼくたちはいつもその下を〝キャンプ場〟につかっていた。キャンプ用具は買えなかったから、ビニール製の防水シートを敷き、いつもつかっている毛布や上掛けで寝た。父はバーグーをつくってくれた。オポッサムやリスなど、小さな罠で捕まえられる動物の肉を――銃があれば鹿肉も――煮込んだシチューだ。ごちそうだとされているが、多くの〝ごちそう〟と同様に飢えから生まれ、ごちそうと呼ぶことで口あたりをよくしたのだろう。言葉で説明するとまずそうだが、けっこううまい。ぼくは毎年、この誕生日のキャンプでバーグーをつくることにしている。たぶん父もよろこんでいるだろう。

ラヴェンダーの群生する野原を見やった。風が吹くと紫色のラヴェンダーの花の、ハーブ特有の甘い香りが漂ってくる。気持ちが落ち着く。ぼくは子供のころから変わらずにある折れた大枝に腰掛け、目の前に用意した焚火用の薪を見た。空が暗くなったら火を点け、シチューを温めよう。星空の下、間に合わせの寝袋で眠るのはこれが最後だ。もう二度とここに来ることはない。そう思うと同時に心のなかのなにかが動き、それは驚くほど悲しみに似て、胸がずきんとした。わけがわからなかった――ここはぼくにとって悲しみでいっぱいの場所だ。毎年ここに来るたびに、家族の不在を実感していた。だがここにはよろこびもあったということを、いまになって思いだした。いったいどういうことなんだ？　ぼくは矛盾する感情をもてあました。ケンタッキー州デンヴィルには嫌悪しか感じたくなかった。そのほかは必要ない。

テンリー。これはテンリーのせいだ。彼女がここにいるから、とつぜん美しさが生まれた。ぼくの心のなかで、デンヴィルが彼女になった。ぼくの暗闇の一部を光のなかに出すのを手伝ってくれた女の子。思わずうめき、背筋を伸ばしてしばらく草原を見つめ、なにをすべきかよく考えた。

なぜぼくの人生はとつぜん、これほど複雑に、これほど明快になったんだ？

テンリー。半分は苦痛、半分は希望。

彼女への愛がすべてだ……目の前が開けるように感じた。

そのとき、左手に動きを感じて頭をあげ、はっとして見ると、彼女がいた。まるで夢のように、紫色のラヴェンダーの野原をぼくのほうに歩いてきた。心臓がどきりとして、立ちあがった、ぼくのなかのすべてがよろこびに震える。くそっ。

ぼくの前にやってきて、おずおずとほほえんだ。からだの前で両手を握りしめている。髪をゆったりした三つ編みにして片方の肩に垂らし、肩の出るデザインの白いセーターでクリームのようになめらかな肌を露出していた。ラヴェンダーの野原に立つテンリー・ファリンよりも美しいものは、いままで見たことがなかった。

彼女は背筋を伸ばし、勇気をかき集めているようだった。ぼくと目を合わせて、いった。「きのうからずっと考えていたの。わたしがいてもあなたは嫌がらないかなって。それに、よりによってきょうという日に、わたしを追い返したりしないと思って」彼女のほほえみは純真な希望に満ちて、ぼくは胃が締めつけられるように感じた。ぼくはテンリーにほほえみを返した。「誕生日なのにぼくとキャンプしたい?」

彼女は下唇を歯にはさみ、うなずいた。「なによりも」

ふいに、これまで経験したことのないようなある種の幸福に満たされた。恋しい相手がとつぜんあらわれたせいだったのかもしれない。テンリーが視界に入ってきた瞬間に、それまで感じていたさびしさがどこかに消えたせいかもしれない。それともただの感謝だったのかもしれない。ぼくのこれまでの人生で感謝したいと思うことはほとんどなかった。彼女に満面の笑みを返して、いった。「危険かもしれない。野外で眠ることでぼくが穴居人に変身して、きみを寝袋に引きずりこんだらどうする?」口元の片方を吊りあげ、からかっていると示した。こんなふうに屈託ない話をするのはほんとうに久しぶりで、いい気分だった。

「数千年前にこのあたりに住んでたような?」テンリーがおかしそうにぼくをからか

い返してきた。そして顔をあげ、真剣な表情になった。「わたしは抵抗しない」ささやき、ふっくらした唇を嚙んだ。

ぼくは目を瞠り、いとおしさで胸がいっぱいになるのを感じた。「テンリー」ささやくようにいった。彼女の唇は美しかった。ぼくの肌に感じたかった。ぼくのあらゆる場所に。テンリーは目をそらさなかった。一歩近づくと、彼女のにおいにつつまれた。夏のそよ風に運ばれる野の花の香り。とつぜん、これは世界でもっとも自然なことだと感じた。大きな樫の木陰に立ち、見渡す限りの星空の下、なんの建造物も見えない場所で、なぜこれまで自分が彼女に抗ってきたのか、思いだせなかった。周囲の空気に渦を巻く気持ち、神そのものが創りだしたとしか思えないこの気持ちに従わない理由が、どうしても考えつかない。風のなかにこめられたなにかの魔法によって、世界が、ここに立つぼくたちふたりだけになったかのようだった。ぼくは目をとじて息を吸いこみ、本能に任せた。背をかがめると、彼女は顔をあげ、唇を開いてぼくを受けいれた。うめき声をあげて唇を重ね、なぜこうしてはいけなかったのかという考えは、ふたりの交じりあう吐息と、舌の絡まる濡れた音にかき消された。

両手を彼女の脇に滑らせ、ゆっくりと女らしい曲線をたどり、ぼくとまったくちがうふうにつくられているのに、完璧にフィットすることに驚嘆した。「きみの肌にふれたい」唇を離し、つかえながらいって、彼女の目を見つめた――その目は欲望と……愛情を湛えていた。

日が沈みはじめ、黄昏が山々に広がった。

テンリーはぼくが大きく張りだした枝の下に準備した、間に合わせの寝袋をちらっと見た。そしてぼくの手を取り、そこまで歩いた。

「テンリー、ぼくは——」彼女は手をあげると、二本の指でぼくの口を閉じた。ぼくは黙った。ほんとうは、自分がなにをいおうとしていたのか、わからなかった。これでなにも変わらないという警告をくり返す？　それでもぼくは出ていくと、あらためて伝える？　そんなこと、彼女はもうじゅうぶん聞いている——いま聞きたくはないだろう。それにぼくだってほんとうはそんなことをいいたくなかった。自分は本気でいっていたのだろうかと、考えはじめているところだ。ぼくはいろいろなことを考えはじめている。

ぼくたちは何度も、何度も、何度もキスした。一生にも思える時間、ずっとキスをしていた。こんなふうにキスした相手はテンリーだけだ。前はいつも、すぐに次の段階に移ろうとしていた。だがテンリーとのキスでは、彼女の唇の味に溺れ、自分のからだがゆっくりと熱くなるのを意識しながら、彼女のやわらかなからだが押しつけられる感触、その唇、その舌、その吐息の甘さを記憶に刻んだ。

しばらくすると彼女がからだを引いた。ほおが赤く染まり、唇は赤く濡れて、髪が三つ編みからほつれて顔をつつんでいる。彼女の美しさに衝撃を受けることがある。見つめているとその姿がぼくの肌に、血液に、魂に沁《し》みこんでいくようだった。からだが欲望で脈打った。

「優しくするよ」ぼくはいった。彼女は大きく目を見開いたが、無言でうなずいた。

想像が脳に襲いかかる――これまで追い払っていた想像が頭のなかを渦巻いている――快感に頭をそらし、ぼくが突きあげるときに腰に脚を回すテンリー。

ぼくは想像することを自分に許した。期待することも。なぜならそれはこれから現実になる。

ぼくたちは見つめあったまま、ゆっくりと自分の服をぬいでいった。いままで、こんなエロティックなことはしたことがなかった。テンリーがぼくに裸をあらわにするのを見る。もうすぐ彼女のなかに入れるとわかっていて。彼女が一糸まとわぬ姿となったとき、ぼくはゆっくりとその肢体を観察した。前にも彼女の裸を見たことはあった。だがそれはいつも、ぼくの部屋の薄闇のなかでだった。いまは、夕日の黄金色の光が彼女の肌を輝かせ、冷気が薔薇色の乳首を硬くとがらせている。

「きれいだ」ぼくはささやいた。

彼女もぼくのからだに目を走らせ、その視線を感じて昂りが脈打つ。そして目をあげ、ぼくと目を合わせていった。「あなたもきれい。それに優しくしてほしくない。

あなたを感じたい。あなたがくれるものぜんぶ欲しい」

うめき声をあげてからだを寄せた。ぼくのものはずきずきとうずき、肌の下で血液が沸騰《ふっとう》している。

テンリーを横に寝かせたとき、後悔でちくりと胸が痛んだ。こんなにきれいで魅力的なのに。ほんとうは木の下に敷いた古い毛布よりもましな場所に横たえてやりたかった。「カイランド」彼女はささやき、両手でぼくの顔をつつんで目をのぞきこんだ。まるでぼくの考えを知っているかのように。「わたしの人生最高の誕生日だよ」

ぼくは彼女の髪をうしろになでつけた。「ぼくもだ」

乳首を口で覆うと、彼女は背を弓なりにした。切ない声をあげてからだをもちあげてくる。温かい肌、柔らかなからだが押しつけられる。このような感じやすさ、驚き、かわいい無邪気さは初めての経験で、ぼくの内面をなにか重要なやり方で変えたが、いまはとてもその解明に集中できなかった。ぼくはただそれを受けとめ、感じた。

手をおろし、彼女の脚のあいだにたまった液をこすりあげ、クリトリスのまわりに円を描いた。彼女がはっと息を吐き、ぼくの手にすりつけてきた。ぼくはふたたび頭をさげて乳首を口にふくみ、優しく吸った。テンリーはぼくの名前を叫び、すぐにぼくの手のなかで震えて、いった。

欲望にけぶった彼女の目をのぞきこみ、自分のものに手を添えて、その先でそっと彼女を開いた。応えるように彼女が脚を広げる。ああテンリー、きみは完璧だ。ぼくは低い声でつぶやき、できるだけゆっくり入れようとしたが、からだはいっきに突きあげ、けもののように腰を打ちつけろと叫んでいた。

テンリーがぼくの肩に手をかけて目をつぶり、ぼくはさらに奥へと押し入り、熱くなったものが彼女のぬくもりにつつまれて、なんとか保とうとしているコントロールをまた少し失った。

「目をあけろ、テンリー」歯を食いしばりながらいった。「ぼくを見ろ」ぼくのなにを？　ぼくがきみを求めるのを？　きみを自分のものにするのを？　そうだ、と心が叫ぶ。だがぼくはそれを黙らせた。ちがう。ぼくたちは今夜だけ互いのものになる。それでもなにも変わらない。変わるはずがない。

テンリーが目を開き、ぼくの目をのぞきこんだ瞬間、いっきに彼女のなかに突きあげた。彼女は痛みに顔をゆがめ、ぼくは自分のものが膜を破ったのを感じたが、テンリーは声をあげなかった。済んだ。ずっとテンリーの初めてを奪うことに抵抗してきたが、いまは後悔していない。なにがあっても、彼女のこの一部は永遠にぼくのものだ。ほかの男のものにはならない。けっして。彼女の顔をじっと見つめながらなかで動きはじめると、快感が股間に、下腹部に、渦を巻いた。彼女はもう身を引かなかった。ぼくは彼女のなかで動いた。最初はゆっくりと、やがて勢いを増して。たまらなく気持ちいい。「いきそうだ」ぼくはささやくようにいって、最後に思いきり突きあげ、射精し、倒れこんで彼女の首にうめいた。押しつぶしてしまわないように、少し横にずれた。ぼくたちは数分間そのまま横たわっていた。テンリーはぼくの背中に爪を滑らせ、ぼくは息を整えようとした。彼女の上からおりてまだ半分硬い自分のものに彼女の血がついているのを見て、誇らしさが全身に爆発した。できるだけ抑えようとしたが、無駄だった。

ぼくは圧倒されて毛布にあおむけになった。

「すごくよかった」ぼくは小声でいった。「まったく、テンリー、ものすごくよかった」

彼女はにっこりほほえんで、うなずいた。「うん」ため息。「うん、わたしもよかった」

その夜はあまり眠れなかった。ぼくは彼女に夢中で、何度でも抱きたかった。彼女のなか奥深くにうずめたままで永遠に生きたかった。きっと痛かったはずだが、彼女はなにもいわなかった。その夜は汗ばんだ肌と、丘にこだまする快感の叫びで満たされた。ぼくはこの先ずっと、自分がどこにいても、だれといっしょにいたとしても、テンリーを思うときはきっと、ぬくもりとラヴェンダーと広い空を思いだすとわかった。

しばらくして空に明るい三日月が昇り、ようやく彼女からからだを離して火を熾した。ふたりで上掛けにくるまって倒木に腰掛け、火で温めたバーグーを彼女に食べさせた。ずっとどこかでフクロウの鳴き声がして、ぼくは子供のころに兄とまずいことになった話を次から次へと語り、テンリーの笑い声が野原に響いた。いままで、兄とぼくしか知らなかった話ばかりだ。不思議なことに、そうすることで兄の一部を生き返らせているように感じた。

星明かりの下で少しダンスした。ぼくが彼女を倒して片手で支えるディップのポーズをとると、テンリーは笑った。「できるなら、きみをプロムに連れていきたかった」ぼくは残念そうにいい、彼女を起こして抱きしめた。「できるなら、してあげかったことがたくさんある」

「知ってる」テンリーはいって、ぼくのほおに手をあて、そっと唇にキスした。

ぼくの心のなかでは多くのことが渦巻いていた。なじみのない感情、整理できない気持ち。だが燃えさしがしだいに輝きをなくし、最初の日光が稜線《りょうせん》を越えてきたとき、隣で眠るテンリーを、早朝の空の下に柔らかく無防備なその美しさを見て、自分がなにをすべきかがはっきりした。間違っているし、そんなことをすれば打ちのめされるとわかっていた。それでも自分はやるとわかっていた。

〝いつか、自分の夢をかなえたとき、わたしは自分の心を打ち砕いたものを思い、そのすべてに感謝するつもり〟。

そうしなければならないとわかっていた。なぜならぼくは間違っていたから。い、い、なにもかも変わった。なにひとつおなじではない。

# 19

## テンリー

一週間後、わたしたちは最後の期末試験を受けた。学校が終わってからカイランドを探したけど、見つからなかった。そのことはあまり気にならなかった。どうだったかなんて、あまり訊きたいとは思わなかった。だいたい、訊かなくてもわかっている――彼には楽勝だったはずだ。いっしょに勉強したときも、まったく心配している様子はなかった。じっさい彼はどんなに気が散っていても、わたしが参考書から出す質問に絶対の確信をもって答えていた。

ほんとうは、わたしが期末試験の話をしたくないのは、彼がもうすぐ出ていくことをどうしても思いだしてしまうからだ。どちらにしても、きょうは〈アルズ〉のシフトに入っているから荷物を置きに家に帰らなければならない。夏に向けてもっとシフトを増やしてやるとアルはいっていた。暖かくなって屋外のパティオをオープンするとお客さんが増えるし、エヴァンスリーに開店した新しい店に、女の子をふたりとられてしまったから。それはいい知らせだった。わたしは自分でデンヴィルにとどまることになるとわかっていたし、決まった収入があるのはありがたかった。夏のあいだだけでも。そのあとは、なにか考えよう。人生の第二プランを立てないと。失望で胸がいっぱいになったが、追い払った。これは自分がしたことだ。自分で選択してそれを実行した。引き返すことはできない。

考えごとをしながらデンヴィルのメイン・ストリートを歩いていたわたしがふと左を見ると、空き家の建物の入口でシェリーがカイランドになにか話していた。まるで彼が自分のものみたいにすぐそばに立って、見あげている。猛烈な嫉妬に駆られ、びくっとした。彼はドア枠に腰をもたせかけて彼女の話を聞いている。ここからでは聞こえない。わたしはうしろにさがり、太い木の電柱の陰に隠れてそっとふたりを見た。

まるでストーカーだ。

なにをしてるの？　わたしは唇を噛んで、近づいていって話の輪に加わろうかどうか迷った。どうして自分がおじゃま虫のように感じるの？　たしかにカイランドとわたしがあのラヴェンダーの野原でいっしょにいたのは一夜だけだったけど、少しは意味があるはずだ。あの夜のことを思いだして少しぼうっとしたが、また嫉妬がぶり返して、わたしはシェリーとカイランドのほうを見た。どうして、いま近づいていったら、ふたりのあいだにあるなにかを自分がじゃまするような気がするのだろう？　まるでふたりのあいだに割りこんでいくみたいに？　以前見かけたふたりのキス、クリスマスの講堂でのまさぐりを思いだし、とつぜん吐き気がこみあげてきた。もう一度向こうを見ると、ふたりの姿はなかった。目をぱちぱちして、歩いていくふたりのうしろ姿を見つけた。シェリーがカイランドの手を取ってひっぱっていく。

　わたしは動揺した。どう思ったらいいのかわからなかった。彼はわたしのもの？　だれかにたいして彼にさわらないでという権利がある？　カイランドは何度もくり返し、自分はここを出ていく、なんの約束もできないといった。いまになって、わたしが彼にそんな恋人あつかいを要求できる？　彼がわたしとセックスして、ここを出ていってもかまわないと自分でいったのに。でもそれから彼はわたしを抱いて、愛してるといった。頭のなかがぐちゃぐちゃだ。愛がある種の所有でないのなら、なんなの？　彼はわたしを愛していて、わたしとセックスして、でもほかの女の子とも自由にいっしょにいられるの？　全身に広がる苦痛をどうしようもできなかった。からだが熱く、うつろに感じる——肌がちくちくする。いいえ、彼はそんなことしない。そんなのカイランドらしくない。ほかのことはともかく、彼が誠実だというのはたしかだ。そうでしょ？

　ほんとうは急がなければいけなかったのに、のろのろと歩いて家に帰った。わたしたちはあんなに美しい夜を過ごして、あの夜がわたしを変えた。わたしは彼にすべて——からだも心もあげた。それなのにわずか一週間で、こんな疑い、不安にさいなまれている。

「恋愛なんて大嫌い」

わたしは急いでトレーラーハウスに入って、学校の荷物をソファーの上に落とした。マーロが白いシャツのボタンをはめながら、バスルームから出てきた。

「おかえり」ほほえむ。「期末はどうだった?」

わたしは姉のほうを見ないで、クローゼットから仕事用の服を取りだした。「終わってよかった」にっこりマーロにほほえみかけた。これでかわせるといいけど。

マーロはいぶかしげな目つきでわたしを見たけど、ゆっくりうなずいた。「そう、よかった。じゃあ、もう行く? いま出れば遅刻しないですむ」

「うん、二分待って」わたしはバスルームに飛びこんだ。

五分後、わたしたちは町への道を歩いていた。

きょうは野球の大事な試合のテレビ中継があるから、店は満員になる。だからわたしたちは急いでいた。お客が増えれば給料も増える。最近はふたりともシフトに入っているから二倍だ。少なくともきょうは期待できる。給仕助手のわたしはあまりチップをもらわないけど、酔っ払った人がウエイトレスと勘違いしてくれたりするから、わたしにも多少の現金が入る。ふだんはできるだけお客さんとのかかわりを避けている。それがエヴァンスリーの石炭会社本社の重役たちの場合はとくに。でもきょうはちがう。きょうは隠れたりしない。わたしは歩きながら自分の足をにらみつけた。あの連中はスーツと金時計で立派に見えるけど、心の底では地位だけはあるゲス男で、僻地に住んでいる女たちは自分たちに関心をもたれるだけで光栄だろうと思っている。もちろん、このあたりにはじっさいにそういう女の子もいる。前に、酔っ払って声が大きくなった重役が、よその町から来てる同僚たちに、「好きなのを選んでくれ、みんな。なにしろ安いからな」といってるのを聞いたことがある。一同、げらげら笑っていた。問題は、食べものと光熱費は安くないし、わたしたちはお金のために働かなければならないということだ。それにときには、愚かにも、そういう男の人たちのうちのだれかが、自分を悲惨な暮らしから救ってくれると勘違いすることもある。

店は午後六時には目が回るほどの忙しさになり、店の壁にかかっているフラットスクリーンのテレビに向かって叫ぶ、騒々しい男たちでいっぱいだった。

わたしはお客たちのあいだをぬって、あいたグラスをトレーに載せて運び、注文された食べものをテーブルまで運んだ。赤いシャツを着てかなり酔っ払っている男が、近くを通るたびにおしりをさわってきたから、テーブルを遠回りして避けていた。

「こっち来いよ、かわいこちゃん！」使用済みのグラスを食洗器に入れるために厨房に戻ろうとしていたわたしに、赤シャツ男が呼びかけた。「そのぷりっとしたケツをこっちにもってきな」

「あれ、困ってない？」わたしがまたバーに戻ったとき、先輩ウエイトレスのベリンダが訊いてくれた。迫力のある美人で、ずっと昔から〈アルズ〉で働いている。彼女はあごで赤シャツ男のほうを示した。

わたしはちらっと彼を見た。「だいじょぶだよ、ベリンダ」小さくほほえむ。

「あなたの受けもちをわたしが代わったほうがよければ、いってね。あたしのおしりはたっぷりだから、少しくらいさわられたってへっちゃらだから」そういって、ベリンダはおしりに手をやり、わたしにウインクした。わたしは笑った。

シフトの残りの時間はなんとか赤シャツ男を避けつづけ、野球の試合が終わってバーがすいてくると、男は連れたちといっしょに店を出ていった。

奥のテーブルを拭いていたら、マーロがやってきた。「ねえ、テン、ベリンダに、あなたを家まで送るように頼んでおいたから」

わたしは手をとめて、姉を見た。少しそわそわしている。「なんで？」わたしは眉根を寄せながら訊いた。

「うん」マーロは入口近くのテーブルに坐っている男の人をちらっと見た。わたしの見たことのない人だった――たぶん出張で町にやってきた人だろう。わたしは遠くから彼をじろじろと観察した。「コーリーよ。彼に、夕食をいっしょにどうかって誘われちゃって……」

夕食？　夕食には遅すぎる。わたしは横にずれてマーロの陰に入るようにした。「こんなバーで出会ったばかりの男の人についていかないでよ、マー。前のときにどうなったか忘れたの――」

マーロは背筋を伸ばした。「いいえ、忘れてない」肩越しにふり向いて、コーリーに小さくほほえみかけた。そしてわたしに目を戻して、いった。「わたしもばかじゃないよ、テン。コーリーの望みはなにかわかってる。彼がわたしと結婚するとか、ハッピーエンドになるとか、思ってないから。ただだれかといっしょにいたいだけ。そんなに悪いことなの？」

わたしはため息をつき、肩を落とした。「サムは？」

マーロはいらだった。「サムになんの関係があるの？　ただの友だちだよ。わたしはサムのなんでもないから」

「姉さんがコーリーについていったと知ったら、気にするよ」わたしはいった。

「気にするべきじゃない。それは彼がばかなのよ」

わたしはまたため息をついた。「そう」マーロのきれいな顔をじっと見た。「それなら気をつけてね？　ほかの人のいるところ、明るいところに――」

マーロは笑って、身をかがめ、わたしをハグした。「わかった。二時間くらいで帰るから」

「うん」

最後のテーブルを拭いていたら、マーロがこちらに手を振り、タイムレコーダーを押して、コーリーといっしょに〈アルズ〉の表ドアから出ていった。

わたしもタイムレコーダーを押しにいったら、ベリンダがいた。「ハニー、ごめん。車を温めにいったら、エンジンがかからなくて。デイヴが一時間くらいで迎えにきてくれるって。待てる？」

ベリンダの夫が来るまで、もう一時間もこの煙くさいバーで待っていたくなかった。

「送ってくれなくてだいじょうぶ。いつも歩いて帰ってるし、寒くないから」

「ほんとに？」

「うん」わたしはほほえみ、みんなに挨拶して、店を出た。穏やかな春の夜だったけど、セーターを着て胸の前で腕を組んだ。新しい服をいくつか買わないと。いま着ているのには穴があいているのもある。マーロに相談して、いくら出せるか訊いてみないと。

高速道路の端の落ち葉の積もった土の道をとぼとぼ歩いていると、足元で松葉が風に吹かれて舞った。そよ風が髪を揺らし、わたしは月を見あげて、あの野原でカイランドが、昂って汗ばんだからだでわたしの上で動いていたとき、空にかかっていた月を思いだした。わたしは欲望に身震いして、足を速めた。彼の家に寄ってみようかな。それくらいはしてもいいだろう。そのときうしろから車が近づいてくる音がしたから、できるだけ車道から離れた。車はわたしを追い越していった。わたしが目をあげると、車はゆっくりと速度を落とし、土手の横にとまった。

わたしは慎重に、目をこらしながら、銀色の車に近づいていった。ウエイトレスのジェマ・クラークの弟の車だろうか？　でもすぐにちがうとわかった。彼の車よりも新しいし、エンジンはかかったままで、だれもおりてこない。と思ったら、運転席のドアが開いて、赤シャツ男がおりてきた。すこしゆらゆらしている。「かわいこちゃん、あんたを待ってたんだぜ」彼はとろんとした目でにやりと笑い、立ちすくんでいるわたしのほうに歩いてきた。神経がぴりぴりした。高速道路の左右を見た。一台の車もない。

わたしは車をよけていこうとして、大声で返した。「もうすぐ迎えの車が来るの。でもありがとう」

車の助手席側を通りぬけようとすると、彼が車のフロントを回ってきたので、わたしは速足になり、男がスピードをあげたので、駆けだした。恐怖が血管を駆けめぐる。男に肩をさわられて小さな悲鳴をあげ、前に飛びだした。これで男はあきらめて車に戻るかと思った。こわくてうしろを見られない。その瞬間、男にセーターをつかまれ、引きずり戻された。背中から男の胸にぶつかり、両腕でかかえこまれた。男が半分笑い声、半分雄たけびの声をあげる。「離して！」わたしは叫び、パニックで涙が出てきたけど、泣きださないように必死でこらえた。

ゆっくりと車が通りすぎ、「助けて！」と叫んだ。運転していた女性と目があったけど、彼女は目をそらし、スピードをあげて走り去った。

赤シャツ男の熱い息を耳元に感じた。「力をぬきな、かわいこちゃん、捕まえたぞ。威勢がいいな？ ただ仲良くなりたいだけだよ。バーではおれを避けていただろ。どこか静かなところでじっくり知り合いになろう」男の手がわたしの肋骨《ろっこつ》をなであげ、胸をぎゅっと握った。

「いや！」わたしは叫び、うしろに蹴りだした足が男のむこうずねにあたった。男は痛そうにうなり、手を放した。わたしはふり向き、こぶしで男の側頭部を殴った。男は怒った声をあげて殴り返してきた。目の奥で痛みが爆発し、よろけて、バランスを崩し、地面に尻もちをついた。赤シャツ男が近づいてくる。わたしが跳ねるように立ちあがったとき、車が男のうしろに停車し、男が運転席から飛びだしてくるのが見えた。逃げようとふり返ったとき、「テンリー！ 走るな！」という声が聞こえた。見ると、ジェイミー・キーニーがこちらに歩いてくる。わたしは立ちすくみ、涙を流しながらぜいぜいと両肩であえいだ。

ジェイミーはわたしと同級生で、わたしの母の不倫相手、エドワード・キーニーの息子だ。

「なんだおまえ」赤シャツ男はジェイミーのほうに踏みだした。「余計なおせっかいは――」ジェイミーが男の顔を殴りつけ、男は受け身もとれずに砂利道にくずおれた。わたしは悲鳴をあげ、両手で口を覆った。全身、がたがた震えている。ジェイミーが赤シャツ男を肩にかつぎあげ、彼の車のほうへ運んでいった。わたしはすばやく自分の状態を確認した。セーターは男がつかんだところから破けて垂れさがっていた。殴られた目が腫れて見えにくくなっている。口に手をやると、指に血がついた。

ジェイミーは意識をなくしている男を、アイドリングしたままだった車に乗せ、イグニッションからキーを引きぬいた。かがんでなにかしていたが、わたしからは見えなかった。立ちあがったとき、ジェイミーは片手にジーンズ、片手に車のキーをもっていた。勢いよくドアをしめると、ふりかぶって、キーを高速道路脇の森に投げこんだ。

「だいじょうぶか?」彼はジーンズをもったまま、わたしのほうにやってきた。わたしは震えながらうなずいた。彼はわたしを見て唇を一文字に結んだ。「おいで。家まで送っていくよ」

わたしはためらった。四年間、ジェイミーとおなじ高校に通ったけれど、彼のことはよく知らなかった。じっさいわたしは、できるだけ彼を避けていた――彼がわたしもふくめてうちの家族に好意をもたないのは当たり前だから。母がわたしたち姉妹を連れてキーニー家の立派な玄関前まで行った日――彼の父が母に唾を吐きかけたあの日――ジェイミーも家にいた。彼は窓から、帰り道についたわたしたちを見ていた。

ジェイミーはわたしが動かないのを見て、ポケットに手を入れ、なにか赤くてつやつやしたものを取りだした。わたしの前までやってきて、それを取れという感じに差しだした。スイス製のアーミーナイフだ。

「もしぼくがなにか変なことをしたら、それを目に突きたてればいい」彼はかすかにほほえみながら、いった。

わたしは息を吐きだし、小さくほほえみを返した。ようやく鼓動がおさまり、まともに呼吸できるようになった。わたしはナイフを受けとった。なにもいわずに、彼のあとについて車まで行き、助手席に乗りこんだ。ジェイミーは運転席に坐り、ジーンズを後部座席に放り投げた。わたしはとまどい、彼をちらっと見て、助手席側のドアにもたれて坐った。ジェイミーは車を高速道路に戻した。リアウインドウ越しに見ると、赤シャツ男は車のなかでまだからだを起こしていないのがわかった。

「死んでたらどうするの？」

ジェイミーはバックミラーをちらっと見た。「死んでないよ。目が覚めたらひどい頭痛と二日酔いだろうけど……それにホテルまで歩いて帰るしかない……パンツ一丁で」彼はわたしを見て、唇の端を片方吊りあげた。わたしは腫れていないほうの目で彼を見て、自分も口元をほころばせた。あいつが下半身まる出しで高速道路沿いを歩いていくところを想像した。でもすぐに冷静になった。

「あの人、わたしの名前を調べるかもしれない」わたしはいった。

ジェイミーはちらっとわたしを見て、また道路に目を戻し、高速をおりてうちの山へと向かう道に入った。

「あいつの心配はしなくていい」彼は少し黙った。「ぼくがなんとかする。いいね？」

わたしは彼を見た。「わかった」どうして彼を信用できると思ったのかわからないけど、わたしは彼を信用した。ジェイミーは校内で、人気のある生徒たちとつるんでいる。エヴァンスリーに住む、石炭会社の重役たちを親にもつ生徒たち――つまりお金もちのグループだ。彼があらゆる基準で「お金もち」なのかどうかはわからないけど、わたしから見れば間違いなくそうだった。わたしたちの生活レベルとはかけ離れている。

わたしがうちまでの道を教え、着いてから彼はその前で車をとめ、シートに坐ったまましばらくうちのトレーラーハウスを見つめていた。わたしは痛みとショックによる麻痺《まひ》で気にならなかった。そのときのわたしは、トレーラーハウスに着いてうれしくて、早くなかに入ってベッド代わりの小さなソファーに横になりたい一心だった。ドアのハンドルを引くと、カチャという音がして開いた。

「なあ、テンリー」ジェイミーに呼ばれて、わたしはとまったけど、彼のほうは見なかった。「こんなときにいいだすのは変だけど、来週のプロムに行かないか？　つまり、ぼくといっしょに？」

わたしは肩越しにふり向いた。ジェイミーはハンサムだ――カイランドとはちがうタイプだけど――じっさい優しそうな顔立ちだった。「ありがとう、ジェイミー、でも、ごめんなさい。わたしはダンスしないし、それに……」ドレスや靴を買うお金もないし、どうしようもなくほかの人に恋をしてるの。

「いいだろ、助けてやったじゃないか」さっと彼の目を見ると、からかっているのだとわかった。

わたしはほっとして、ほほえんだ。「ありがとう、ジェイミー、ほんとに助かった。でもやっぱりごめん、じつはその、いまある人とつきあっているような――」自分でいっていて、涙が出てきた。わたしはつきあっているといえるの？　ああもう、なにもよくわからない。それになぜか、目とおなじくらい心がずきずきと痛んだ。

「なあ」ジェイミーは優しくいった。「わかったよ。ただぼくは……ほら、きみとぼくは……」彼は唇を引き結び、言葉を選んでいるようだった。「いままでぼくはきみと知り合いになろうとしなかった、そのことを残念に思ったんだ。もうあまり時間は残っていないけど、プロムならどうかと……」彼はわたしの顔を見つめた。「だがきみがほかのやつとつきあってるのなら、そいつがきみをプロムに連れていきたがるのはわかる」

わたしはひざに目を落として首を振った。でもなにもいわなかった。この人もいつか、貧しくて、食べるものがあるだけで感謝するような生活がどんなものか、理解することがあるのだろうか？　ダンス、デート……そういうのはわたしには手の届かない経験なのだと。そういうことを考えられる余裕のある暮らしがどんなものか、まるで想像できない。

「ありがとう、とにかく」わたしはいった。

「テンリー？」わたしはまたふり向いた。「ぼくは……なんていえばいいのか、その……」

「はっきりいって、ジェイミー」

「ぼくはゲイなんだ」

そんな。わたしは彼のほうに向き直った。「それならどうしてわたしをプロムに誘ったの？」

「ただきみといっしょにいたかったから」

わたしは首をかしげた。「もしわたしがイエスと答えて、あなたに好かれていると思ったらどうするつもりだったの?」

「ぼくは……そこまでよく考えていなかった。悪かったよ」

わたしは彼をまじまじと見て、ため息をついた。「わたしはいいけど」

「両親にはいえない。いや、いうつもりだけど。もうすぐ。たぶん。できれば」彼は運転席側のウインドウのそとを見た。

わたしは深く息を吸って、坐り直した。「きっとだいじょうぶだよ」

彼はわたしを見て、首を振った。「いや、だいじょうぶじゃない。だいじょうぶじゃないんだ。だがそれでもいうことになるだろう。もしかしたら大学で家を出る前に。そうすれば、ぼくがいないあいだに消化できるんじゃないかと思って。だろ?」

わたしはうなずいた。「そうね」手を伸ばして、彼の肩をぎゅっとつかんだ。「うまくいくように祈ってる」

「父さんは、きみたちのように育ったんだ」彼はうちのトレーラーハウスを見ながらいった。「オフィスに、子どものころウエスト・ヴァージニアで住んでいたあばら屋の写真を飾っている」

わたしは唇を結んで、太ももをなでた。「そう、それならなおさらひどい」

「え？」彼はわたしのいいほうの目と目を合わせた。

「あなたのお父さんはこういうふうに生きることの苦しさを知っている——それはわたしたちにとって、ますますみじめなことよ」そして彼にとっては、自分がどれほど出世したのか——どれほど人びとの上に立っているのか——を実感してよろこぶ、病んだ方法なのだ。

ジェイミーはかすかにひるみ、一瞬目をそらした。「そうだな」彼は一瞬、いいよどんだ。「気休めになるかどうかわからないけど、ぼくも自分の住んでいるところはきらいだ。なんでもあるけど」顔をしかめて、わたしの背後の窓のそとを見た。「あの日」わたしと目を合わせた。「父さんが……きみたちを追い返した日、ぼくは見ていた。見たよ。きみたちといっしょに行きたいと思った。きみたち三人が手をつないで歩いていくのを見て。きみがお姉さんに寄りかかっているのを見て……ばかげているし、たぶんきみには無神経に聞こえると思うけど、ぼくはきみたちといっしょに行きたかった。きみがもってるものが欲しかったんだ。家族を」

わたしはショックを受けて彼を見つめた。「わたしもあなたがもってるものが欲しかった。家族。それに」小さく笑った。「冷蔵庫のなかの食べものも」

ジェイミーはおもしろくなさそうに笑い、顔をしかめた。

「どこでも大変なのよ、ポニーボーイ」わたしは首を振りながら、そっといった。

「なんだって？」

「なんでもない。きょうはありがとう、ジェイミー、おやすみなさい」

彼は心配そうな顔でうなずいた。「おやすみ、テンリー。目を冷やしなよ」

「そうする」わたしはドアをあけて車からおりた。

彼が車を切り返して町へ戻っていくのを見送った。わたしはしばらくそこに立ち、新鮮な夜の空気を吸いこみながら、母になんて説明しようかと考えた。ほんとうのことはいえない。いってもしかたがない——母にはどうすることもできないのだから、それに母の具合が悪くなる。お店でスイングドアに顔をぶつけたということにしておこう。

でもそこに立ったまま、たまらない気持ちになった。嘘なんてつきたくない。だれかに抱きしめられて、思いきり泣きたかった。だれかに、もうだいじょうぶだといってほしかった。わたしは涙を流しながら空を見あげた。

「テン？」その声にさっとふり返った。カイランド。

涙を拭いてから彼のほうに向いた。彼が近づいてきて、顔が見えた。でも彼は途中でとまった。最初にとまどい、そして怒りで顔をゆがめた。「なんだそれ？」彼は歯を食いしばりながらいって、すぐにわたしの前に来て顔をあげさせ、月の光があたるようにした。

「だれがこんなことを？」彼はいった。

「カイランド」わたしは喉がつまった声を出した。張りつめていた気持ちがゆるんだ。彼は両腕でわたしをつつみ、その硬くて安全なからだに抱きしめた。わたしはとろけるように彼にもたれ、両手で彼のシャツをつかんで泣いた。泣いたのは、顔を殴られたからだけではなく、またこういうことがあるかもしれないからだ。泣いたのは、こわくて、やるせなくて、カイランドがいま抱きしめてくれていても、ふたりにどんなつながりがあっても、彼の気持ちが冷めていくのが感じられたからだ。涙をこぼしてしがみつくわたしに、彼がからだを硬直させるのがわかった。

「だれにやられたんだ？」彼はくり返したけど、さっきよりも穏やかな声だった。

わたしは鼻をすすり、涙をぬぐって、顔をあげた。「知らない人」小さな声でいった。

「〈アルズ〉の客か？」

わたしはうなずいた。「わたしがその人の車に乗らなかったから気に食わなかったみたい」

カイランドはなにもいわなかった。ただあごをこわばらせて、わたしの向こうのどこかを見ていた。

「そいつの名前を聞いた？」

わたしは首を振った。「もういいの、カイ。ジェイミー・キーニーがその男を殴って、わたしを送ってきてくれた。ジェイミーは、そいつが二度とわたしを困らせないようにするって……」わたしは口ごもった。ジェイミーがなにをするつもりなのか、そういえばわたしは知らなかった。

カイランドはしばらくなにもいわなかった。ようやく、うなずいた。「それはよかった」彼はわたしを見おろし、ほつれていた髪を耳にかけてくれた。「ぼくがなにもしてやれなくてごめん。こんな役立たずですまないと思っている」しわがれ、つらそうな声。

わたしはその口調に驚き、いいほうの目を大きく見開いた。「役立たずなんかじゃない。そんなことといわないで」

彼はわたしを見おろし、生々しく苦しげな表情を浮かべた。

「なかに入って、氷で目を冷やしたほうがいい」彼はいった。「タイレノールかなにか鎮痛剤はある？」

わたしはうなずいた。「あなたの家に行ってもいいかなと思ったんだけど」わたしは期待をこめていった。ただ、彼に抱きしめていてもらいたかった。

「それはいい考えじゃない」彼は言葉少なにいった。「もうそんなことはできない」

「どうして？」ひどく傷つき、声が上擦る。

「ベッドを売ってしまったから。ぼくは床に寝てるんだ」

そうだったの。

「いいよ。わたしもいっしょに床で寝る」わたしはいった。

あなたが必要なの、カイ。

彼は首を振り、あごをこわばらせた。「だめだ。きみは床なんかで寝ない」わたしの顔を見て、その表情をやわらげ、抑えるように長く息を吐いた。「床で寝ることはない。家に入ってベッドで寝るんだ。あしたの朝、また来るから。わかったな?」

わたしは叫びだしたかった。いっしょにいて、と懇願したかった。うちに連れていってくれてもいい。でもそのとき、母が講堂でエドワード・キーニーに叫んだときのことを思いだして、足元に目を落とした。ふいに母が調子の悪い頭のなかにかかえている深い苦しみの一部が理解できた。「きょう、シェリーといっしょにいたでしょ」わたしはいった。「いっしょに帰ろうと思って待ってたのに、あなたはシェリーといっしょだった」どうしても責めるような口調になってしまう。わたしの期待しすぎ?

彼は無言でしばらくわたしを見つめた。「ごめんよ、テン、シェリーはお兄さんが直してくれた車を見せたがっていただけなんだ。なんでもない」

わたしは彼の顔をじっと見つめた。安心できなかった。「そうだったの」わたしはいった。「愛してる」

カイランドはぎゅっと目をつぶった。「ぼくも愛してるよ。もうなかに入りな。鍵のかかった音を聞いたら行くから」

わたしはふり返り、重い足取りでトレーラーハウスの入口まで行って、鍵をあけ、ドアをあけた。一度ふり向いてから、なかに入った。カイランドは少し離れたところに立って、わたしを見ていた。彼がうなずき、わたしはためらった。その表情の決意に恐怖のようなものを覚えた。それがどういうことかわからなかったけど、悪いことなのはわかった。

わたしはドアを閉じて鍵をかけ、ソファーに倒れこんだ。両手で顔を覆い、すすり泣いた。

# 20

## テンリー

カイランドは次の朝、約束どおりわたしの様子を見にきてくれたけど、そのふるまいはよそよそしく、散漫《さんまん》で、ほとんど冷ややかといってもいいほどで、まったく慰めにならなかった。わたしは死ぬほど傷ついた。からだの痛みなんてささいなものだった。

マーロは二時間くらいあとに帰ってきて、わたしの顔を見たのだろう。寝ているわたしを起こして、なにがあったのか話しなさいといった。わたしは姉の腕のなかで泣きじゃくった。マーロが初めてを奪われた男に山のふもとで捨てられたときとおなじように。

わたしをじっさいに傷つけたのはわたしの初めての相手ではなかったし、顔の痛みのせいで泣いたわけでもなかった。心が痛くて泣いたのだ。

その週末はなかなか時間が進まなかった。わたしはトレーラーハウスに閉じこもって、物音がするたびにはっとして、カイランドではないかと期待した。でも最初の朝以来、彼は来なかったし、わたしも彼のところに行かなかった。カイランドは自分の選択をはっきりさせた。わたしたちはからだの関係では親しくなったけど、それで彼の決意が変わることはなかった。心のなかでは、彼はもうここから出ていっていた。どうしてか、わたしにはそれがわかった。そしてそれが、つらくてしかたがなかった。

翌週とその週末、わたしはまったくカイランドに会わなかった。二回ほど彼の家に行ってみたけど、留守だった——居留守だったのかもしれない。

月曜日に奨学生が発表されることになっていた。わたしはそのことを考えてみたけど、なにも感じなかった。どうなるかはわかっていた。予測された結果で、カイランドが選ばれる。わたしはわざと期末試験を失敗した。もともとわたしかカイランドのどちらかだとわかっていた。彼のほうが必要としているということも。いまならその理由がわかる。それにわたしは彼を愛している。わたしの初めて以外で、彼にあげられるのはこれだけだ。彼がふさわしい人かどうかにかかわらず、自分のもてるものはすべて彼にあげたかった。わたしはひどく思いつめて、永遠に彼を失う恐怖でほとんど気が変になりそうだった。悲しみで胸がずきずきする。

月曜日の朝、学校に行く道を歩いていると、驚いたことにカイランドが家の前でわたしを待っていた。この一週間、あんなに悲しい思いをしたにもかかわらず、彼を見た瞬間、わたしは心からほほえんでいた。「おはよう」わたしはいった。

彼もわたしにほほえんだ。「おはよう。目はだいぶよくなったみたいだな」でも彼のまなざしは、まだかすかに黄色く残っているあざにとどまり、なにかの決意が表情に浮かんだ。

わたしはうなずいた。「もう痛くないよ」彼はわたしが嘘をついていると思っているような目で見つめたけど、言葉にはしなかった。

「先週、何度か家に行ったんだよ」わたしはいった。「いなかったけど」わたしはおずおずと彼を見た。なにか——なんでもいいから——安心させることをいってほしかった。

カイランドはうなずいた。「働かないといけなかったんだ。勉強に集中していたせいで、支払いがたまっていた。それに食費もいる」

わたしは驚いた。「カイランド、うちも少しは余裕があるよ。食べものなら分けてあげられる」

彼は黙りこみ、もうなにもいわないのかと思った。ようやくわたしを見た彼の目にはむき出しの悲しみがあった。「その必要はない。もうだいじょうぶだから」

いまのわたしたちのあいだには、言葉にならないことがたくさんあった。もう一本、わたしの心にひび割れが走った。いったい何本のひび割れに心は耐えられるのだろう。その答えは知りたくなかった。

わたしたちはしばらく黙って歩いた。鳥のさえずりが聞こえ、暖かい春の空気がわたしの顔と腕をなでた。シャクナゲが満開だった——ある木は赤い花が見事なほどいっせいに咲きほこり、ひとつの大きな炎のように見えた。すべての自然が新しく感じられる。わたしは深呼吸して、新鮮な土と若葉のにおいのまじった空気を吸いこんだ。もしかしたら、わたしたちも新しくなれるのかも。とつぜん、大好きな人と並んで歩きながら、世界は可能性に満ちあふれているように思えた。もしかしたらわたしたちは、考えを整理して、少しの希望をもてばいいのかもしれない。それにきょうは彼にとっていい日になる——まだ彼本人は知らないけど。わたしは彼を見あげた。「いよいよだね」

彼は顔をしかめてわたしを見おろした。「ああ」わたしのほほえみは消えた。彼は道の真ん中で立ちどまって、わたしのほうを向いた。「テンリー、きょうなにが起きてもぼくは……」彼は落ち着かない様子で髪をかきあげた。いつもその仕草をセクシーだと思う。「そういう運命だったんだ、いいね？」

わたしは眉根を寄せた。いったいどういう意味かよくわからなかった。「わかった」とりあえずそういった。なにが起きるかわたしにはわかっていた。それでいいと納得していた。

わたしたちは残りの道のりをほとんど話さずに歩いたけど、それは心地よい沈黙だった。彼の気分は読めなかったけど、それは当然だと思った。わたしは彼の考えごとをじゃましなかった。きっと緊張して、不安を感じている。この四年間の彼の苦しみ、悲しみ、努力、犠牲、飢え。そのすべてが数時間後の全校集会での発表のときに報われる。安心させてあげたかったけど、しなかった。わたしがしたことを、彼に知られるわけにはいかなかったから。

その日の朝、あまりにも多くのもの、どちらも言葉にしないものが、わたしたちのあいだに存在した。あまりにも多くの秘密、半分だけの真実、あまりにも多くの痛みが。

学校の入口に着いたとき、彼はかがんでわたしの顔を両手でつつみ、額にキスした。まるで勇気を奮いおこそうとするかのように、しばらく唇をつけていた。それからからだを起こし、わたしを見つめ、かすかにほほえみながら、まるで記憶しようとするようにわたしの顔のすみずみまでじっと見つめた。まるでさよならをいおうとしているみたいに。

わたしは口を開いた。彼になにかしてほしかった。なにが起きているのか説明してほしかった。わたしにはそれがなんなのか、思いつかなかった。カイランドは踵を返し、学校に入っていった。彼はふり返らなかった。

＊＊＊

あとからあの全校集会を思いだすと、まるで夢のなかのできごとのように思えた。自分の名前が呼ばれたとき、ほんとうにはそこにいなかったかのようだった。奨学生の名前が発表されるとき、わたしはカイランド・バレットという名前が聞こえるはずだと思いこんでいたから、脳が自分の名前を認識しなかった。だから席に坐ったまま、ほほえみ、ほかの生徒たちといっしょに拍手していた。隣に坐っていた女の子が笑いながらひじでわたしをつつき、親切な声でいった。「前に行かないと」

わたしは目をぱちぱちさせてまわりを見ながら、ショックに握りつぶされるように感じた。嘘！　嘘よ、こんなの間違ってる。じっさい、だれかにひっぱられて立ちあがり、押されながら歩いていくときにも、「ちがう」と声に出していた。生徒たちが脚を引いて場所をあけてくれたすき間を歩くわたしに、ほほえみやお祝いの言葉がかけられる。わたしは必死にカイランドを探し、ようやく彼を見つけた。最後のクラスの生徒たちといっしょに坐っていた。その顔は奇妙なほど無表情だった。「ちがう」わたしはまたつぶやいた。

「テンリー・ファリン」エドワード・キーニーがふたたびわたしの名前を呼び、壇上から満面の笑みを向けてきた。そこまで歩いていった記憶はないのに、わたしはとつぜん彼の前に立っていて、完璧な歯並びの彼の笑顔が目の前にあった。彼は低い声で笑った。それは、ベッドの軋む音、母のうめき声とともに、トレーラーハウスの小さな寝室から洩れ聞こえてきたのとおなじ笑い声だった。

ふり向いてカイランドの席を見ると、彼はいなかった。行ってしまった。

そのあとのことは、ぼんやりとしか憶えていない。わたしは立ちあがってそとに逃げだしたかった。カイランドを追いかけていきたかった。彼を慰め、話をして、いっしょにいたかった。彼はいま、どんな気持ちだろう？　ああ、カイランド。わたしは叫びだしたかった。

高校に入ってからずっと、なによりも望んでいたものを手に入れたのに、まるで悪夢のように感じられるのはなぜ？　ほんの一瞬で、夢がまったくちがうものになってしまうなんて。

集会が終わってから、わたしは拍手とお祝いの言葉を浴び、サンディエゴ大学の学費は寮費も含めて支払われたという書類を手渡された。わたしの名前の口座がつくられて、月々の食費もそこから引き落とされる。夢がすべてかなった瞬間のはずなのに、わたしは講堂を飛びだして、校長のミセス・ブランソンのところに行った。

「テンリー」いきなり入っていってドアをしめたわたしに、先生は驚いて笑いだした。たぶん血迷っていると思われたのだろう。

「わたしは奨学金を受けとれません」だしぬけにいった。「なにかの間違いです」

ミセス・ブランソンはまた笑ったけど、眉根を寄せた。「テンリー、まあ。間違いなんかじゃないのよ。ミスター・キーニーはすでにすべての書類を用意してくださってる。全部手配され、あなたの名前になっている。これほど大事なことで間違いはありえないわ。あなたが獲得したのよ。正々堂々と」

わたしは首を振り、先生の向かいの椅子にくずおれるように坐った。「わたしは期末試験でわざと失敗したんです」わたしはいった。「ひどい出来でした」

カイランドのために。彼が選ばれるように。

間違っている。こんなの間違いだ。

ミセス・ブランソンは口をすぼめて、不思議そうにわたしを見た。「あなたの期末試験の点数が振るわなかったのはわたしも知っています、テンリー。驚いたわ。あなたはいつも試験でよくできたから」彼女はひらひらと手を振った。「でも、この奨学金は期末試験の成績だけで決まるのではない——つまりね、あなたの高校四年間の学業すべてが考慮されたのよ……大学初級レベルのAPクラスをいくつ受講したか、どんな課外活動に参加したか、そういうことも」

じっさいには、わたしは課外活動にはめったに参加しなかった。うちにはそんな余裕はなかったし、アルバイトもしていたから。こんなのおかしい。でも……決まってしまった。

一瞬、これはわたしの母に関係があるのかもしれないと思った。わたしははっとして背筋を伸ばした。エドワード・キーニーは、うちの家族を厄介払いするために、わたしに奨学金を与えたのだろうか？　でもどうやって？　わたしは進学先に家族を連れていけるわけじゃないのに。まさか、母と姉を寮の部屋の床に寝かすということ？　そんなのありえない。わたしは必死であれこれ考え、混乱していた。

「奨学金をほかの人に譲りたいんです」わたしはまっすぐミセス・ブランソンを見ていった。

先生は顔をしかめた。「それは無理よ。悪いけど、それは不可能なの。すでにすべて手配が終わっている」机を回ってきてわたしの手を取り、優しい目でわたしを見た。「テンリー、あなたが選ばれたのよ。あなたのものなの。たしかに」彼女は唇を噛んだ。「たしかに、幸運に慣れていないあなたが受けいれるのが難しいのはわかるわ。でもお願い、テンリー、選ばれたことをよろこび、誇りに思ってちょうだい。あなたがやったのよ。自分の努力で勝ちとったの。あなたはふさわしい生徒だわ。あなたの奨学金よ」

わたしは肩を落としたけど、うなずいた。「ありがとうございます、ミセス・ブランソン」わたしは立ちあがり、校長室を出た。たしかにわたしが勝ちとったのかもしれないけど、もう欲しくなかった。これはカイランドのものになるべきだった。彼のほうが必要としているのに。

わたしは学校を出て早足でデンヴィルに帰った。これは間違っている。わたしは彼を置いていくことはしない。ふたりで計画を立てよう。わたしはケンタッキーを離れたくない。大学にも行きたくない。わたしが欲しいのはカイランドの愛だけで、大学教育のためにも、なんのためにも、それをあきらめるつもりはなかった。ぜったいに。愚かかもしれないけど、それでよかった。この世界でわたしが欲しいのは彼だけだ。わたしたちの家がある山のふもとに立ちどまり、道の脇にある岩に腰掛け、バックパックから紙を一枚取りだして、手早くリストをしたためた。それから立ちあがり、残りの道を走った。

息を切らし、汗まみれのまま、カイランドの家のドアをドンドンと叩いた。全校集会の途中で出ていったのだから、もう帰っているはず。そうよね？　なかで足音が聞こえて、わたしは待った。しばらくして、彼はゆっくりとドアをあけ、わたしをじっと見つめた。わたしも彼を見つめて、荒い息を吐いた。

「入ってもいい？」わたしはいった。

カイランドはこわばったほほえみを浮かべてドアを開き、なかに入れてくれた。彼はまだひと言も話していない。

ドアをしめた彼と面と向かった瞬間、わたしは泣きだしてしまった。彼はすぐにそばに来て、抱きしめてくれた。「しーっ、テンリー、どうして泣く？　きみのことを誇らしく思うよ。きみがこれを勝ちとったんだ。きみの力で」彼がからだを引いて、わたしの顔にかかった髪を優しく払った。「大学に行くんだ」彼のほほえみは心からの、思いやりのこもったほほえみで――えらいよ、といっているみたいだった。わたしはもっとはげしく泣きだした。かぶりを振った。

「わたしは大学なんて行きたくない」わたしはいった。「あなたに行ってほしい」

カイランドはまるでわたしがひっぱたいたかのように、のけぞった。「いや、そういうことにはならなかった。きみが行くんだ――そして教育を受ける。ここからぬけだすんだよ、テンリー。きみはすばらしい人生を送るだろう――本やきれいな服に囲まれ、冬も暖かい家に住み、車も、冷蔵庫には食べものがどっさり入っている人生だ。海だって見られる」彼の声には熱意と……悲しみが満ちていた。わたしは自分の心臓が血を流しているように感じて、目に涙があふれた。

「カイランド」わたしは彼に近づき、手でほおをつつんだ。「そんなのぜんぶどうでもいい。わたしの望みは……あなただけ。この数週間は……お互い緊張していたけど、わたしたちは元に戻れる。そうよ。それにもう本はもってる。もし寒くなったらふたりで温めあえばいい。もしお腹がすいたら、いままでしてきたようになんとかすればいい」わたしは希望のとりこになっていた。愛、それがわたしの望みだった。そのために戦うつもりだ。そのために愚かになってもいい。とつぜん、この世界で愛よりも大切なものはなにもないとわかった。わたしは彼ににじり寄った。「わたしたちはどこかで仕事を見つけるの——どこでもいい——そして小さな家を借りて、庭に花を植える」その暮らしを想像して声が上擦り、わたしはどんどん早口になった。自分が必死に見えているとわかっていたけど、気にしなかった。わたしはバックパックをつかんで、道端でつくったリストを取りだした。「リストをつくったの」期待をこめていった。「わたしたちがここを出ていくまでに貯めなければいけないもの。紙に書くことで具体的に想像できて、可能だと思えてくる」わたしは紙に目を落とし、震える息を吸った。「わたしたちが貯めなければいけないのは——」カイランドが深い哀れみを湛えた目でわたしを見ているのに気づき、声が続かず、消えた。わたしが話すのをやめると、彼の顔に浮かんだ哀れみは怒りに変わった。わたしは両手をさげ、紙はひらひらと床に落ちた。

「そんなこと、口が裂けてもいうな、テンリー」カイランドは歯を食いしばりながらいった。「きみはチャンスを手にしているんだ、本物の人生のチャンスを。それをぼくとの惨《みじ》めな生存のために放りだすのか？　ふたりとも低賃金で働き、切り詰め、生活苦でやがてたがいを憎みあうことになるのに？」

「ちがう」わたしはかすれて上擦った声でいった。「そんなんじゃない。わたしはあなたがいればなにもいらない」それは真実だった。その瞬間、自分は彼のためになにもかも投げ捨てるとわかった。それは愚かだし無謀だし間違っているとわかっていたけど、本心だった。わたしには、彼をこの小さな家に置いていくことも、さびしい高速道路でヒッチハイクさせることもできない。わたしはもう一日だって、彼が苦しんだり食べものをあさったりするのを放っておけない。ぜったいに。なにがあっても、そんなこと許さない。

カイランドが鋭い笑い声をあげ、わたしはびくっとした。「愛がぼくたちを生かすと思うか？」喧嘩腰の皮肉たっぷりな声で、彼は訊いた。「そんなことをいうのがどれほど愚かなことか、だれよりもきみはわかっているはずだ。愛はだれも生かしてくれない。食べものが生かすんだ。暖房が。きみと、お姉さんと、お母さんは、ずっと愛によって生きてきたというのか、テンリー？」

わたしは傷つき、ごくりと息をのんだ。「わたしは……いいえ」一瞬うつむいたけど、また顔をあげて彼を見た。「どうしてわたしといっしょに来てくれないの？　そんなことをいうなら」最後の部分はひび割れた声になった。

「なんだって?」

わたしは彼に迫った。「いっしょに来て。歩いてでもここから出ていくといってたじゃない。カリフォルニアまで来て。待ってるから。いっしょには住めないけど……あなたは仕事を見つけて自分の部屋を借りればいい。そうしたらふたりでいっしょにいられる」

彼の顔に切望がよぎるのがたしかに見えた。でも彼はすぐに顔をそむけてしまった。

「それはできない」

わたしはうつむき、唇を嚙んだ。本当のことをいえば、たしかにそれは難しかった。彼はほとんど無一文だ。ヒッチハイクで国を横断するのも……それに着いてからもどうするの? 仕事を見つけるまでホームレスシェルターに入る? そんな状況で仕事が見つかるの? 服をどうやって手に入れる? わたしの寮の部屋に彼を住まわせられる? 奨学金をとりあげられるリスクは? たしかに、わたしのいったことは現実的とはいえない……。

「それなら聞いて、カイ。わたしはカリフォルニアに行く。卒業したら、ここに帰ってくる、そして――」

「ぜったいに帰ってくるな」カイランドが怒鳴り、わたしはびっくりした。彼の目は怒りで燃えあがるようだった。「大学を卒業してここに帰ってくるなんてぜったいにするな。どうしてそんなことを考えるんだ？　これはきみのチャンスなんだよ、テンリー。どうしてこんなところに帰ってくる？　この奨学金でなによりも大事なことは、デンヴィルから出ていけるということだ。それが核心なんだ。ここにはまともな職もない――帰ってくる理由なんてひとつもない」

　わたしは顔をしかめた。「ここにはわたしが愛する人たちがいる――あなたも、母も、姉も」

　彼は首を振った。「大学を卒業したらいい仕事について、ふたりをカリフォルニアに呼び寄せるんだ。そうしたら家族三人とも、人生をやり直すチャンスを得られる」

「わたしはあなたのために帰ってくる」わたしはいった。「それか、あなたが一年働いて、お金を貯めて、カリフォルニアに来てくれてもいい。時間がかかってもわたしたちは――」

「それはできない」

「できるわ」わたしはいった。「なんでもできる。わたしたちふたりなら。どうしてだめなの？」

　カイランドはわたしと目を合わせた。「なぜならシェリーが妊娠したからだ」彼はいった。

　一瞬、わたしはその言葉が理解できなかった。それから、全身の血が氷水になったように感じた。「シェリーが……」最後までいえなかった。「どういうこと？　それがあなたとなんの関係があるの、カイランド？」彼の名前を呼ぶ声がかすれる。

「ぼくは出ていけない」かろうじて聞きとれるほどのささやき声。

わたしのまわりの世界がぐらっと揺れた。顔が熱くなる。「どういうことなの」わたしはいった。「まさかそんな……あなたの？　わたしは……」わたしは後ずさり、背中が壁にあたるのを感じた。そのまま寄りかかった。カイランドはわたしを見つめていた。その表情には疲れがにじみ、なにを考えているのかわからなかった。「シェリーとセックスしたの？」

彼はほうっと震える息を吐きだした。「すまない。ぼくたちのことが熱くなりすぎていた。少し思いだす必要があったんだ――」

「なにを？」わたしはすすり泣いた。カイランドは顔を曇らせた。「そのときが来たら簡単にわたしを捨てられるということを？」まるで腹を殴られたかのような衝撃に、わたしはよろけた。こんなことありえない。ああ。そんな。嘘。嘘。嘘。気づくと、心のなかの叫びに合わせて首を振っていた。

「わたしを愛してるっていったのに」詰まった喉から絞りだした。わたしは手で頭を押さえた。これは現実じゃない。どうかとめて。

「ぼくは――」

わたしは片手をあげて彼の言葉をさえぎった。目の前にあげたまま手を振り、彼がいおうとしている言葉を、それが否定であれ肯定であれ、受けつけないようにした。どちらにしても、おなじくらい悪い。嗚咽《おえつ》がこみあげてくる。

とつぜんカイランドがわたしの前に来た。「聞くんだ、テンリー。きみはここを出ていく。デンヴィルのことは忘れろ。ここを出て、二度とふり返るな。そしてときが来たら、自分と、お母さんと、お姉さんの人生を築くんだ。三人ともここを出られる。ぼくたちのような人間が、ここのような貧困からぬけだすのがどんなにまれなことか、わかってるのか？ きみはチャンスを手に入れたんだ。それをつかめ」

わたしは首を左右に振りつづけ、おそろしいものでも見るように彼を見つめた。こんなの現実じゃない。

「きみが奨学金を獲得する運命だったんだ。ぼくが選ばれなくてよかった。選ばれたとしても辞退しなければならなかったから」

「彼女と寝たのね」わたしはぞっとした声でささやいた。「あなたはわたしと寝てそれから彼女とも寝た。それとも彼女とも寝ていたのにそれでも……」嗚咽《おえつ》が洩れる。「どっちだったの、カイランド？ 教えて！」わたしは叫び、ついに熱い涙がこぼれた。

「ぼくが、なんだって？」彼はとまどった顔をした。

「あなたがわたしを裏切ったのは、わたしの初めてになる前だったの、後だったの？」わたしは金切り声でいった。全身、がたがた震えていた。

カイランドはぎゅっと目をつぶり、また開いた。「関係あるのか？」彼は訊いた。

わたしは彼のほおを平手打ちした。思いっきり。わたしと目を合わせる前に、彼が深く傷ついた表情を浮かべた。いい気味だった。そのときのわたしは、彼を徹底的に傷つけたかった。彼がわたしを徹底的に傷つけたように。たった三つの言葉でわたしを粉々に打ち砕いたように。なぜなら――シェリーが――妊娠したから。

わたしは両手でカイランドの胸を叩いた。彼は腕をあげてわたしを押しのけたり、やめさせたりしなかった。黙ってわたしに殴らせていた――何度も、何度も。彼の顔も、胸も、肩も。こんなの現実じゃない。わたしはまたこみあげてきた嗚咽をこらえ、吐き気とめまいでふらふらした。ふたたび壁に寄りかかり、自分がみじめで、混乱して、叫び声をあげた。愚かで無防備な、わたしの心の最後のかけらが砕け散った。

彼は両手をポケットにつっこんで、床を見つめていた。唇から血がぽたぽたと落ちる。わたしが右手の人差し指にはめている安物の指輪があたって切れたのだろう。まるでスローモーションの映像のように、したたった血が堅木張りの床に、わたしのばかばかしいリストの横に落ちるのが見えた。わたしたちの最後の残滓《ざんし》がそこにあった。ゆっくりと、カイランドの顔に目を戻した。その顔は悲しみに満ちていた。彼は震えているように見えた。唾を吐きかけてやりたい、とわたしは思った。彼が自分でしたことだ。それなのによくも悲しそうな顔ができる。

わたしは背筋を伸ばして、なんとか落ち着いた。カイランドはようやく目をあげてわたしと目を合わせた。その目の縁は赤く、なにかを懇願しているようだった。赦し？　ぜったいにそんなものあげない。

「きみはデンヴィルを出ていくんだ」彼はかすれた声でいった。「出ていって、二度とふり返るな」

わたしは一瞬彼を見つめ、とつぜん不思議なほどうつろに、心が麻痺したように感じた。「あなたはわたしの人生最大の後悔よ」わたしはいった。「一生赦さない――死ぬまでずっと」

まるでそれはわたしが思いついた最高のアイディアであるかのように、彼はうなずいた。「よかった」絞りだすようにいって、わたしに背中を向けた。

わたしはゼリーになってしまったように感じる脚で、玄関に向かった。途中で自分のバックパックと奨学金の書類を床から拾いあげ、カイランド・バレットの家から、彼の人生から出た。わたしが愚かにも心をまるごと捧げた男、わたしを愛することもそばにいることも望まなかった男、これ以上はないほど残酷なやり方でわたしを裏切った男を置き去りにして。彼に懇願したみじめな言葉が頭のなかでこだまし、恥と屈辱を突きつけた。

すぐにはトレーラーハウスに帰らなかった。わたしは森に入り、顔にあたる枝をかき分けながら進み、ほおに小さな切り傷をいくつもつくった。痛みでふたたびもやから引きだされ、わたしはカイランドの言葉を思いだした。〝なぜならシェリーが妊娠したからだ〟。わたしは自生するハニーサックルの蔓《つる》の前で立ちどまり、地面に嘔吐《おうと》した。それからまた歩きだした――まるで命綱のように奨学金の書類を握りしめて。からだに押しつけたそれを温かく感じ、慰められた。どれくらい歩いたのかはわからなかったけど、たとえ半ばショック状態でも、自分のからだはどこを歩いているかはわかってた。やがて引き返し、トレーラーハウスに帰った。わたしは玄関前の階段に腰掛け、ぼんやりと夕日を眺めながら、ふたつのことを決めた。ひとつは、できるだけ早く、もし可能なら翌日、にでもカリフォルニアに旅立つ。そしてふたつめ。二度と恋はしない。ぜったいに。

# 21

四年後
テンリー

故郷に帰るほどうれしいことはない、とよくいわれる。車の窓からアパラチア山脈が遠く見えてきたときには、夕方近くなっていた。わたしはハンドルを握りしめた。緊張と、不安と、将来の不確かさにもかかわらず、かすかな興奮が血管のなかをめぐっていた——自分の居場所に戻ってきたという感覚だ。わたしは高速道路をおりながら、窓をあけて、ひんやりした松の香りのする山の空気を深く吸いこんだ。大学に通った四年間呼吸してきた、温かく潮の香りのするサンディエゴの空気とはまったくちがう。ずっと夏休みも冬休みも帰省しなかった。できるだけ授業をとって、早く卒業することを選んだ。卒業後二か月ほどサンディエゴに残ったのは、教育実習でいくつかやり残したことを済ませ、厳しい冬のさなかに車を運転して帰るのを避けるためだった。だからいま、山々はようやく早春を迎えたところだ。なつかしいケンタッキー。うちのトレーラーハウスへと続く道に入ってすぐ、思いがけない安らぎにつつまれ、わたしは小さなほほえみを浮かべた。

「故郷」わたしはささやいた。なにもかもうまくいくはず。やるべきことがあって戻ってきたのだから。わたしには目標がある。

車で坂を登りながら、道の脇に立つぼろぼろの家々を見つめた。驚いたことに、一部はわたしが憶えているよりもきれいになっていた。庭を片付けて感じよくしている家もあった。ふーん、これはいいことね。

でもすぐに、カーブを曲がると大きな不安に襲われた。もうすぐカイランドの家の前を通る。わたしは意識して目を前に向け、左手にある小さな青い家をちらっと見ることもしなかった。次のカーブを曲がり、うちのトレーラーハウスの前の空き地に入って、ほうっと息を吐いた。エンジンを切ってからも数分間シートに坐ったまま、生まれてから四年前までずっと住んでいた家を見つめた。でも、ほぼ四年間で、こんなにもいろいろなことが変わるなんて。

四年前、わたしは傷つき、あざだらけで、二度と立ち直れないと思うほど打ちのめされて、ケンタッキーを離れた。時間がすべての傷を癒してくれたとはいえないけど、なんとか耐えられるようにしてくれた。そしてわたしはなんとか生き延びた。車からおりる前に、凝った手足を伸ばした。おんぼろの小型車だ——三千ドルで買った、くすんだ赤色の中古のフォルクスワーゲン・ゴルフ。たいした車ではないけど、なんとか手が届く車だった。正直にいえば、ものすごく気に入っている。わたしが生まれて初めて自分だけで所有したものだ。昼間授業を受けたあと、夜は大きなチェーンのレストランでウエイトレスのアルバイトをして、ようやく自分の車を買うお金を貯めた。その車で、カリフォルニアからケンタッキーまで約三千五百キロを走ってきたのだ。わたしには車を選ぶ目があったということだろう。あるいは、たまたま当たりを引いたか。どちらでもよかった。車からおりて、あたりを見回し、まるで初めて目にするようにすべてを観察した。トレーラーハウスは記憶にあるとおり、小さくてわびしかった。それでもよろこびに胸がうずいた。「〝いかに粗末であろうとも、わが家にまさるところなし〟」わたしはつぶやいた。〝粗末〟でさえ、うちには気前がよすぎる言葉だけど、それでも帰ってきてうれしい場所だった。だれでもいつかは、どこかに帰るのだから。

とはいえできるだけ早く、母とマーロを連れて引っ越すつもりだった。ここよりも広く、快適で、みんなが自分の部屋をもてる家に。

母はいま、レキシントンの精神科病院で療養している。わたしが家を出て一年ほどたったとき、母はほんとうにひどい発作を起こし、そのときありがたいことにサムが、すばらしい施設への入所費用を負担してくれたのだ。それを聞いて心から安堵《あんど》した。なにしろ母の発作の知らせを聞いたわたしは、大学をやめて帰郷するつもりになっていた。マーロひとりに背負わせるわけにはいかないと思ったからだ。でもマーロがサムの申し出を受けいれたのには驚いた。どれほどひどい発作だったかがわかる。ママ……。

金属製の古いドアを押しあけると、取っ手が軋《きし》んだ。聞き慣れたその音で、自分が少女に戻ったような気がした。「ただいま」声に出していった。寝室で大きな興奮した叫び声があがったかと思うと、いきなりドアが大きく開き、マーロが踊りながら出てきてわたしに飛びついた。そのままわたしを抱きかかえ、笑いながらぴょんぴょんと飛び跳ねた。「待って！　待って！」わたしはいった。「何時間もトイレを我慢してたの。洩らしちゃうよ」

マーロは笑って、わたしをおろした。満面の笑みを浮かべて両腕でわたしをつつみ、いった。「おかえり、テン。大学卒業生ね」

わたしも笑顔を返し、姉をぎゅっと抱きしめて、涙をこらえた。わたしが泣くとマーロが怒るから。バスルームに行って、戻ってくると、マーロはほほえんでわたしの手を握った。「顔をよく見せて」姉はまじまじとわたしの顔を眺めて、首を振った。「あなたは昔からきれいだったけど、テン、いまはとびきりの美人だよ」

わたしは恥ずかしくなって首を振った。「変わらないよ。服と、髪型が変わっただけ」

マーロも首を振った。「そんなことない。服と髪型だけじゃない。あなたそのものだよ。大人になった。でもちょっと痩《や》せすぎね。カリフォルニアではみんなダイエットしてるの？」

わたしは鼻を鳴らした。「そうだよ。わたしたちがやってる飢餓《きが》ダイエットとはちょっとちがう。あの人たちは意識的に飢えているの」

マーロは半分笑い声、半分うめき声のような音を出し、額に手をやった。「どんな気持ち？　ほんとうのところ」姉はソファーに腰掛けながら訊いた。「戻ってくるのは変な気分？」

わたしはマーロの隣に坐った。「うん、そうかも。つまり、まだよくわからない」

姉は心配そうな顔になった。「彼に会った？」

「だれ？」わたしは訊き返した。まるで姉がだれのことをいってるのか、はっきりわかっていないかのように。

マーロが眉を吊りあげ、わたしはため息をついた。「ううん。どこにも寄らずにここに来たから」

姉はうなずき、ふっくらした下唇を噛んだ。「まあ、きっとだいじょうぶだよ。こんなに時間がたったんだから。それにじつをいうと、彼は百キロくらい太って、髪は全部ぬけおちてるし、ひどい皮膚病にかかったから……気味悪くなって、見る影もないよ。悲しいことに」マーロは身震いをした。

わたしが息をのむと、マーロは顔をほころばせた。「ええっ？」そしてわたしは笑った。「嘘なのね。彼はそんなふうになってない。つまり、もしそうなってたらわたしはうれしいけど、でも……」首を振った。「姉さんのいうとおりだよ。きっとだいじょうぶ。わたしにはここでやる仕事が、目的がある。もう四年近くたってるんだし、自分が嫌悪する人間がすぐ近所に住んでいるという事実は、気にしないことにする」

「まだ彼のことを嫌悪しているの、テン？」

少し考えてみた。カイランドを嫌悪するのは、彼を憎悪することの一歩手前だった。わたしはどうしても、彼を完全に憎悪することはできなかった。彼がどんな人間になれるか、いまでも知っているからだ。それでも、しがみつくなにかが必要だった。

「そうよ、嫌悪している。だれもそれを、わたしからとりあげることはできないから。少なくとも、いまはまだ。男にかんしていえば、けっして赦さず、けっして忘れない――それがわたしのモットーなの」

マーロはいぶかしむようにわたしを見た。「それはわたしの、わたしのモットーだけど」

ため息をつく。「そうよ、借用したの」

マーロは唇を噛んで、わかったというふうにうなずいた。

わたしは一度だけ、マーロにカイランドのことを尋ねたことがあった。というより、シェリーのことだけど。デンヴィルを離れて三か月ほどしたある夜、真夜中に目を覚ましたわたしは、夢で見たなにかか、はっきり形にならない考えによって、あのひどい日にカイランドがわたしにいったことはすべて嘘だったと確信した。夜の闇のなかでわたしは、彼はほんとうのことをいわなかったのかもしれない、いやきっとあれは嘘だったのだと思った。だって、わたしは彼のことを知ってる。あんなのは彼じゃない。ぜったいに。目が覚めているときには理解できなかったパズルのピースが、眠けでぼんやりしている頭のなかでパチパチとはまったようだった。でも朝になってマーロに電話をかけ、最近町でシェリーを見かけたかと尋ねたとき、マーロはためらいがちに、彼女を見かけたこと、じっさい妊娠四か月くらいに見えたことを教えてくれた。四か月。つまりカイランドはわたしと寝ていたのと同時期に彼女とも寝ていたということだ。その日わたしは一日ベッドから出られなかった。丸くなって、壁をじっと見つめ、時間がたつのはこんなにも遅いのかと考えていた。わたしの心はもう一度張り裂けた。そのとき、もう二度と彼について尋ねることはしないと決心し、じっさいに訊かなかった。一度も。頭のなかで計算した、彼の子が生まれる月になっても、マーロになにも訊かなかった。それにはわたしがいままで一度も発揮したことのない意志の力が必要だった。でもやりとげた。

四年前、彼が自分のしたことをわたしに告白した日。わたしが彼の家から飛びだしてうちに帰った日。あの日が、彼を見た最後だった。その夜、マーロはわたしを抱きしめて優しく揺すってくれた。わたしが赤ちゃんで、マーロが母親であるかのように。わたしはあまりにもショックで悲しくて、涙も出てこなかった。あくる日、校長のミセス・ブランソンのところに行って、すぐにサンディエゴに行く方法はあるかと尋ねた。入学前に寮に入ることはできなかったけれど、サンディエゴに住む彼女の姪《めい》が、学校が始まるまでの二か月間、わたしを置いてくれることになった。その人はとても親切にしてくれた。ミセス・ブランソンはわたしの家の窮状《きゅうじょう》を知っていたから、わたしはこれ以上実家にいることに耐えられないと感じているように思わせた。ほんとうは、あんなことがあって、これ以上カイランド・バレットとおなじ町にいるのが耐えられなかったのだ。そうしてわたしは、自分がタイトン石炭奨学生に選ばれた一週間後に、生まれて初めてケンタッキー州をあとにした。飛行機で国を横断し、よく知るものすべてを置いて。飛行機の窓からそとを見つめ、ただ呼吸をすることだけに集中していた。

「知っておいたほうがいいと思うんだけど……」

「なに？」わたしは訊いた。

「じつはね、彼は炭鉱の地下で働いている。全身炭塵まみれになって帰ってきたとこ

ろを見かけたことがある」

胸を強打されたようなショックで、一瞬動けなくなった。炭鉱作業員のように全身

真っ黒になり、歯と白目だけが目立つカイランドを想像して。「炭鉱？」声が上擦っ

てしまう。「地下で？　無理だよ」カイランドは狭い場所をこわがっていたし、あん

なに暗闇を嫌っていた……お兄さんだって……わたしは首を振った。「ありえな

い」彼がそんなことをするわけがない。

「でもね」マーロは優しくいった。「ほんとなの。彼のことは話すべきではないとわ

かってるけど、知っておきたいかと思って」姉は気遣うようなまなざしでわたしを見

つめた。「ジェイミーに会いに炭鉱に行ったとき、なにも知らずにばったり彼に会っ

たらいけないから」

「ありがとう、マー」わたしは小声でいった。カイランドがそんなところにいること

を考えただけで、手が震えた。地下の、暗闇なんて……彼がどこかで働かなければな

らないのはわかっていた。でも彼がタイトン炭鉱で働くなんて、一瞬でも考えたこと

はなかった。なぜ？

マーロは心配そうな顔でわたしを見ていたが、ついに明るい声で話題を変えようと

した。「ねえ、例の学校のことを詳しく教えてよ」そういって、わたしのひざをポン

と叩いた。わたしははっとして、姉を見た。

小さくほほえんでみせた。マーロとわたしは離れているあいだもできるだけ話すようにしていた――わたしが話したいときや必要なときに連絡できるように、マーロにプリペイドの携帯電話を送ったほどだ。あいにく、マーロはいつも電話をチャージしているとはかぎらなかったし、トレーラーハウスには、どのみち電波が入らなかった。マーロが〈アルズ〉にいるときは、数分なら話せたけれど、すぐにだれか、たいていはアルに、とっとと仕事に戻れと怒鳴られてしまう。だから話したいことがいっぱいあった。

「町はずれの、炭鉱事故の前に〈ジッピーズ・アイスクリーム・パーラー〉があった場所に建てられるの」

マーロはうなずいた。「その敷地には図書館があるんじゃない？」

わたしはうなずきながら、深い悲しみが広がるのを感じた。あの小さな――ほとんど小屋といってもいい――建物は、いっときわたしの安らぎの場所だった……そしてファーストキスを経験した場所でもある……あそこで――。

わたしはその考えを中断し、マーロに集中した。「あの建物は学校のための場所をあけるために取り壊されるけど、本は全部、荷造りするつもり」わたしは深く息を吸った。「とにかく、もう助成金をつかいはじめている。建設作業員たちも集まった。

これから大変だけど、わくわくしてる。この山に住んでいる子供たち、デンヴィルにまだいる子供たちはずいぶん登校が楽になるもの」

マーロはうなずいた。「ほんとにそうだね。毎日片道十キロ歩いて学校に通わなくてもよかったら、どんなに楽だったか想像もできない」

わたしもうなずいた。それで山に住む子供たちのなかには、学校に行かなくなってしまう子がかなりいた――よって、無学、貧困、失業、絶望のサイクルが無限にくり返される。わたしは少しでもそれを変えられたらと願っている。何人かにとってでもいい。ひとりでも。

エヴァンスリーに住んでいる子供たちのためにもなる。現状では、エヴァンスリーの学校はあまりにも生徒数が多すぎて、とくに配慮が必要な子供たちへの配慮が足りていない。

わたしはサンディエゴの大学で勉強に打ちこんだ。サバイバルモードに入っていて、一日、一日を生き延びるのに必死だった。心がぼろぼろに張り裂けていて、ときどき動くことさえできないと感じた。

カイランド以外のことを考えるのがわたしの救いになった。一年目の秋も深まったある日、わたしは所属している研究班でケンタッキー州の教育と貧困についてのディスカッションに参加した。わたしはみんなに、わたしたちのように山に住んでいる子供たちは、毎日片道十キロ歩いて学校に行かなければならないという話をした。最悪の部分を打ち明けることはしなかったけど、わたしの故郷では車を所有している人はほんのひと握りで、暖房さえなしで暮らしている人も多いといったら、みんなはひどく驚いていた。おなじクラスに、ハワードという男子生徒がいて、学校を建設するための助成金について調べてみるといいよ、とぽろりといった。その言葉が頭のなかにずっと残っていて、数か月たったとき、わたしはじっさいに調べてみることにした。

その後の大学生活を、英語の教職の学位をとるのに費やしながら、助成金についてさらに調べ、公的なものでも民間のものでも、貧困にあえぐデンヴィルの町に学校を建設するための助成金を求めて、次から次へと申請した。わたしが大学を卒業する少し前に、いくつかの民間投資家から助成金を支給されることになったのは、うれしい驚きだった。それで学校の建設費、運営費、最低限の職員の人件費が賄《まかな》える。

だから帰郷した。故郷になにかを返すために。

「この学校ができたら、そこで働くつもり?」

「まだ決めてない」わたしは指で下唇をなぞりながら、静かな声でいった。「もしかしたら。そのことについて相談しようと思ってたんだよ、マー。つまり、わたしがここに帰ってきたせいで、姉さんとママがこのトレーラーハウスから引っ越すのがもう少し先になるから」わたしは眉根を寄せた。「学校の建設中に〈アルズ〉で働かせてもらえるかどうか訊いてみるつもり。それに、向こうでは生活費が支給されていたから、少しは貯金もできた。一部は車を買うのにつかったけど、こっちに送らなかった分は銀行口座に入ってる。でもわたしがここデンヴィルで教職につくかどうか、それともわたしがよそで働くことにして三人でいっしょに引っ越すか、それはわたしひとりでは決められないから」

マーロはわたしのひざに手を置いた。「まずひとつに、ママが退院できるのはもう少し先のことになる。担当のお医者さんたちは、あと三か月療養を続けたほうがいいといってる。あなたは三年半で大学を卒業したでしょ。帰ってくるのは今年の夏だろうと思っていたんだよ。わたしとママは待てるから——あなたが決めるまで。自分の夢を実現するまで。ほんとうに、自慢の妹なんだから」姉は手を引き、自分の爪をまじまじと見つめた。「それに、わたし……じつは、あまりここにいないから」

わたしは片方の眉を吊りあげた。「サム?」

姉はうなずいた。「そうよ。彼の家はすてきだし。暖かいし。彼もね」

「あれあれ、マーロ、赤くなってるんじゃない?」わたしは姉の脇腹をつついた。

「サムを愛してるんでしょ?」

マーロはあわてて否定した。「ちがう、ちがう。まだ気軽な関係だから。でもここにいるより」そういって、腕をさっと振り、くたびれたトレーラーハウスの室内を示した。「あっちにいるほうがいいでしょ？　お店にも近いし」

わたしはじろじろと姉を観察した。言葉どおりには受けとれない。「まあ、いいわ。そういうことにしておく」わたしは立ちあがった。「もう行かないといけないんだ。三十分後にジェイミーと現地で待ち合わせてるから」

「ジェイミーはどう？」マーロが訊いた。声にためらいがにじんでいる。

「元気だよ。姉さんにも彼のことをもっとよく知ってほしい。ほんとにいい人だから。わたしたちの親のことを考えると、ちょっと変な気分だけど、そのことで彼はわたしを判断しなかったし、わたしもそれで彼を判断しない。まじめな話、ジェイミーも彼なりに苦労してる」

サンディエゴにいるあいだに、ジェイミーとわたしの友情は深まった。彼が行ったハーヴェイ・マッド大学は、おなじカリフォルニアにあり、うちの大学から車で二時間しか離れていなかった。助成金の申請に苦労していたとき、彼に連絡をとり、申請に役立ちそうなタイトン石炭会社についての情報を教えてもらった。何度か、ランチで待ち合わせて、そのままディナーまでいっしょにいた。ワインを飲みすぎたある夜、わたしは彼にカイランドとのこと、彼がどんなふうにわたしの心を粉々に砕いたのかを打ち明けた。正直にいえば、私はジェイミーとの友情でかなり癒された。ジェイミーもわたしに、大学に入学する直前に両親にカミングアウトしたが、うまくいかなかったと話してくれた。帰郷して両親に歓迎されるかどうかわからない、ともいっていた。でも、タイトン石炭での就職が決まったということは、少なくともお父さんとは多少のやりとりをしているということだ。それに経済的援助を打ち切られたわけでもない。それでも彼は、わたしとおなじように夏休みも帰郷せず、少し早めに大学を卒業した。わたしたちの人生はまるでちがうけど、おなじように感じていることもある。

　マーロはうなずいたけど、あまり乗り気ではなさそうだった。でもすぐに、明るい笑顔になった。「あなたが帰ってきてうれしいよ、テン。すごくさみしかった」

　胸がいっぱいになって、にっこり笑った。「わたしも。マーには想像できないほどにだよ」立ちあがった姉をぎゅっと抱きしめ、ほっと安心できる抱擁《ほうよう》につつまれた。帰ってきてほんとによかった。

　からだを離したとき、マーロはいった。「来週、ママに面会に行けそう？　待ってるよ」

「もちろん」わたしはいった。「もっと早く行けるとよかったんだけど」

　マーロは首を振った。「ママは一定のスケジュールに沿った生活ですごくうまくいってる。すごくよくなったよ、テンリー。ママに会うのを楽しみにしてて」姉がこんなに明るい笑顔を見せたのは、子供のころ以来のことだった。「ママと話してみればわかるよ。まるで……」姉は涙ぐみ、笑った。マーロはめったに涙ぐまないけど、そうなったときはかならず笑う。「とにかく……」

「待ちきれない」わたしはほほえみ、姉の手を取ってぎゅっと握った。「じゃあもう行くね。帰りは遅いんでしょ。会えるのはあしたの朝かな？」

マーロはうなずいた。「そうだね、あしたの朝」わたしは姉をしっかりハグして、ドアから出て、車に乗りこみ、坂道をおりていった。

町のメイン・ストリートを通って学校建設用地に向かう途中、きょう四年ぶりに山々を見たときとおなじ幸福を感じていた。故郷に帰ってきた。きっとうまくいく――きっとだいじょうぶ。

でも、その気分は短命だった。道の左側を見たとき、四年近くたってもわたしの脳裏から消えることのない人の姿が目に飛びこんできたからだ。カイランド。胸のなかで心臓がとまりそうになり、わたしは息をのんだ。彼は小さな男の子を肩車していた。そのうしろを歩いていくシェリーが、男の子のいったなにかに笑っている。カイランドもふり向いて彼女になにか話しかけ、笑った。彼が男の子をぶらんこのようにして地面におろすと、男の子は甲高い声をあげて笑った。男の子はカイランドの手を握って、歩いていった。わたしはショックでハンドルを握りしめ、目に涙がたまるのを感じた。彼はわたしを見なかった。わたしは息を吸いこんだが、空気が何千もの小さな剃刀の刃のように鋭利に感じた。息をするのも痛い。ああ、痛くてたまらない。わたしはずっと自分をさいなんできた――カイランドが父親になったところ、カイランドがほかの女の子供の父親になったところを想像して――でもその現実に深く突き刺されて、じっさいに痛みを感じた。カイランドには子供が――息子がいる。

息をするのよ、テンリー。吸って、吐いて。わたしは小刻みに苦しい息を吸いこんだ。こんなところに帰ってくるなんて、いったいなにを考えていたんだろう?

# 22

## テンリー

その週はもう、カイランドには会わなかった。もっとも最初のときも、会ったというわけではなかった——彼はわたしに気がつかなかったのだから。でもわたしは、メイン・ストリートもふくめて、彼がいそうな場所はすべて避けるように気をつけた。

あの日は車を路肩にとめて、ふつうに呼吸ができるようになるまでに二十分もかかった。なんとかショックから立ち直って、学校建設用地に着いたときには、ジェイミーはすでに来ていて、わたしを待っていた。彼はわたしの顔をひと目見て、「カイランドか?」と訊いた。うなずくと、両腕でつつんで抱きしめてくれた。何年間もカイランド・バレットのことで苦しむことはなかったのに、ほんのひと目見ただけで、こんなに取り乱してしまう。裏通りを通るのは臆病だし少しみじめだけど、とりあえずいまは、臆病でみじめでもよかった。隠れるほうが苦痛が少ない。

わたしは学校の建設用地に隣接した図書館の前に車をとめ、あたりを見回した。一週間もすれば、建築作業員たちが現場に入る。きょうは図書館の片付けにきた。車のトランクに本用の箱が入っている。わたしはすでにエヴァンスリーの高校と話をつけ、ここにある本は新しい学校に寄贈されることになっていた。もっとも見たところ、わたしがいなくなってから、ほとんどだれもこの図書館をつかっていなかったようだ。鍵をかけるまでもないと思われたらしく、戸締まりもされていなかった。建設作業が始まったら、この小さな建物はとり壊される。

何年も前、わたしはひとりの教師の尽力でつくられたこのデンヴィル公共図書館で本に接し、いつか自分も子供たちを本好きにする教師になりたいと思った。今回、わたしの陳情《ちんじょう》によって建設が決まった学校がおなじ敷地内に建つなんて、不思議な縁を感じる。完璧にふさわしい。

わたしはしばし車の横に立ち、頭のなかで、計画されている建物を思い描いた。予想図はトレーラーハウスに置いてあって、このプロジェクトにはわたしが耐えなくてはいけない感情的苦難の値打ちがあると自分にいい聞かせるために、たびたび眺めている。覚悟を決めて深呼吸した。これは自分ひとりのためじゃない。この学校をつくるのは、子供たちがいまよりも多くの選択肢をもてるようにするためだ。わたしがタイトン石炭奨学金によって手に入れたのとおなじチャンスを、ほかの人も手にできるように。いまここにいるのはつらいし、ここで育つのは大変だったけど、あの奨学金のおかげでわたしは選択肢がもてたのだと忘れないために。わたしは人生を思いどおりに生きていける——行きたいところへ、どこにでも行ける。あの奨学金はわたしを自由にしてくれた——貧困から、絶望から、限られた生き方しかできないような生まれながらの環境から。

両手に箱をかかえて図書館に入り、立ちどまって、勇気を奮いおこし、埃と古いペーパーバックのにおいのする空気を吸いこんだ。部屋の奥の机に坐っている自分が見えるようだった。古くて擦り切れた服に身をつつみ、机の上に宿題を広げて……わたしは奥の壁の本棚の前まで行って、手で本をさわり、どこかの本の上に、白い小さな紙切れが飛びだしているのではないかと探しそうになった。思い出がどっと押しよせてきて、目をつぶって涙をこらえた。

「ここのにおいは変わらないな」背後で低い声が聞こえた。

さっとふり返り、思わず息をのんだ。カイランド。心臓が胸から飛びだしそうになる。

わたしたちはしばらく見つめあっていた。

「ひ、久しぶり」わたしはやっといった。

いい、ひさしぶり！　よりによって、そんなことしかいえないの？　ひさしぶり？　なんて情けない。

カイランドはあごをあげ、なにか暗く、不可解な表情を浮かべて、つまらなそうにドア枠にもたれた。まったく、どういうこと？　なぜ邪悪《じゃあく》で残酷な人がこんなにもかっこいいの？　カルマはこんなふうに働くべきではない。前からこんなにすてきだった？　わたしが最後に見たときには少年だった彼が、すっかり大人になっている。輪郭のはっきりしたほお骨、精悍《せいかん》なあご。髪は前より短く、ほぼ刈りあげだ。背が伸び、筋肉がつき、からだが大きくなっている。彼のあごがぴくりとひきつった。わたしは背筋を伸ばした。わたしだってもう大人の女なんだから、対処できる。下を見ずに箱を床に落として、胸の前で腕を組んだ。

「帰ったんだ」ついに彼がいった。

「そのようね」

「なぜ？」まるで痛みにさいなまれているようなかすれ声。「いったいなにを考えてるんだ、テンリー？」

あまりのショックにかすかにたじろいだけど、すぐに気持ちを落ち着かせた。カイランドはふてぶてしく、わたしをにらみつけてきた。

「あなたになんの関係があるの？」いいながらふり返り、棚からまとめて本を取り、足元の箱のなかに詰めはじめた。

あっという間に彼がうしろに来て、わたしの腕に手を置いた。それを見おろして、さっきのショックとおなじように、いきなり怒りがこみあげるのを感じた。わたしは少しからだをひねって、彼の手を乱暴にふり払い、咬《か》みつくような声でいった。「さわらないで。二度とわたしにさわるな」

一瞬、彼の目に驚きと苦痛がよぎったが、また鋭くにらみつけてきた。ふたりのあいだでなにか張りつめたものがシューーシューーと音をたて、脈が猛烈に速まり、肌がちくちくした。あたかもカイランドもそれを感じて、その痛みにひるんだかのように、一歩さがった。

「このあいだ、あなたを見かけた」わたしはいった。「シェリーと、あなたたちの息子といっしょだった」〝息子〟という言葉でひっかかってしまった自分を、蹴りとばしたかった。「おめでとう」

カイランドは凍りつき、その表情のなにかが揺らいだけど、なにもいわなかった。待ったけど、彼は無言のままだったから、ため息をついた。まっすぐ彼のほうを向いた。「なにかいいたいことがあるの、カイランド？　どうしてここにいるの？」

「回れ右して町から出ていけ」

わたしはあごをあげた。ぜったいに泣くものか。くそ野郎。わたしが彼になにをしたというの？　心を丸ごとあげた以外に？　それにわたしの初めても――ささいなことだけど、それもある。そのわたしをこんなふうに扱うの？「ええ？　この町はわたしたちが両方いられないほど狭いの？　あなたが出ていけばいいじゃない」

彼がわたしにからだを寄せ、その瞬間、こんなふうにからだを寄せた彼にキスされたときの記憶がよみがえった。まさにここ、いまわたしたちが立っている場所だった。わたしは思わず息をのんだ。「なぜならおれには不可能だからだ」彼は歯を食いしばりながらいった。

　わたしは背後の本棚にもたれ、ふたりのあいだにすき間をつくろうとした。「そうね」あなたの息子。あなたの家族。わたしは目を険しく細めて彼を見た。「それは、わたしが自分の人生でなにをしようと、あなたにはまったく関係がないという理由でもある。あなたなんか、地獄に落ちればいい」わたしは罵った。

　彼の目が燃えあがり、もっとわたしに迫ってきた。清潔な息と汗ばんだ肌のにおいがして、わたしは彼の空気を大きく吸いこんだ。ふと、この四年間吸ってきた酸素は、ただわたしを生きながらえさせただけで——わたしを本物の生で満たすひとつの要素が欠けていたと感じそうになる。彼のにおいはすごくすてきで、痛いほどに懐かしかった。

　彼はしばらくわたしを見おろして、かすれ声でいった。「おれは地獄に落ちている。毎日。きみのために」それだけいうと踵を返して、大またで図書館から出ていった。

残されたわたしは震え、混乱して、腹立ち、傷ついていた。でも泣かなかった。カイランド・バレットのためになんて、もう一滴も涙を流すことはしない。

＊＊＊

「ねえ、アル」数日後、わたしは煙のこもった店に入るなりいった。「ケンタッキー州のバーは禁煙になったって知ってる?」わたしは彼ににやりと笑った。

「ああ、知ってるよ」アルはいった。「だがここはおれのバーだ。お役人はその気ならここに来て、おれを召喚すればいい」

「あなたは反逆者ね、アル」わたしはいった。ほんとうは、以前からこの店で働いている姉の肺が心配だから、アルには法律を守ってほしかった。でもアルはアルだし、職場の健康的な環境維持を怠ってはいても、ほかにいいところがある。ウエイトレスには適正な賃金を支払い、できるだけ女の子たちを守っている。

わたしは三日ほど前にここに来て、シフトに入れるかどうか訊いてみた。アルはわたしを歓迎してくれた。わたしにとってついていたのは、フルタイムのウエイトレスがひとり最近辞めたばかりだったことだ。

つまりわたしはこのとおり——ケンタッキー州デンヴィルに戻り、おなじぼろぼろのトレーラーハウスに住み、おなじ煙《けむ》いバーで働いて、おなじ嘘つきの浮気男のことで悲しくやるせない気持ちになっている。「あなたはずいぶん成長した」テーブルを拭き、からのビール瓶を片付けながら、自分にいい聞かせた。じっさい、それはほんとうだった。わたしは大学の学位をとった。それでなにもかも変わった。わたしは大きく息を吸い、週の初めに彼とやり合ったことくらいでへこたれるものかと思った。自分が選んだことだ。帰ってくることをわたしが選んだ。だからカイランドとのことにも自分で対処する必要がある。これまでは、ほんとうの意味では直面しないですんでいた——ふたりのあいだの距離のおかげで、カイランドは存在しないというふりをしやすかったからだ。でもいまは、彼が存在していることを無視できない。それに理由はわからないけど、彼はわたしが帰ってきたことに腹をたて、苦々しく思っている。わたしは鼻を鳴らした。「くそ野郎」とつぶやく。

夕方の時間帯は忙しかった。金曜日の夜だから混雑は予想していた。わたしがいなくなってから、アルは店の一角に小さな舞台をもうけていた。今夜は地元ケンタッキーのバンドのライヴがおこなわれている。九時になると、店は酒を飲み、踊り、陽気な笑い声をあげるお客さんたちでいっぱいになった。今夜はマーロも働いていて、サムがバンドの演奏を聴きにきていた。彼がお店に入ってきたとき、わたしは彼をぎゅっとハグして、マーロの受け持ちセクションに案内した。

「元気そうだね、テンリー」彼はざわめきに負けないよう声を張りあげた。

「ありがとう、サム」わたしはにやりと笑っていった。「わたしのお姉ちゃんを大事にしてる?」

彼ははにかんでいるような、焦がれるような顔をした。わあ。「いつもそうしてる」

わたしは笑って、ウインクし、彼をテーブルに連れていった。そして彼が坐った席の向かいの椅子の背にもたれかかった。「サム、あなたのビールをとってくる前にいっておきたいんだけど、うちの母のためにいろいろと、ほんとうにありがとう。すごく具合がいいという話をマーロから聞いたわ。ぜんぶあなたのおかげよ」

彼はかすかにたじろぎ、一瞬目をそらした。恥ずかしがらせてしまった? 「きみたち家族のため、マーロのためなら、なんでもするよ」

わたしはにっこりした。「わたしはずっとあなたが好きよ、サム」

彼は笑って、眼鏡を押しあげた。わたしは立ちあがって、彼のビールをとりにいった。サムはわたしの頑固な姉をあきらめようとしないし、母のためにすばらしいことをしてくれている。好きにならずにはいられない——彼は誠実な男の人のひとりだ。マーロのためにうれしかったし、マーロには彼女のために戦ってくれるいい男がいるべきだと思うけど、バーカウンターの前でサムのビールが出てくるのを待ちながら、気分が沈むのはどうしようもなかった。いつかわたしもあんなふうになれるのだろうか？　あんなふうに、だれかがわたしを愛してくれる？　わたしもだれかを愛するようになるのだろうか？　カイランドを愛したときのように？　もう一度、あれほどはげしくだれかを愛したいと思うの？　わたしはカイランドに心を打ち砕かれたとき、一生恋愛はしないと誓った。でもその誓いを守ることはできなかった。いまでもわたしは心から愛を求めている。わたしを抱きしめ、なにもかもだいじょうぶだといってくれる人。優しく額に口づけてくれる人。暗闇でわたしに手を伸ばす人が欲しくて心がうずいた。

「酒でも飲みたいって顔だな」アルはいって、ショットグラスをカウンターに滑らせて寄越した。

わたしは物思いから覚めた。「これはなに？」

「ばかなことを訊くな。ぐいっといけよ」

わたしは笑った。アルはウエイトレスが勤務中にお酒を飲んでもなにもいわない。酔っ払いにぶつかられたり、からだをさわられたりしながら仕事をする夜には、ちょっとした景気づけが必要なこともある。そうよ、一杯くらい。わたしにはお酒が必要だ。脳のなかの声を静かにさせる必要がある。だからいっきに飲みほし、火のような液体に喉を焼かれて顔をしかめた。わたしはバーカウンターに身を乗りだしてライムを取り、口に入れて酸っぱい果汁を吸いながら、ふり返った。

その週で二度目に、岩のような灰色の目と目が合った。カイランド。全身が固まり、わたしはただ彼を見つめた。心臓の鼓動が耳のなかで大きく響いている。彼は身じろぎもせずに戸口に立ち、驚いた表情で店のこちら側にいるわたしをにらみつけていた。とつぜん、店内の空気がすべてドアから吸いだされてしまったように感じた。

わたしたちが目を合わせた瞬間、店の騒々しい物音や人声が消えた。そのとき、彼のうしろから、シェリーがあらわれた。わたしは一歩さがり、背中がカウンターにぶつかった。彼女の姿に腹を殴られたように感じた。シェリーはカイランドを見て、それから彼の視線をたどってわたしを見た。彼女は同情のような表情を浮かべ、わたしは目をそらし、バーカウンターのほうに向き直った。何度か深呼吸して、気持ちを落ち着けようとした。サムのビールをつかみ、トレーに載せて、彼のテーブルへと歩いていった。一度もドアのほうは見なかった。わたしを見たカイランドが店を出ていってくれることを期待した。ぐっと背筋を伸ばす。

カウンターのところに戻ったわたしを、マーロが隅にひっぱった。「カイランドが来てる。だいじょうぶ?」素直に感情をあらわす大きな目に、心配が見えた。

「だいじょうぶ」わたしはいった。ほんとうは自分でもよくわからなかった。「わたしは自分のほうが怒っているると思ってたんだけど、どうも彼はわたしを憎んでいるみたい」悲しみと混乱で胸が痛くなる。

「どうして彼があなたを憎むの？　彼が人生をしくじって、あなたがここを出ていくことになったから？」

わたしは唇を噛んだ。「わからない。カイランドとシェリーはよく来るの？」

マーロは首を振った。「いままで一度も見たことなかった」

わたしは顔をしかめた。「ふん。まあ、わたしたちはどちらもこの町に住んでるんだから。というか、わたしがこの町に住むことにしたんだから——とりあえずは。だから彼は彼でなんとかすればいいのよ——問題がなんであれ」

マーロはうなずいたけど、不安そうだった。「わかった。もし彼にビールをかけてほしかったら、いつでもいって。そうしたら出ていくでしょう」

わたしは笑ったけど、マーロは笑わなかった。「本気だよ」

「わかってる、マー」わたしは姉をハグした。

何回か飲みものをテーブルに運び、カイランドとシェリーは帰っていないと気づいた。ふたりはダンスフロアに近いテーブル席についていた。視界の端で観察すると、カイランドは身をこわばらせて坐り、シェリーも居心地が悪そうに見えた。わたしはもう二度と彼らのほうを見ないと誓った。

バーカウンターのところに戻り、アルにもう一杯注いでもらって、それもいっきに飲みほした。夕食を食べていなかったから、二杯ですでに酔いが回りはじめていた。

だいじょうぶ。だいじょうぶ。

バーカウンターの席でがぶがぶ酒を飲んでいた大柄のトラック運転手がわたしを引きよせ、自分のひざの上に坐らせた。わたしは笑って、立ちあがろうとしたが、引き戻された。「もう、勘弁してよ、ほんとに」わたしはいって、さり気なく逃げようとした。「わたしが坐っていたら、だれがビールをもってくるの?」

「おれはあんたを飲みたいな」男は大声で笑って両手でわたしのからだをまさぐろうとした。

「その顔を並べ替えられたくなかったら、彼女から手を放せ」カイランドの声だとすぐにわかった。わたしは動きをとめ、男はさっとふり向き、手を放した。わたしはなんとか立ちあがり、シャツを直した。

カイランドは男のうしろに立ち、あごをこわばらせ、脇におろした両手を握りしめていた。

「まあ落ち着けよ」男はろれつの回らない声でいい、がっしりしたからだでふり向いた。「悪気はないんだ。レディに挨拶しただけだよ」彼の目がなめるようにわたしのからだを見つめた。

「レディに挨拶するなら口をつかえ、手じゃなく」

わたしはカイランドから酔っ払いに目を移した。レディ？　昼間、彼はわたしにおなじ町に住んでいるのもいやだといったも同然なのに。

「それもいいな」男は舌をつきだしてくねくね動かし、いきなりげらげら笑いだした。

次の瞬間、カイランドのこぶしが目にもとまらぬ速さで男のほおに命中した。男はうめき声をあげ、白目をむいて、ぐらりと揺れたかと思うと床に倒れた。わたしは床の男を見て、それからカイランドを見た。

ふいに怒りがこみあげた。もしかしたら血管を流れるお酒のせいだったのかもしれない。もしかしたらカイランドが、わたしの感情を揺さぶってもいいと、わたしに起きることは自分に関係があると思っていることにかちんときたせいかもしれない。もしかしたら、彼が今週二度もわたしの場所にあらわれ、二度ともわたしを深く傷つけたせいかもしれない。わたしは激怒した。

「よくもこんなことを」わたしは怒りにまかせていった。

彼は目を細くした。「こんなことっていうのは、好色なブタをきみから引きはがしたことか？」彼はいった。「悪かったな。乱暴にまさぐられるのを楽しんでいたとは知らなかったよ。だが考えてみれば、きみはこのいまいましい町に戻ってきて、いまいましいバーで働いているんだからな」彼は鼻孔《びこう》をふくらませ、いまにもいきりたった牡牛のように足で地面をひっかきそうに見えた。

わたしは目を剝《む》いた。「もしかしたら楽しんでいたかもしれないでしょ。どっちにしても、わたしの好みはあなたには関係ないから」あまりにも腹がたってからだが震えた。とっさに通りがかりの男に手を伸ばし、そのセーターをひっぱった。彼は驚いた顔でわたしのほうによろけてきた。その男の唇にキスした。ビールの味、安いアフターシェイヴのにおいがした。ことがすんで男を押しのけると、彼はつぶやいた。

「わお。このバー、気に入ったよ」

カイランドの顔を見ると、わたしには読めない表情で凍りついていた。

「テンリー?」マーロの声がして、視界の端に姉が見えた。わたしは片手をあげて、だいじょうぶだと知らせた。そのあいだもずっと、カイランドから目を離さなかった。

「わたしは自分のしたいことをする」わたしはいった。自分はいったいなにをしているの? よくわからなかった。わかっているのは自分が激怒して手がつけられなくなっているということだった。そして自分がいまも、魂の奥底まで傷ついているということだった。わたしはカイランドに、自分の最後のかけらまで全部あげたのに、彼はそのわたしを裏切った――そしてわたしはいまも、かけらを集めて元どおりにする術《すべ》を見つけられていない。

「カリフォルニアでも、そういうことをしてたのか?」彼はいいながら、わたしに近づいてきた。

わたしはあごをあげ、ばかにするように彼を見た。「いつもね。何度も。いったんふたを破いたら――」

彼の顔によぎった生々しい苦痛に唖然として、わたしの言葉は途中で消えた。でもすぐに怒りが再燃した。わたしがほかの人とつきあうことに動揺しているの？　なんてあきれ果てた偽善者なの！　彼はここに、彼女と、わたしを裏切って寝た相手と、いっしょに子供をつくった人と来ているくせに！

「そんなのはきみらしくない、テンリー」彼はそっといった。

わたしは彼の顔を見て笑った。耳障りな、苦々しい笑い声で。「あなたはもうわたしを知らないでしょ。わたしのことをなんにも知らない。それにわたしも、あなたのことなんてなにも知らない」

彼は口を開いてなにかいいかけ、考え直したようにまた閉じた。「まったく、きみとこんなことしていられない」彼はふり返り、離れていこうとした。

はげしい怒りが全身を貫いた。

「ねえ、カイランド」大声で呼んだ。彼はふり返った。「『嵐が丘』は読んだ？」彼は目をしばたたかせ、眉根を寄せ、わけがわからないという顔でわたしを見た。

「最近は読書をするひまなんてないんだ、テンリー」

わたしはバーカウンターに腰をもたせ、指で自分のあごを叩いた。「ちょっと思ったの。あなたもヒースクリフを、唾棄《だき》すべき浮気男だと思ったのかなって」

彼はわたしのほうに歩いてきた。「おれたちは文学で意見が一致することはほとんどなかったよな?」

「ふーむ、たしかにそうね。でも、頭のなかに半分でも脳みそのある人間なら、ヒースクリフがくだらない嘘つきのくずだってわかるはずよ」

「おれはむしろ、キャシーのことをなんて頭の足りない低能だと思ったね……ようやく逃げだした……荒れ地を出ていったのに……なぜさらに不幸な目に遭うために戻ってくる? 与えられたチャンスを無駄にして? 人間、それより愚かにはなれないな」

わたしは目を瞠り、肌の下で血が沸騰した。

「キャシーが荒れ地に――たとえそれが暗くてじめじめしたところだとしても――戻ったからといって、それがなに? 少なくとも、彼女はヒースクリフのために戻ったわけじゃない。明らかに、彼女にとってはヒースクリフのことなんて、いちばんどうでもいいことだった。じっさい、わたしがすごく不愉快だと思うのは……ヒースクリフがキャシーのいるところに何度もあらわれることよ」

うしろにいるだれかが、「これは喧嘩なのか、それとも読書会なのか?」といったけど、わたしはほとんど聞いていなかった。

別の人が応えた。「さあな。おれには前戯《ぜんぎ》のように見えるけど」

わたしたちはふたりとも、外野は無視した。

カイランドはわたしを上から下まで眺めた。「ほんとにそうなのか？　たぶん……」そのとき彼は、怒っているというより、思案しているように見えた。「もしかしたらキャシーはヒースクリフのことを、離れているあいだもずっと、忘れていなかったのかもしれない。キャシーがほんとうにヒースクリフのことをどうでもいいと思っていたら――彼女の新しい恋人が、ヒースクリフが彼女に感じさせたのとおなじものを感じさせていたら――ヒースクリフがあらわれるたびに腹をたてたりしなかっただろう」彼の声が低くなった。「そしてもしかしたら、ヒースクリフもキャシーを忘れていなかったのかもしれない。もしかしたらヒースクリフは、キャシーのことだけを思い、夢に見ていたのかもしれない」

恋人？　恋人ってなんのこと？　わたしは目を険しくした。「まあ、関係ないわ。ヒースクリフにあんなやり方で裏切られたキャシーが、二度と彼にチャンスをあげるはずがないもの。彼はなにもかも壊した。彼女を壊したのよ。わたしが読んだなかでいちばん身勝手で、虫唾《むしず》が走る人物だわ。彼の話を書くために紙がつかわれたことがほんとうに残念でならない。木がもったいない」

カイランドは目に傷ついた表情を浮かべ、なにかいおうと口を開いたが、ふいにうしろを見た。ふり向いた彼の向こうにシェリーがいて、彼の肩に手を置いているのが見えた。わたしの闘志は一瞬にして消えうせ、胸が締めつけられるように苦しくなった。彼女がここにいるのを忘れていた。わたしたちがどんな戦いをしていたとしても、彼女がカイランドの肩にそっと手を置いたことで、彼の勝ちが決まった。わたしは負けた。また。カイランドがわたしに目を戻したとき、たぶんわたしの打ちのめされた表情を見て、なにかいうために口を開いたが、途中でやめた。目を大きく見開いて。わたしは目をそらした。その瞬間にわたしは、いままでずっとわかっていたことを、あらためて思い知った。わたしはカイランドを憎めない。彼は悪い人じゃない。彼はわたしにたいして悪かっただけ。彼は人を愛せないわけじゃない。わたしを愛せなかっただけ。わたしのためには、とどまれなかっただけ。でも彼はシェリーのためにとどまった。そしてそのことが、なによりもいちばんいたたまれなかった。深い悲しみに心がずたずたになって、もう少しでくずおれそうになる。

いまはだめ。いまは――ここでとり乱すわけにはいかない。

わたしは急いで女子トイレに行って、個室に入り、鍵をかけた。数分後、マーロがやってきて、わたしができるだけ立ち直るのを助けてくれた。店内に戻ったとき、カイランドとシェリーはもういなかった。

# 23

## テンリー

　その土日は二回ほどシフトに入ったけれど、カイランドはもう店に来なかった。よかった。わたしはまだ、みんなの前で口論になったことを気まずく感じていた。でも〈アルズ〉では、それがめずらしいことではないということもわかっていた。それにあの口論の二時間後に、駐車場でゲイブル・クランシーがネットで知りあって結婚したメールオーダー・ブライトが彼を轢《ひ》き殺そうとしたという事件があり、すっかり話題をさらっていった。それに正直にいえば、わたしは気まずいというより、傷ついていた。これにくらべたら、いままでしがみついていた怒りのほうがずっと楽だった。怒りは自分に主導権があるように思える。でも傷つくのは、ただ痛むだけだ。とはいえ、現状ではそれを受けいれるか、尻尾《しっぽ》を巻いて町から逃げだすかのどちらかしかない。学校の完成は見届けるつもりだ。これはわたしの夢で、わたしに教育の機会を与えてくれた故郷へのお返しでもある。でもそのあとは、毎年支給される助成金での学校運営をだれか適任者に任せて、どこかよそに行ってもいいのかもしれない。どこかで新しくやり直す。ひょっとしたらこれが、わたしが必要としていた幕引きなのかもしれない。カイランドを忘れて前に進むための。わたしは自分に嘘をついていたのだろうか？　心のどこかで、もう一度彼に会ったらなにが起きるかどうしても知りたかったのだろうか？　たぶんそうだ。わたしはずっと、忘れていなかった。それが問題だった。でもそのことを認められてよかった。そしてカイランドがほんとうに、わたしを裏切った相手の女といっしょになったことも確認できた。彼と彼女のあいだには息子がいる。それが現実だ。やっとそれを直視できた。

　その目でしっかり見たでしょう、テンリー。ようやく受けいれて前に進める？　進まないと、だってそれ以外の選択肢はないのだから。

　月曜日、マーロとわたしは母の面会に行く予定だった。早めに準備ができたので、バスターに挨拶しておこうと思いたった。戻ってから、まだ彼に会っていない。彼の家のドアをノックすると、ドアをあけたバスターが歓声をあげてわたしをがっしりハグして、そのまま抱きあげた。わたしは声をあげて笑った。「お久しぶり、バスター！　また会えてよかった」

　彼はわたしをおろした。「さあさあ、よく顔を見せておくれ、テンリー」彼はほほえみながら、首を振った。「まったく、まるでシティガールみたいじゃないか。シティガールになったのかい、ミス・テンリー？」彼がドアを大きくあけ、わたしはなかに入った。バスターの家は手彫りの木製家具でいっぱいだった。平らな表面にはどこでも、露骨《ろこつ》な性行為をおこなっている男女の木彫りの置物が所せましと置かれていた。わたしが生まれたときからバスターを知っていなければ、この家はものすごく居心地が悪かっただろう。

「あたしがシティガール？　なにいってんの、バスター。あたしは爪の先まで山育ちだよ」

　バスターはくすくす笑った。「そりゃよかった、確認しただけだよ。ずいぶんしゃれた恰好《かっこう》しているから」

　わたしはほほえんで、椅子に腰掛けた。バスターが木を彫り、やすりで磨き、ウレタン塗装したこの椅子は、逆立ちをした男性の形をしていた。裏には女性が彫られていて、彼女は口に彼のものをくわえている。わたしが坐ったことで、図らずも夫婦と《ア・》どちらかの愛人三人《トロワ・メナージュ》の同居になった。わたしにとってはかなり久しぶりの色っぽい行為だ。よかったね、テンリー。

「あっちにいるあいだ、なにをしていたのか、話してくれんかね？　大学はどうだった？」バスターが尋ねた。

わたしはバスターに、自分が行った大学のこと、カリフォルニアのこと、家を離れてどうだったかということ、向こうで知りあい、これからもつきあいたいと思っているひと握りの友だちのこと、ここでつくろうとしている学校のことを話した。ざっと話しおえてから、わたしはいった。「あなたはどうなの、バスター、最近はどう？」

「いいよ、前よりずっといい。おれたち山暮らしの連中がやってる商売については知ってるだろ？」

「商売？」

「そうだよ。いまじゃおれたちはいっぱしの起業家だ。なかには心から誇りに思っている連中もいる。庭をきれいにして——」

「そうね」わたしはいった。「それには気がついてた。いったいなにをしているの？」

「ラヴェンダーを栽培している。いくつか商品化もしてるんだ。地域のクラフトフェアに店を出してる。おれは木彫りも売ってる。かなり評判がいいよ」

ラヴェンダー。ラヴェンダー。ラ、ヴェ、ン、ダー？

上空に三日月がかかり、美しい少年がわたしのからだを崇拝している記憶がよみがえった。そして空気にはラヴェンダーの香りが漂っていた。

わたしははっとして現実に戻った。「そうでしょうね」ぼんやりといった。「そのラヴェンダーの商売は……だれの発案なの？」

「ああ、カイランド・バレットだよ。あいつがいろいろ調べたんだ。ラヴェンダーは小規模栽培者にとってもっとも利益率の高い作物だと——裏庭でも育てられる。そうした情報を小冊子にまとめたり、いろいろやっていた。それに、花を乾燥させてそれを材料に商品をつくれるのはラヴェンダーだけなんだ。におい袋や、石鹸《せっけん》や、オイルをつくってる。おまえさんがよくつくってくれたお茶も——」

「つまりそれで収入を得ているということ?」わたしはびっくりして訊いた。いままでそんなこと、考えたこともなかった。

「もちろんだ」バスターは誇らしげにいった。「ほかの作物とちがって、一年じゅう利益が生まれる。なにひとつ無駄にはならない。じつのところ、かなりシンプルだよ」

「そうなの。詳しいのね、バスター」わたしがいうと、バスターはうなずき、にっこり笑った。

わたしは静かに首を振った。「それなら、どうして全員がその商売をやらないの?」昔と変わらず荒れはてている家々を思いだして、訊いた。

バスターは髪の薄くなったつむじをかいた。「ああ、それは、つまり、ヒルビリーをラヴェンダーのところまでひっぱっていくことはできるけど、無理やり育てさせることはできないってことだ」彼は笑って、自分のひざを叩いた。

わたしは顔をしかめながら小さく笑った。「わたしは育てるよ」バスターの家のドアがノックされて、わたしは驚いた。マーロだった。あわててバスターにお別れをいって、また近いうちに来ると伝えた。さよならのハグをして、マーロといっしょにわたしの車に乗りこんだ。

「マー、ラヴェンダーのこと、知っていたの？」

姉は横目でわたしを見た。「うん。すごいことだよね。いおうと思ってたのよ。でもカイランドのことでまだほんとに苦しそうだったから。帰ってきてすぐに知らせなくてもいいかなと思って」

わたしはうなずいた。「たしかに……すごいことじゃない？　つまり、なんの元手もなしに、お金をもうけられるなんて」わたしは唇を噛んだ。「どうして彼は自分でそれをしないんだろう」

「そうだね、どうしてだろ」

いったいなにをしているの、カイランド？　でも、驚くことではなかった。彼は昔から自分で考えてお金を稼いでいたし、勤勉だった。何年間もひとりで生きてきたのがそのしるしだ。

ちょうど車が彼の家の前にさしかかり、今度はわたしはそちらに顔を向け、家の前にとまっている白いピックアップトラックを眺めた。とつぜん家のドアがあいて、カイランドが出てきたので、少しびっくりした。ジーンズとフランネルのシャツ、頭にはベースボールキャップという恰好で、手にブリキのお弁当箱をもっている。通りすぎながらわたしはふり向き、身を乗りだして見つめた。彼も立ちどまり、わたしたちの視線が絡みあった。動く車のなかからでも、はっきりとわかった。彼はふり向き、車の動きを目で追っていた。彼のトラックのバンパーに貼ってあるステッカーが見えた。炭鉱作業員のヘルメットをかぶった炭鉱夫が暗いトンネルを這《は》い進む絵と、「低いところにいる友だち」というメッセージが書かれている。

わたしはシートにもたれ、かすかに震えながら、深く息を吸って呼吸を整えた。あまりにもわからないことが多すぎる。わたしに苦痛をもたらすものも。どうしてそんなにわたしに怒っているの、カイランド？　どうしてあんなにもはげしく愛したあとでこんなにもはげしく憎むことができるの？

「いまの濃厚なにらめっこはなに？」マーロがいった。見ると、驚いた顔をしている。

「さっぱりわからない」わたしはぼんやりといった。「まったく」

＊＊＊

二時間後、病院の正面に車をとめ、わたしは車のエンジンを切って、しばらくフロントガラスを見つめた。「わお」ようやくわたしはいった。

大きな煉瓦造りの建物は古かったけど、美しく手入れされていた。まわりには青々とした芝生の庭が広がり、完璧に植栽《しょくさい》されていた。患者たちが散歩している。看護師に付き添われている人もいれば、ひとりで歩いている人もいる。花壇の前に置かれたベンチに坐っている人もいた。古いトチノキが庭に木陰《こかげ》をつくっている。

「わかるよ」マーロもいった。「ほんとうにいいところなんだ。それにお医者さんたちも最高なの――精神病の患者を治療することを一生の仕事にしているお医者さんたちだよ」

「サムはどうやってお金を払っているの？」わたしは車からおりながら訊いた。

「貯金があるんだって。これにどれくらいお金をつかっているのか、訊いたことはないけど」ふたりで歩きはじめながら、マーロはわたしをちらっと見た。「やめてっていおうと思ってたんだけど、ここに入って二週間後にママの様子を見たら、そんなことできなくなってしまった」

わたしはマーロの腕をぎゅっと握った。

数分後、わたしたちはフロントの看護師に名前を告げ、広い待合室で待っていた。

母が角を曲がって歩いてきたとき、わたしはすぐに母だとわからなかった。髪を肩につくくらいで切りそろえ、洗髪してセットしてきたらしく、その表情は明るくはつらつとしていた。ジーンズとクリーム色の半袖のセーターを着ていた。母は立ちどまり、両手で口を覆って、わたしも信じられない思いで立ちあがった。

「テンリー、わたしのベイビー」そういって、近づいてきた。

「ママ」声がひきつっていた。「すごく元気そう」

母に抱きしめられて、わたしはその清潔で安心できるにおいを吸いこんだ。

「ああ、ママ」からだを離しながらいった。母の髪をなでて、その姿をじっと見つめた。母は小さな声で笑って、マーロのほうを見てほほえんだ。

「もうひとりのベイビー」そういって、マーロをハグした。

「散歩する?」母が窓のそとを示していった。

わたしたちはそとに出て、日当たりのいい小道を歩きはじめた。かすかな風が吹いて、刈られたばかりの芝生のにおいを漂わせる。マーロはわたしたちを木陰のベンチに案内し、わたしと母は腰掛けた。

「ペットボトルの水を買ってくる。ほかになにかいる?」

わたしたちはいらないと答え、マーロは買いにいった。ふたりきりにしてくれたのだとわかった。

わたしは母の両手を取ってぎゅっと握った。「調子はどう?」

「とてもいいのよ。いい日もあれば悪い日もあるけど、それはみんなそうよね。ここでは新しいふつうを学んでいるの——自分の感情を理解してそれにどう対処するか」

「それはいいね」

母は小さな声で笑った。「そうよ、たしかにいい。ここのお医者さんたちはわたしに何通りか薬を試して、いま試しているのがいちばんよさそうだって。いくつかセラピーグループにも入ってて、なによりもそれが効果的みたい。ここには、わたしのような病気でいるというのがどういうことか、理解してくれる人たちがいる」母は少しほおを赤らめた。「そういう人たちはわかってくれるの。自分のまわりの人びとを傷つけてしまうことのうしろめたさを。そんなことぜったいにしたくないのに」

わたしはふたたび母の手をぎゅっと握って、親指で母のほおを流れる涙を拭いた。

「うしろめたくなんて思う必要ないよ。少なくともわたしには。マーロにも」わたしはいった。

母はうなずいたけど、その顔は悲しそうだった。「でも思うのよ。あなたたちには母親が必要だったのに、小さなころから、あなたたちが母親のようにわたしの面倒を見てきた。それにひどい恥もかかせてしまって……」またほおに涙が流れ落ちた。

「そんなつもりじゃなかったのはわかってるから。だいじょうぶ。悲しむことはなにもないよ」

母は深く息を吸って、顔をあげてわたしを見た。「わたしは精神病をわずらっているのよ、テン。そしてそれは、その、この先も変わらない。でも対処する方法はある。防ぐためにできることも。避けるべきトリガーも。いまではそれがわかる。それに力が湧いてくるように感じるの。生まれて初めて、自分の頭のなかの怪物をコントロールできるような気がしてる。生まれて初めて、希望がもてたの」

わたしはくすんと鼻を鳴らして母にほほえみかけた。「わたしもだよ、ママ」わたしは身を乗りだして、もう一度母をハグした。

わたしは坐り直してから、訊いてみた。「うちに帰るのがこわい?」

「少しね。というより、この場所を見て」母は腕をさっと振って、静かに笑った。「ちょっと贅沢《ぜいたく》な休暇に来たみたいでしょ」ほほえみはすぐに真顔になった。「でもいつかは現実の生活に戻る必要がある。そのためにここでセラピストといっしょにいろいろと考えているのよ。帰ったら、仕事をもって、なにかする……サムがわたしに、歯科診療所のフロントの仕事はどうかといってくれて、それもよさそうだと……」深呼吸。「でもね、わかっているのよ。世界でいちばん贅沢な場所にいても、山地のトレーラーハウスにいても、自分が病気なら病気だということ」

「わたしたちの状況はママの病気にはよくなかった。それはわかってるよ。マーロだって。もうわたしは帰ってきたし、給料の高い仕事にだってつける。どこかに小さな家を借りて……そんなに贅沢はできないと思うけど、必要なものは買える。快適に暮らせるんだよ」

母はわたしにほほえみかけた。「わたしの娘――いまでもわたしの面倒を見ようとしてる」笑顔が悲しげになった。「ずっとはさせないから、約束する。ほんとうはね、テンリー、いつもひどいことばかりではなかったのよ。あなたのお父さんに初めてアパラチアに連れてこられて、わたしはすごく幸せだった。森のなかのトレーラーハウスに住んでても。山や小川や夕日を大好きになったわ。それに山の人たちも――よそでは出会えないような人たちよ、みんなとびきり大きな心をもっている」母がほほえんだので、わたしもほほえんだ。母のいうとおりだ。「それにわたしは心から愛していた」母はうつむいた。「あの人はそうではない、少なくともわたしのようには愛していないとわかっていたけど。でもね、テンリー、あなたには知っておいてほしい。わたしがあなたのお父さんを愛していたことを。心の底から愛していた。あなたとマーロを見るとき、わたしが思いだすのはそのことよ。ときどき悲しくなることもあるけど、いつもは感謝でいっぱいになる」

ああ、ママ。わたしは心が血を流しているように感じた。

わたしはうなずき、喉につかえたものをごくりとのんだ。わたしもこんなふうになれるのだろうか？　いつかカイランドを愛したことを感謝できる日が来るのだろうか？　心が張り裂けて終わったのに？

「わたしはずっと、自分がしたことで価値があるのは、あのばかげた美人コンテストで優勝したことだと思いこんでいた」母は悲しげに首を振った。「それは間違いだった。テンリー、あなたとマーロ。わたしがしたことでもっとも美しいものはあなたたちだった」

「ママ」わたしは息がつまったような声でいった。

マーロが戻ってきて、三人で散策しながら、まるで女の子どうしのようにおしゃべりした。そんなこと、生まれて初めてだった。わたしの胸はよろこびでいっぱいになり、三分ごとにこれは夢ではないとたしかめるためにほおをつねりたくなった。母はわたしに、サンディエゴのこと、授業のこと、学校のことを尋ねた。わたしは手振りを交じえて説明した。いままで母の前でそんなことをしたことは一度もなかった。すごくうれしかった。そして何年かぶりに、母が本当の母であるときには、どんなに優しくて恥ずかしがりやで繊細だったかを思いだした。すごくきれいだった。

母にお別れのキスをして、車に乗りこんだとき、わたしは歓喜のショックでしばらく固まっていて、ついに頭がどうかしたかのように笑いだし、マーロを見た。自分がいかれているのはわかっていた。マーロも笑った。「わかるよ！」姉はそういって、わたしをハグした。「ずっと前に、初めてママに面会したとき、わたしもおなじようになった。まったくおなじ」

ここの病院は、なによりも、母に自分自身をとり戻させてくれた。わたしたちが母をとり戻したということでもある。それにわたしたちの一部もとり戻してくれた。わたしたちがめったに経験してこなかった一部、娘という役割だ。こんなすばらしい、人生を変えるような贈りものにたいして、わたしはサムに深く感謝した。

＊＊＊

その週、学校の建設が着工した。いよいよプロジェクトの実現に向けてじっさいの一歩が踏みだされた。わたしはつかの間、誇らしげな思いにひたった。まだまだやることは山積みだけど、カイランドにかんしていまも絶望に打ちひしがれているにもかかわらず、この町のためにがんばってきたことについては、希望でいっぱいだった。このプロジェクトはかならず成功する。わたしは本物の変化をもたらすなにかを成しとげる。

まだ図書館の片付けが残っていた。あと数箱分の本を詰めるだけだ。でもわたしは図書館を避けていた——そこに行くのはとりわけつらかったから。だけど、もうやってしまわないと。数日のうちに建物はとり壊される。

ひざをついて棚の最下段をきれいにしているとき、ドアが開く音がした。ふり向いたわたしは、シェリーが入ってくるのを見て驚いた。彼女は小さくほほえみ、わたしは眉根を寄せた。心臓をどきどきさせながら立ちあがった。

「こんにちは、シェリー」わたしは慎重にいった。どうして彼女がここに？

「こんにちは、テンリー。いままでちゃんと話したことなかったわね」そういって、また小さくほほえむ。

わたしは息を吐いて、ほほえみを返した。「たしかにそうね。あらためて、どうぞよろしくね」どうしても、その言葉は問いかけのようになってしまった。きっとこのあいだの夜のことで来たのだろう。でもそれならなぜ、親しげなほほえみを浮かべているの？

シェリーはうなずき、笑顔が消えた。「こちらこそ」

しばらくふたりともなにもいわず、わたしはうなずいてテーブルを示した。「坐らない？」

「そうね」彼女は歩いていって、昔わたしがいつもつかっていた小さな机の席についた。わたしは本棚に寄りかかり、彼女を見つめた。小柄で豊かな金髪がとてもきれいだ。

「ところで」シェリーはいった。「なぜわたしがここに来たのだろうと思ってるでしょうね」

　わたしはうなずき、彼女がこれからいうことにたいして身構えた。彼女もわたしに、デンヴィルから出ていくようにというのだろうか？　彼女と家族を放っておいてほしいと？　客でいっぱいのバーで彼女の恋人と口論して騒ぎを起こすのはやめろと？　もしそれがこの訪問の理由だったとして、わたしはそれを責められるだろうか？

「ジョーイを見た？」

　わたしは目をぱちぱちさせた。「ジョーイ？」

「わたしの息子よ」

「ああ」わたしは小さな声でいった。カイランドの息子。「遠くから一度」つまり彼女は、息子をもちだして、わたしがこの町にいるのはだれにとってもいいことではないというつもりなんだ。

　彼女はうなずいた。「あの子は父親そっくり」

　シェリーがカイランドのことをジョーイの父親といったことに、痛みが全身に広がった。同時に、わたしのものなのに、というとつぜんの感覚があった。背筋を伸ばした。ばかな、愚かなテンリー。カイランドのどの部分もあなたのものではない。かけらも。もしこの瞬間にもそれがわからないのなら、あなたの論理的思考能力には大きな問題がある。でも論理的に間違っているのならなぜ、直感的には合っていると感じるの？

「ときどきそれでつらくなるのは、彼がわたしをレイプしたからよ」

待って。ちょっと待って。ええ？　カイランドはけっして、ぜったいに、そんなことはしない。ありえない……。ああそんな。まさか。周囲がぐるぐる回るように感じた。彼女の言葉はわたしの心の奥を揺さぶった。両手をうしろにやって、頑丈な本棚に手をついた。

「カイランドはジョーイの父親じゃないの？」わたしはささやいた。愚かさから生まれたにちがいない理由で、目に涙がこみあげてきた。

シェリーは首を振った。「ちがうわ。わたしたちは寝ていなかった。つまり……」彼女はわたしを見あげた。「昔は……そういうこともあったけど」首を振る。「子供どうしのお遊びよ」彼女はそっと笑った。「彼はわたしを愛していなかった。いまも愛していない——あるとしても、友だちにたいする以上のものはないわ」そこでしばらく黙った。「わたしはまっさきに彼に相談した——あのことがあったとき……妊娠がわかったときも。どうしてかはわからない。もしかしたら、少し彼のことを愛していたのかもしれない。彼もわたしを求めていると期待していたのかもしれない——たぶん、わたしはずっとそう思っていたんだと思う。いまならわかる——でもそのときはわかってなかった」彼女は肩をすくめた。「彼はわたしに嘘をついた」坐っているのに、自
わたしは彼女の隣の席に坐った。

分が揺れているように感じた。

彼女はわたしのほうを見て、うなずいた。「知ってるわ」

「どうして、シェリー？　なぜ彼はそんなことをしたの？」

彼女は肩をすくめた。「わたしもはっきりとは知らないのよ。彼はわたしを助けてくれるといった。デンヴィルに残るからと。なにか理由があってデンヴィルに残らなければいけないからといって。もしお金が必要だったら助けるとも。そして彼はわたしに、彼のことも助けてほしい、もしあなたになにか訊かれたら、彼の嘘に協力してほしいといった。わけがわからなかったけど」彼女はほうっと息を吐いた。「そのときわたしは頭が混乱していたから、お腹の子が彼の子だというふりをできるのがうれしかった。でも、あなたはわたしになにも訊きにこなかったから、わたしは嘘をつく必要もなかった」

「そうね」わたしはまっすぐ前を見ていった。「彼からあなたを妊娠させたという話を聞いたあと、できるだけ早く町を出たから」彼はじっさいに、そういったのだろうか？　それとも彼は、シェリーが妊娠したとだけいって、わたしが勝手に思いこんだ？　どちらにしても、彼はわたしの間違った結論を正さなかった。そう思わせておきたかったから。

シェリーはうなずいた。「たぶんそれが理由だろうと思ったけど、彼はなにもいわなかった。そしてジョーイを育てるのをよく手伝ってくれた――わたしの父と兄たちは、口をそろえて」震える息を吸った彼女は、泣きだしそうに見えた。「わたしの自業自得だって。男ならだれにでも股を広げたからだって。しばらく、わたしもそれを信じていた。家族はわたしへの援助を拒否したの」

わたしは手を伸ばし、彼女の手をつつむように自分の手を重ねた。シェリーは悲しげな笑顔を向けてきた。「なにがあったの？」わたしはそっと訊いた。

「〈アルズ〉で彼に出会ったの。いっしょに高速道路沿いのホテルに行った」彼女はいった。「自分でついていったのよ。セックスをするつもりで。当たり前だけど」彼女はしばらく黙りこんだ。「部屋についたら、その人が変なことをいいだして、わたしを縛りたがったの。そういうのはごめんだったから帰ろうとしたらベッドに押し倒されて、思わせぶりな女だと罵られた。わたしはいやだといったけど、抵抗はしなかった。一度も」また首を振った。「ときどき思うの、もしわたしが……でも、そんなことを考えてもしかたないでしょ？　彼はわたしとセックスして、『ありがとな』っていった」涙がシェリーのほおを流れた。「彼のお礼がいまでもときどき、頭のなかで聞こえる。どうしてそれが最悪なのかわからないけど、その部分がどうしても忘れられないの、変でしょ？」

なぜならあなたは彼になにもあげなかったから――彼が奪ったから。わたしはうなずいた。彼女の気持ちはほんとうにはわからなかった。想像することしかできない。胸が痛んだ。

「とにかく、そのあとわたしは自分が妊娠していると気がついて、あとはさっきいったとおりよ」

「いままでに……その人に連絡しようとしたことは?」わたしは訊いた。

「苗字さえ知らないのよ」シェリーはふっと小さく笑ったけど、ばつが悪そうだった。「トラック運転手だった。わたしは十八歳になったばかりで、バーにいりびたり、適当な男を見つけては安いホテルの部屋についていってた。身持ちが堅い娘ではぜんぜんなかった」

「それでもレイプされるいわれはないよ、シェリー。だれでもいやという権利はある」わたしはそっといった。

シェリーはうなずいて、ほおの涙と、目の下につけた黒いマスカラを拭いた。わたしはそのへんにティッシュペーパーがないかと思ってあたりを見回したけど、なかった。「いまならそれがわかる。つまり、頭ではわかるということ。それにイアンが、わたしの恋人なんだけど、いろいろと助けてくれるの」

「恋人がいるの?」

「そうなの。すばらしい人。わたしと結婚して、ジョーイを養子にしたいといってくれてる」彼女はほほえんだ。心からのほほえみだった。

「よかったね、シェリー」

「うん」彼女はため息をついた。少しして、またわたしに向き直った。「このあいだの夜、あのバーでのことだけど、イアンが仕事だったから、カイランドがわたしといっしょに来てくれたの。ふたりは炭鉱でいっしょに働いている同僚で。イアンはカイランドを信頼している。とにかく、わたしが〈アルズ〉にいったのは……あの夜以来だった。あのバーに行くことが、気持ちを整理する最後のピースだと思ったの――過去のものにして――未来を見るために。でもあなたとカイランドが喧嘩を始めて、わたしはなにかいおうかと思ったんだけど、あなたは働いていたし……それにあなたにはカイランドが自分でいうべきだとも思った。でも彼がいつそれを実行するかわからないでしょ。もしかしたら彼は、自分があなたに話すべきことではないと思っているかもしれない。でも、もしもわたしがあなたの立場だったら、きっと知りたいだろうと思って。あなたたちふたりがいっしょにいるところを見るまで、わたしはそれがわかってなかったの。いまでも愛しあっているとは知らなかったから」

わたしはさっとシェリーの目を見た。「わたしはもう彼を愛していない」

彼女はうたがわしげにわたしを見たけど、なにもいわなかった。「どちらにしても、事実をすべて知るのはいいことよ。わたしもその一部は提供できる。だからここに来たの」

「ありがとう、シェリー。このあいだの夜、あなたが〈アルズ〉に来た理由を知っていたら、あなたに余計なつらい思いをさせなかったのに」

シェリーは首を振った。「あれはむしろ、わたしにはよかった——すごく気が散って。あそこにいても不安を感じるひまもなかったわ」彼女が小さく笑ったので、わたしも笑った。

「来てくれてありがとう。いままで知りあう機会もなくて残念だった」

彼女のほほえみは温かく、優しそうだった。「いまだから、話せたんだと思う。わたしはあなたに嫉妬していたから。でもいまは……そうよ、もし少しでもあなたにカイランドへの気持ちが残っていたら、彼はすごくよろこぶと思う」

……なぜならシェリーが妊娠したからだ。あの言葉はいまでもわたしを苦しめ、傷つけ、頭のなかでこだましている。

わたしはシェリーにうなずいたけど、どう考えたらいいのかわからなかった。あまりの衝撃で。「このあいだ、あなたたちを見かけたの」わたしはぼんやりといった。「メイン・ストリートを歩いていた。ジョーイをカイランドが肩車して……」あれはものすごくつらかった。いまでもあのときの痛みが感じられる。真実を知ったあとでも。シェリーは妊娠していた。ほかの男の子供を。カイランドはそれを知っていて、利用した。

シェリーはうなずいた。「すごくかわいがってくれてる——叔父さんのように。ジョーイが赤ちゃんのころから、靴とか、紙おむつとか、いろいろ買ってくれた。兄たちがいまでもわたしと口をきいてくれないからとくに。カイランドはそういう人よ」

わたしがなにかいう前に、シェリーはさっと立ちあがった。「あのね、もう帰らないといけないの。ジョーイを友だちに預けてきたんだけど、そろそろその子が仕事に出かける時間だから」

わたしも立ちあがった。「ほんとにありがとう、シェリー。こんなことしなくてもよかったのに……ありがとう」

彼女は笑顔でうなずいた。「幸運を祈ってるわ、テンリー」そういって、図書館を出てドアをしめていった。わたしは本棚にもたれて、ほうっと大きな息を吐いた。

「ありがとう」だれもいない部屋にいった。「わたしには必要だから」

いったいどうなっているの？　それに四年前にほんとうはなにがあったの？　なぜカイランドは残酷な嘘でわたしの心を打ち砕いたの？

# 24

## テンリー

わたしはその夜遅く、疲れて埃まみれでトレーラーハウスに帰った。シェリーの話をどう考えたらいいのか、まだよくわからなかった。最初は、よろこびと安心が弱々しく全身を流れるのを感じた。でもいまは……いまはふたたび怒りと苦痛を感じていた。もし彼がシェリーを妊娠させたのでなければ、もしシェリーと寝ていなかったのなら、なぜあんなふうにわたしを傷つけたの？　彼はわたしを粉々に打ち砕き、完全に破壊した──わたしの心も、わたしの信頼も。彼のその仕打ちから立ち直るのに、文字どおり何年もかかった──正直にいえば、まだ完全には立ち直れていない。それになぜ？　わたしが奨学金を受けとって町を出ていくように？　わたしが彼のためならなにもかも捨てるといったから？　だからわたしにこんなことをしたの？　そんなにわたしに出ていってほしかった？　わたしが与えられたチャンスを無駄にして、ケンタッキー州デンヴィルで彼といっしょに生きていこうとすると心配したから？　明らかに、彼がしたことはうまくいった。わたしは彼に心を打ち砕かれたその日に町を出たようなものだった。そのことについて、わたしは彼を赦せる？　いまもわたしをひと皮むけば、あの裏切りによる苦痛が消えずに残っている。それが、裏切りはもともとなかったと？　もしなかったのなら、どうしていまでも痛みがうずくの？　なぜなら彼がわたしをひとりで出ていかせたから――いっしょに行きたいと思うほど、彼はわたしを愛していなかったからだ。

わたしはプラスティックの壁がひび割れている狭いシャワーに入り、一日を洗い流そうとした。そしてナイトシャツを着ると、ソファーに落ち着いた。眠れるとは思わなかったけど、考えていたよりも疲れていたらしく、すぐに眠ってしまった。

目が覚めると、トレーラーハウスのそとで人が叫ぶ声が聞こえた。跳ねるように立ちあがり、まわりの様子をうかがった。トレーラーハウスは真っ暗だったけど、そとがなにか明るく光っているのが見えて、煙のにおいがした。そんな！　なにかが燃えている。わたしはトレーラーハウスのドアをあけて、あたりを見回した。道をはさんで向かいのトレーラーハウスの前から炎があがっている。ジニー・ニールと子供がふたり住んでいるはずだ。わたしは駆けだしてトレーラーハウスの前の道に集まっている人びとに加わった。

「だれか消防車を呼んだ?」わたしは大声でいった。「みんな避難した?」「向かってるってよ!」だれかが叫び返した。なんてこと! 山に住むわたしたちのような人間にとって、これは最悪の悪夢だ。道はせまく急勾配《きゅうこうばい》で、最寄りの消防署は十三キロ離れたところにある。小屋や小さなトレーラーハウスなんて、消防車がここに来るまでにかかる時間の四分の一で全焼してしまう。

「メリージェーン! メリージェーンはどこ?」女性の金切り声。

メリージェーン? わたしはそれがだれだったのか思いだそうとしたけど、わからなかった。

人ごみのなかにバスターを見つけて、彼のところに駆け寄った。「バスター、メリージェーンってだれ?」

「ジニー・ニールとビリー・ウィルクスの二歳の娘だ」バスターは指差しながら答えて、目を見開いた。「そとに出てるんだろ?」

わたしはまわりを必死で見回し、カイランドが駆けてきたのに気づいた。息を切らしている。「みんなそとに避難したか?」メリージェーンの名前を呼びはじめた人びとの声に負けないように、彼は大声で尋ねた。

「カイランド、まだ二歳の子がなかにいるかもしれない」わたしは叫び、彼のところに急いだ。

ビリー・ウィルクスが火に向かっていったが、どうしてかはわからないけど、彼は松葉づえをついていた。カイランドは彼を追って走っていった。ふたりは短く話しあい、燃えあがるトレーラーハウスの正面に近づいていった。

わたしは心臓がどきどきして、両手で口を覆った。カイランドがドアを勢いよくあけると、煙がどっと噴きだした。彼とビリーはのけぞり、カイランドは着ていたスウェットシャツをぬいでそれを口にあて、ビリーもTシャツをひっぱりあげて口を覆った。カイランドがなかに入っていって、ビリーはドアの前に立った。彼が室内に向かってなにか怒鳴っているのが見えたけど、燃えさかる炎の音とまわりの人びとの声にかき消されて、なにをいっているのかは聞こえなかった。

ありえないことに、わたしの心臓はますます早鐘を打ちはじめた。煙が濃くなってきて、近所の人たちといっしょにうしろにさがらなければならなかった。あのトレーラーハウスのなかでいまなにが起きているのかを想像し、時間がとまったように感じた。燃えているのは台所のある正面部分だけのようだが、ほかの部分にも煙が充満しているはずだ。あのなかで人が生きていられるの？　どれくらい？　カイ。

わたしは脇におろした手を固く握りしめた。祈ることしかできなかった。

とつぜん、煙のなかから人影があらわれた。なにか大きな、毛布にくるまれたものをかかえている。わたしは煙い空気を大きく吸いこみ、前に出た。カイランドだ。ビリー・ウィルクスが松葉づえでできるかぎり急いで、並んで歩いてくる。じゅうぶん離れたところで、カイランドは毛布のつつみをビリーに渡し、かがみこむと、はげしく咳きこみ、ぜいぜいと息をした。ビリーの腕のなかでブランケットがはだけ、小さな金髪の頭が見えた。

ビリーは草地の上に娘をそっとおろし、その横にひざまずいた。みんな駆け寄った。

「息をしてるの？」ジニー・ニールがすすり泣き、娘の横にひざまずいた。

「だれか水を！」わたしが大声でいうと、バスターが「すぐにもってくる！」と応えた。

「心臓は動いている」だれかがいった。「息もしてるぞ」

その後の数分間は、両親が泣きじゃくり、バスターがもってきた水でメリージェーンの顔をきれいにして、人びとが口々に大声でしゃべり、大騒ぎだった。

ついに、山道を登ってくるサイレンの音が聞こえた。数分後、消防車が到着し、大きな消火器で火を消しとめた。焼けたのは正面部分だけだったが、煙のダメージでもうこのトレーラーハウスはつかいものにならない。家族はもちものを全部失った――もともと多くをもっていないのに。彼らにはもうなにもない。絶望に押しつぶされそうになる。彼らのことを思うと。わたしたちみんなのことを思うと。わたしは嗚咽をこらえ、いまにも自分が粉々になってしまいそうに感じた。

消防隊はメリージェーンを救急車に乗せた。あの子が呼吸して泣いていたのはいいしるしだ。人びとの話の断片をつなぎあわせると、どうやらメリージェーンはトレーラーハウスの奥の部屋で眠っていて、両親はどちらも相手が彼女を連れて逃げたのだろうと思いこんでしまった。ビリーが台所の炎を消そうとして、上の子たちふたりをそとに逃がさなくてはという恐怖と混乱のなかで、メリージェーンは置き去りにされてしまった。わたしはジニーがビリー・ウィルクスといっしょに住んでいることも、ふたりに小さな娘がいることも知らなかった。ジニーの夫は八年前の炭鉱事故で犠牲になったひとりだった。彼女がまた幸せを見つけたのはよかった。でも。とつぜん、わたしは自分が故郷を離れているあいだずっと、マーロから近所のできごとを聞かなかったことを、うしろめたく感じた。故郷の話をするとつらさが増すだけだったから避けていたのだ。

人びとは、家族が病院から戻ってきたらなにをしてあげられるかを話しあっていた。コーラ・レヴィンは上の子供たちふたりを預かると申しでた。シェリル・スキャッグスは夫婦とメリージェーンに部屋を貸すといった。

そばに立ってみんなが団結する会話を聞いていたわたしは胸が苦しくなった。この人たちは、自分も極貧なのに、だれかが助けを必要としていると知ると、なんとかして助けようとする。善良な人たち——食べるものにも事欠いているのに。それでも、自分にできることはしてあげようとする。

「わたしは少し貯金がある」わたしはいった。「朝になったら町にいって子供たちの服を買ってくる」

みんなはうなずいた。「ありがとう、テンリー」

わたしがカイランドを見ると、彼はまっすぐにわたしを、わたしだけを見つめていた。いまは彼のことを考えられない。彼がついた嘘のことも。そんな気力は残っていなかった。

わたしは人々から離れて、自分のトレーラーハウスに歩いていった。数百メートル歩いたところで大波のような感情に襲われて、ひざまずきたくなった。思わずよろけた。このあたりの人たちが、ときには一生ずっと、耐えなければならない悲しみと苦しみのすべてがどっと押し寄せてきた。たったいま、火事でもちものすべてを失った、そしてすべてを買い直すことなんてできるわけがない家族のために。ここに戻ってきてこんなにもつらく感じることに……そして同時に戻ってきてよかったのだと感じることに。わたしは疲れていた。疲れ果てていた。それでも、感情の解放はできないだろうと感じていた。あまりにも長いこと感情を抑えてきたせいで、いまはアクセスする方法さえわからなかった。

わたしは玄関前の階段に腰をおろして、両手で頭をかかえた。ここならだれに見られることもない。

「やあ」びっくりして目をあげると、カイランドが両手をポケットにつっこんで立っていた。

「やあ」わたしは静かな声でいった。いまのわたしは完全にどうしようもなく混乱してるように見えるだろう。彼はといえば、小さな女の子を助けるために、燃えるトレーラーハウスに駆けこんでいった後のように見えた。

わたしは坐っていた段で横にずれ、頭を傾けてあいた場所を示した。彼は一瞬びっくりした顔をしたけど、すぐに近づいてきて隣に坐った。彼のぬくもりが感じられる。わたしは彼のぬくもりをよく憶えていた。夜中に背中で感じたときのぬくもりも、つつみこまれたときのぬくもりも。

わたしは彼のほうを向いて、古びた手すりに背中をもたせた。「あれは勇敢だった。あなたがしたこと」

彼は首を振った。「あの人たちは、おれのためにもおなじことをするだろう」

「そうね」わたしはいった。「そうすると思う」

彼はわたしをじっと見つめたまま、うなずいた。「何年も前、ときどき、籠《かご》いっぱいのルバーブとか、エンドウ豆の缶詰がふたつとか、そういうものがいつの間にか玄関ポーチに置かれていた。あれはだれだったのか、いまでもわからないけど……たぶん、たぶんその人たちは、おれが母さんといっしょに暮しているというのが嘘だと知っていたんだろう。だからできることをしてくれた。何度もそのおかげで生き延びたよ」

わたしはしばらくなにもいわず、彼の言葉を理解した。「ルバーブは、それはバスターだよ」小さな声でいった。

カイランドはうなずき、下唇につけた歯を左右に動かした。ようやくやめたとき、下唇は赤く腫れていた。わたしは目をしばたたき、唇から目を離して、彼の目を見た。いまのあなたはどんな人なの、カイランド？　わたしはもうあなたのことを知らない。そしてそれがこんなにもつらい。

「だからあなたはラヴェンダーのアイディアをみんなに広めたの？」わたしは訊いた。

彼は目を瞠った。「だれから聞いた？」

「バスター」

彼はうなずき、唇を結んだ。「そうだ、本で読んで、みんなの役に立つかもしれないと思った。つまり、そのアイディアに興味をもつ人たちにには。なんでもないよ」

「なかにはすごくうまくいってる家族もいるんでしょ」

彼の目が誇らしさに輝いた。「ああ」

「カイ？」

「なんだい？」

「なんでもなくない。すごいことだよ」

彼が息をのむ音が聞こえた。わたしたちはしばらくなにもいわなかったが、ようやくカイランドがわたしの目を見つめて、そっといった。「ほんとうにすまなかった、テンリー」

わたしは固まった。「なんのこと？」

彼は手で髪をかきあげ、夜空を見あげた。「このあいだと、それから〈アルズ〉でもあんな態度をとったことに」彼は首を振った。「きみにあんなことをいうべきじゃなかった。ただ……くそっ、テンリー、きみがここを出ていったとき、おれは……おれはきみがやっとこの土地から逃げだせたと思った。帰ってきたきみを見て……それにきみと……いや、それでおれは逆上した。おれは……」彼はまったくおもしろくなさそうに笑った。「逆上した」彼は言葉を切った。「逆上してつっかかった。悪かった」

わたしは彼をじっと見た。「あなたがここを出ていきたがっていたのは知ってる。だれよりも。もしあなたが奨学金を獲得していたらぜったいしなかったようなことをわたしがしているのを見て、頭にくるのはわかる。でもあなたにはもう、わたしの選択を非難する権利はないよ」いまなら、ほんとうのことを話してくれる？　どうしてわたしに嘘をついたのか教えてくれる？　なぜわたしの心を打ち砕いたの？　どうしてわたしを行かせることができたの？

「わかってるよ、テンリー。わかってる」彼は両手でジーンズにつつまれた太ももをこすり、ほうっと震える息を吐いた。

わたしは暗い空を見あげた。「わたしも悪かった。逆上して子供っぽくふるまってしまって。あの日はすでに二杯お酒を飲んでいて……いつも酔うと怒りっぽくなるの」わたしはそっと笑った。でもすぐにはっとした。「わたしはまるでママのようにふるまってしまった」

「ああ、くそっ、テンリー」カイランドは上擦った声でいった。「ちがう。そんなんじゃない。きみだけのせいじゃない。どちらかといえばおれが悪かった。おれのせいだ。きみが〈アルズ〉で働いているのを見て……キレた」

わたしは悲しい思いでうなずき、両手で太ももをこすった。

「とにかく」彼はいった。「だれもおれたちのことなんて憶えてない。みんなが話しているのは、ゲイブル・クランシーの――」

「メールオーダー・ブライドのこと」わたしは彼と声を合わせた。「うん、そうだって聞いた」

彼の唇の端が吊りあがり、小さな笑みをつくる。自分がそれをじっと見つめているのに気づいて、目をそらした。

沈黙が落ち、カイランドがいった。「もちろん、ゲイブルは彼女が本気で彼を轢き殺そうとしたのか、彼女の義足のせいで車が暴走したのか、迷っている」

笑いがこみあげてきた。「ほんとに？」

彼はうなずいた。「ああ、あいつとはいっしょに働いているんだ。おかげで義足のメールオーダー・ブライドについては、知りたくないことまで知ってしまったよ」

わたしは彼のおかしそうな顔を見て、ほほえもうとした。でも代わりに、懐かしさの大波が押し寄せてきて、溺れてしまいそうだと感じた。目から涙がひと粒こぼれ、指で払い、びっくりしてその指を見つめた。わたしはずっと泣いていなかった。わたしを見たカイランドの顔が、ふいに生々しい苦痛にゆがんだ。わたしはそのときどっとこみあげてきた感情を否定するように、首を振った。喪失の悲しみ。彼を失ったことが悲しかった。すぐ隣に坐っているのに。何年ものあいだ、わたしは怒りに集中し、生き延びて、前に進むことだけを考えてきたせいで、よかったことを思いだすのを自分に許さなかった。でも、ああ、ほんとうは彼をなくしてさびしかった。心が粉々になったにもかかわらず、怒りにもかかわらず、わたしはどうしようもなく彼が恋しかった。マーロは別にして、彼はわたしのすべてだったから。

カイランドがからだを寄せてきた。わたしと目を合わせたまま、彼が近づいてもいいかどうかを無言で尋ねながら。いいわ。でもそう思うべきではなかった。そばに来ないでというべきだった。彼とおなじ空気さえ吸いたくないというべきだった。でもわたしはいわなかった。わたしは彼の目を見つめ、動かなかった。ものすごくゆっくり、彼はわたしに両腕を回した。まるでいまにも逃げだしそうな臆病な動物にするみたいに。そして広い胸に抱きよせた。わたしは嗚咽をこらえて、煙のにおいのする彼のTシャツを握りしめた。わたしがずっと、ずっとこらえてきた涙を流して泣きじゃくるあいだ、彼はずっと抱きしめていてくれた。

わたしたちは永遠にも思える長いあいだそうやって坐っていた。彼の力強い腕につつまれ、耳の下に彼のしっかりした鼓動を感じながら。しばらくして涙がとまってから、わたしは頭をあげ、ふたりの目が合った。「テンリー」彼はささやいた。その声は彼のほかの部分とおなじくけぶり、切望でいっぱいだった。

わたしたちはお互いにあまりにもたくさんのことを話す必要があったし、わたしは彼にたくさんのことを説明してほしかった。ふたりのまわりの空気にはたくさんの感情と、たくさんの答えのない問いかけが渦を巻いていた。でもいまこの瞬間、そういうことすべてはあとでいいと思った。だから彼の唇がわたしの唇にふれたとき、わたしは切なげに応え、からだを押しつけていった。もしかしたら間違っているのかもしれない。もしかしたら……たぶん。彼はためらいがちに舌を入れてきて、半分苦しみ、半分よろこびのうめき声をあげた。わたしは舌を絡ませていって、伸びあがり、彼の短い髪に指をとおした。彼はそっと両手でわたしの顔をつつみ、傾け、キスを深めた。さっき目撃した炎とおなじように全身が燃えあがり、欲望で焦げそうになる。でも火は破壊者だ。火は打ちのめし、見る影もなく焼け焦がす。わたしはからだを引いた。カイランドはがっかりした声を洩らした。彼を見ると、その唇は濡れて赤くなっていた。その目はまるで、山盛りのごちそうを前にした飢えた男のようだった。わたしは目をぱちぱちして、横を向き、呼吸を整えようとした。彼が欲しい。ずっと彼が欲しかったんじゃないの？　どうしてわたしたちのことはなにもかも、ものすごく単純であると同時にものすごく複雑なの？

「カイランド……」そっといった。

「わかってる」彼が応えた。わたしはそれを信じた。自分はよくわかっていないとしても。

「家に帰ってシャワーを浴びたほうがいいよ。それにわたしも……あしたは大事な日だから」

カイランドは一瞬黙りこみ、それからうなずいた。「きみがやっている学校のこと、あれはほんとうに、すばらしいよ」

「わたしがしていることを知ってたの？」

彼はうなずいた。「町で訊いてまわった」

「まあ」

彼はうなじを手でこすった。「もう行くよ。きみを眠らせてやらないと」

わたしはうなずいた。「そうね」

彼は手をとめた。「そうだ」

カイランドは立ちあがった。「行く前になにかあるかい?」

わたしは首を振りながら、前に彼がここまでやってきて、わたしにうちに来ていっしょに寝てほしいといい出せなかったときのことを思いだしていた。カイランドはさみしいのだろうか? なんとなくそんな気がした。でも、いまのわたしは彼になにもあげられなかった。自分があまりにもうつろで、消えない痛みであまりにもいっぱいで。かつてわたしは、彼になにもかもあげたいと思った。わたしの人生も、心も、彼の足元に並べた。でも、いまはできなかった。

「わかった、じゃあ、おやすみ」

「おやすみなさい」彼はわたしから離れて歩いていった。わたしは小さくなる彼の背中を見送った。しばらくしてから立ちあがり、なかに入った。ひと晩じゅう、よく眠れなかった。うとうとしては目覚め、昔のカイランドとわたしの幻があらわれては消え、会話の断片で頭がいっぱいになり、彼のざらざらした手が肌を滑る感触の記憶がよみがえった。ようやく途切れがちに夢を見たときには、トレーラーハウスの窓から夜明けの最初の光が射しこんでいた。

# 25

## カイランド

　窓から朝日が射しこんでいる。まだ早い。きのうは帰ってからシャワーを浴び、寝床についたが、疲れ切っていたにもかかわらず、眠れなかった。ほんとうのことをいえば、テンリーが戻ってきてからほとんど眠れていない。

テンリー。

　心臓がどきりとした。彼女に真実を話す必要がある。ゆうべもう少しで打ち明けそうになったが、タイミングが悪かった。暗闇のなか彼女のトレーラーハウスの前に坐っているときに、ちゃんとした話はできない。それか、おれがただの臆病者だということだろう。だがおれは期待していた。期待せずにはいられなかった。もしおれが謝ったら、もし彼女が真実を知ったら、おれを赦す気になるかもしれないと。

　だがいっぽうで、その嘘が真実とおなじくらい残酷だとしたら、どうやってその嘘について謝ればいいのだろう?

おれは手を頭にやって髪にとおした。

くそっ。

それにあいつ——ジェイミー・キーニー——というささいな問題もある。怒りと嫉妬が体内を駆け巡り、思わず起きあがった。台所に行ってカウンターに寄りかかった。テンリーがいなかったあいだずっと、たぶんほかの男とデートしているだろう、もしかしたらだれかと恋に落ちているかもしれないという考えで自分を苦しめていた。嫉妬で頭がおかしくなりそうだった。彼女がおれを愛していたのは知っている。だがおれはあまりにも壊滅的に彼女を傷つけた。たとえおれを愛していたとしても、彼女が次に行かない理由にはならなかっただろう。また、そうなったらいけなかった——おれは彼女を自由にしたのだから。それは自分で選んだことだ——その結果も甘んじて受けいれる。そうしてきた。四年間近くも。だが彼女がよりによってジェイミー・〝ファッキン〟・キーニーといっしょに帰ってくるとは、予想していなかった。あの日、〈アルズ〉からの帰り道の高速道路で、あいつが彼女のことを助けたのは知っているし、それについては感謝した。だがあいつの父親はきたならしいブタ野郎なのだから、ジェイミーだってどんな人間か知れたものではない。ことによると、いいやつなのかもしれない。それでも、テンリーの学校の建設用地で、あいつが彼女を抱きしめているのを見かけて、考えられるのはただひとつ、山奥には死体を埋めたら永久に発見されない場所がいくつもあるということだけだった。

おれはコンロに火を点け、コーヒー用のお湯を沸かした。沸くのを待つあいだ、ゆうべのことが思いだされた。

テンリーが戻ってきてからのおれはまったくひどかった。彼女に会う心の準備ができていなかったし、こんな状況で……ここで再会するとは、夢にも考えていなかった。まるで逆上した人間、でなければ完全なくそ野郎のようにふるまってしまった。テンリーは自分がおれの計画を台無しにしてしまったことを知らない。なんとか軌道修正する必要がある。

ゆうべテンリーがおれに、彼女を抱きしめ、慰めるのを許してくれたとき、ものすごくうれしかった。もし彼女がおれを赦すといってくれなかったら、どうする？　この四年間の日々は暗く、みじめだった。だがいまの、洗練されて自信に満ちたテンリーを見るだけで、誇らしさで心がいっぱいになる。彼女ならできると思っていた、そのとおりのことをやりとげた。それでも、昔の彼女がどんなふうだったか、昔のおれがどんなふうだったかを思うと、いつもの悲しみとさびしさが胸に湧いてくる。なぜならテンリーの変化をうれしく思い、いまの自分を受けいれてはいても、あのころ、彼女はおれのものだったからだ。あのころ、彼女はその目に信頼と愛情をこめておれを見つめた。あのころ、彼女はおれを求めていた――おれにはなにもなかったのに。あのころ、彼女はおれのために死にものぐるいで戦った。あのころ……。

やめろ、カイランド。いまはいまで、おまえはそれを受けいれるしかない。シャワーを浴びないと。きょうは長い日になる。炭鉱には十時に出社だが、その前に図書館に立ち寄り、とり壊される前にひと目見ておきたかった。きょうか明日にはとり壊しが始まるはずだ。車で前を通ったとき、建設作業員がそろそろ図書館に取りかかりそうな気配だった。あのちっぽけな図書館……テンリーがいなくなってから、毎日のようにかよって席に坐っていた。ただ彼女を近くに感じるためだけに。奥の小さなテーブルに坐って、ひどく苦しんだ。それはおれの当然の報いだった。

＊＊＊

小さな建物のなかに入った。がらんとして――残っているのは壁にボルトで留められている本棚だけだ。数分間、そこに立ったまま室内を眺めた。おれはこんなところでなにをしているんだ？　空気を吸いこみ、いっとき目をとじると、思い出が、楽しいのも悲しいのも、頭のなかを通りすぎていった。背後でカチリという小さな音がして、ふり返った。テンリーがそこに立ち、驚いた顔をしていた。

「おはよう」彼女は戸口をくぐり、ドアを閉めた。

「おはよう」おれはいった。心臓の鼓動が速まる。ジーンズとサンディエゴ州立大学のロゴのTシャツを着ている。髪はポニーテールにして、ほつれた毛がふんわりと垂れている。

テンリーは世界一きれいな女の子だ。おれにとってはずっとそうだった。これからもずっと。

彼女を見つめていると、ゆうべふたりのあいだのなにかが動いたのがわかった。テンリーはまだ警戒しているが、その目の表情も優しくなっている。希望が湧いた。

「すまない」いいながら、彼女のほうに一歩出た。「ここにいたらいけないなら、すぐに――」

「ううん、だいじょうぶ。作業員が来るまでにはまだ一時間以上あるから。わたしはただ」テンリーは唇を噛んで、一瞬おれから目をそらした。「わたしはただ、ここがとり壊される前に少しここにいたいと思って」

おれはうなずいた。「おなじことを考えていた」

おれたちは数秒間見つめあい、テンリーとおれがおなじ部屋にいるといつも生まれるエネルギーが空気に満ちた。彼女はうなずき、おれのほうに歩いてきた。

「コンタクトレンズにしたんだな」おれはそっといった。

彼女は驚いた顔をした。「そうよ。どうしてわかったの？」

おれは手で髪をかきあげた。「いつも目を細めていた。それで部屋の向こうからおれを見ているのがわかった」

テンリーはほほえんだ。「なんだ。だれも気づいていないと思っていたのに」

きみのことならなんでも気がつく。おれはきみとひと言も話していないうちに、半分恋に落ちていたんだ。

「そうだ、きみの声、というか訛りも、もとに戻ったな」

彼女は小さく笑った。「姉にもおなじことをいわれた。わたしのからだが、自分はケンタッキーガールだと思いだすのにあまりかからなかったみたい」

おれのケンタッキーガール。

彼女は深く息を吸ってふり向き、本棚に手を滑らせた。「この場所がさびしさをかなりまぎらわしてくれた」その表情は悲しそうだった。

おれも大きく息を吸った。「おなじだ。きみがいなくなったあと、おれは……よくここに来ていた」

テンリーがおれを見た。その顔に驚きが広がる。首をかしげた。「ほんとに？」

「ああ」

「なぜ？」ささやくような声。

「なぜなら、きみがいなくてさびしくて、死にそうだったからだ」おれは認めた。

彼女は大きく目を見開き、息をのんだ。「ほんとに？」

「ああ、そうだ」いったん言葉を切った。「そうだ」くり返し、つかの間、あの苦痛の記憶が押し寄せるのを許した。

テンリーは唇を噛み、眉根を寄せてかすかに顔をしかめ、本棚を指でなでた。

「ジョーイはおれの子じゃないんだ、テンリー。その可能性を疑ったこともなかった」思わず打ち明けていた。

彼女の指の動きがとまった。「知ってる」

おれは一瞬凍りつき、大きく息を吐いた。「シェリー？」

「そう。きのうここに来たの」

両手をあげて頭のうしろで手を組んだ。意外とはいえない。シェリーにはテンリーに話せといわれていた。だから話すつもりだった……。「きみにはおれが自分でいいたかった。ただ……いいころあいを見計らっていたんだ」

テンリーはさっと両手をあげて、おろした。「『じつは残酷な嘘できみの心を打ち砕いたんだ』と打ち明ける〝いいころあい〟っていつ？」彼女が訊いた。

「そうしなかったら、きみは行かなかっただろう、テンリー。奨学金を断ってここに残った。おれはきみにそんなことをさせるわけにはいかなかった。どうしても」

「ほかにもやり方はあったでしょ」

「あったかもしれない。あのときは考えられなかった。きみがここを出ていって二度と振り返らないほかの方法は、あれしかないと思った」

テンリーは鼻を鳴らした。「そう、それがうまくいったのはたしかね」いったん目をそらし、またおれを見た。「どうしてわたしといっしょに来られなかったの？　来たくなかった？　つまり、あのとき……あなたはわたしを欲しいと思っていたの？」

彼女は泣きだしそうに見えた。おれは彼女に近づいた。

「できなかった。そうしたかった。ああ、そうしたかったよ。だが不可能だった」

「なぜ？」その声はささやきのようで、悲しみが滴《したた》っていた。

おれは彼女にからだを寄せ、すぐそばに行った。初めて彼女にキスをした、初めて彼女の甘い唇を味わったあの日とまったくおなじように。「なぜならおれは、きみのためにもっと求めていたからだ」そういって、これ以上追及しないでくれるよう願った。これ以上話すつもりはない。残りはおれのものだ。これからもずっと。テンリーは肩を落としたが、目はそらさなかった。

数秒間、おれたちのあいだにあるのは沈黙だけだった。

おれは書架を見あげた。かつてふたりで読み、互いに小さなラヴレターをはさんだ本が、かつてここに並んでいた。あれはラヴレターだった。少なくともおれにとっては。「ここで、おれはきみと恋に落ちたんだ」テンリーは目を大きく見開いた。「きみがいなくなってから、ずっと考えていた。おれがきみに心を奪われたのは、いつだったんだろう？　そのとき……その場所が、なにか大事なことであるかのように。それがわかれば、少しでも理解しやすくなるかのように。そしてつきとめた――ここだったよ。まさにここだ」愛と苦しみがいっしょくたになって喉にこみあげ、おれの声は低い、かすれたささやきになった。「おれはまっさかさまに恋に落ちたんだ、テンリー。この本棚の前で。おれはきみに心を捧げた。だがきみはこの部屋にもいなかった」彼女のうなじの髪に指をとおした。テンリーは一瞬目をつぶり、あえぎのようなため息をついた。「おれはひどくしくじったし、きみを深く傷つけた。でも――心を返してほしいと思ったことはない。それに、ああそうだ」ゆっくりと首を振り、さらにからだを寄せて、彼女に押しつけていった。テンリーはおれを見あげ、唇を開きかけた。「いつかまた、きみが欲しいといってくれるのを願っている」

おれの顔を見つめる彼女の大きな目は、なんと呼べばいいのかわからない感情を湛えていた。「なにを考えているのか、教えてくれ」懇願した。

テンリーの唇が開いたが、言葉は出てこなかった。咳払いして、ようやく話したとき、その声はささやきだった。「わたしがいま考えているのは、最初にわたしたちがこんなふうにここに立ったときとおなじこと。あのときも、『ああ、この男の子にキスしてほしい』と考えていた」

心臓が一瞬とまり、胃が張りつめ、とてつもない熱と彼女への激情でからだが息を吹き返し、燃えあがった。背をかがめて唇を重ね、舌で彼女の唇をこじあける。温かく湿ったなかに舌を挿し入れた瞬間、原始的なうめきがこみあげ、彼女を強く本棚に押しつけた。コーヒーとチョコレートとテンリーの味。彼女が喉の奥から洩らした小さなかすれた声に、からだがかっと熱くなる。彼女の下腹部にあたったものがずきずきとうずく。

唇を放し、喉をおりていくと、テンリーは頭をそらした。首のつけねの脈打つ部分をなめ、そこに唇をつけた。

「きみはおれの魂を突き刺す。おれの半分は苦悩、半分は希望に占められている。どうかいわないでくれ、遅すぎたなどと。あの大切な思いは永遠に消えてしまったなどと……おれが愛したのはきみだけだった」彼女の肌に唇をつけてささやいた。きっと憶えているはずだ。

彼女のからだはとまり、だが脈は速まった。おれはそのにおいを吸いこんだ。

ああ。

ふたたび自分を抑えようとした。ゆうべのキスを別にすれば、女性にさわったのはテンリーにさわって以来四年ぶりだ。彼女のそばに近づくたびにからだはこうして反応する。

「テンリー」彼女の首につぶやいた。

彼女はおれの髪に指をとおし、頭を引き起こして目を合わせた。「わたし、なにをしてるの、カイ？　わたしはなにをしているの？」まるで自分にいっているようだった。

「わからない。おれは……ふたりでなにかに向かっているんじゃないかと？　あまりにもいろいろ……おれはきみがくれるものならなんでもいい、テンリー。なんでも」

おれの顔を見たテンリーの顔には、悲しげな表情が浮かんでいた。「わたし……わからない……そんなことができるかどうか」

おれは彼女と額を合わせ、ふたりともしばらく息を整えた。「ジェイミーのせいか？」どうしても知りたかった。彼女がおれとやり直す気になれない理由のなかに、あいつがいるのかどうか。

「ジェイミーがどうしたの？」

おれは息を吐きだし、背筋を伸ばした。「彼はきみの恋人じゃないのか？　つきあってるんだろう？」

テンリーは一瞬、眉根を寄せて、噴きだした。「まさか。ジェイミーはゲイなんだよ、カイ」

「そうなのか？　なんだ」

おれは顔をしかめた。「そうよ」

まあ、それはよかった。いい知らせだ。

「つまり彼とはつきあっていない」

「え……ないよ。この前たしかめたときには、わたしは女だったもの」

おれはふくみ笑いを洩らした。「ああ、きみは間違いなく女だよ」

テンリーは純粋におもしろがっているように顔をほころばせた。心臓がどきっとした。おれはこの笑顔が大好きだった。この笑顔をもう一度見たくてたまらなかった。この笑顔に焦がれていた。

「それにすごくきれいだ」おれはささやいた。

たぶん顔に内心の切望があらわれていたんだろう、彼女は目を瞠り、ほほえみが消えた。彼女が身を乗りだし、おれがかがむ。今度のキスは歯止めがきかなかった。頭のなかの雑音がぱちぱちいう。

テンリーが本棚に寄りかかり、片脚をおれの腰にかけて、おれのものをぴったり自分の脚のあいだに押しつけた。おれは低いうめき声をあげ、やわらかいところに自分のものをうずめた。ああ、すごくいい。心臓が早鐘のように打っている。

とつぜん、まさぐる手と、あえぐ息と、こすれるからだが熱狂し、貪欲になり、手がつけられなくなった。

　Tシャツの上から彼女の胸をつつみ、親指で円を描くように乳首を愛撫すると、彼女は声をあげ、手を下にやっておれのジーンズのジッパーをおろした。彼女の手がむき出しのものを握り、おれは息を吸って、腰をつきだした。「テンリー、ファック、ああ」うめき声をあげた。

　テンリーの目は大きく見開かれ、欲望に満ち、その唇は開いていた。その瞬間の彼女の顔の美しさに、おれは思わず見とれた。

　彼女は靴をぬぎ、ジーンズのジッパーをおろして下着といっしょに引きおろし、すばやくぬぎすてた。おれに両腕を巻きつけ、また片脚をあげる。おれたちは深く、無我夢中のキスをした。おれは唇で彼女の首、あご、唇とたどり、唇の端を軽く嚙みながら、入口にあてがい、いっきになかに入った。唇と唇が離れ、目と目が合い、その瞬間、彼女が切ない声をあげた。おれは歯を食いしばり、きつくてたまらなく気持ちいい彼女のなかにつつまれた。テンリーのなかにいる。胸でよろこびが爆発し、おれは動きはじめた。彼女はまた声をあげ、うしろの本棚にそらした頭をつけて、あえぎながらささやいた。「そうよ、そう」ゆっくりいこうとした。ほんとうに久しぶりだ。彼女の脚のあいだに手をやって愛撫しながら、うめく彼女の喉に口をつける。

「くそっ、テンリー、すごくいい」そういってすぐに快感が高まって渦を巻き、きれぎれのうめき声を抑えきれなかった。指の動きを速める。ものすごく濡れてる。おれは顔をあげて彼女の目をのぞきこんだ。声が大きくなる。「カイランド、わたし……わたし……」喉がつまったような声。

「そうだ、テンリー、そうだ」次の瞬間、彼女はおれのものを締めあげ、頭をそらして声をあげた。

「いきそうだ」おれはあえぎ、最後にもう一度彼女のなかに突きあげて、いった。叩きつけるようなものすごいオーガズムに、彼女にかぶさるように前のめりになってわけのわからない言葉をつぶやき、歓喜の波が腹を、脚を、つま先まで打ち寄せるのを感じた。

おれたちは数分間そのままで、ぜいぜいと息を切らしていたが、やがて現実が戻ってきた。おれはわが家に帰ったように感じていた――完璧だ。身を引くと、テンリーはジーンズを拾ってはき直し、靴をはいた。おれは自分のものをジッパーのなかにしまった。テンリーはほおを赤らめ、顔をあげたとき、かすかに動揺しているように見えた。おれはそっとほほえみかけ、身をかがめて彼女にキスして、ポニーテールからほつれて顔にかかった髪を払った。

「たぶん……ふたりとも発散する必要があったのよね」テンリーは静かな声でいって、横を見た。

おれは首を振った。「おれにとってはそんなものじゃなかったよ、テンリー。そんなものより大きなことだ。きみにとってもそうだったといってくれ」

彼女はおれと目を合わせて、ほうっと息を吐いた。そしてうなずいた。「わたしにとっても大きなことだった」静かな声でいった。彼女は自分の言葉に葛藤している様子だったが、おれの胸のなかで希望がふくれあがった。

そとで車がとまる音がして、ふたりとも少し驚いた。「たぶんジェイミーだと思う」彼女はいった。「仕事の前に寄るっていってたから」

おれはうなずき、ジェイミーがただの友だちだという事実に、安堵していた。

テンリーがおれから離れた。

「おれももう行かないと。仕事なんだ。だがあしたまた、寄ってもいいか?」期待をこめて訊いた。「いってくれ、テンリー。どうしたらいいか、きみのいうとおりにするから」

彼女はうなずき、唇を嚙んだ。「どうして炭鉱で働いているの?」出しぬけに訊いた。

おれは一瞬、ためらった。「どうしてかって? 働かなきゃいけなかったし、それしか仕事はなかったからだ」嘘だ。

テンリーは唇をすぼめて、首を振った。「わからない。あなたは出ていくといっていた。二度とふり返らないと。もしジョーイがあなたの子どもじゃなかったのなら、あなたがその嘘をついたのはわたしを出ていかせるためだったのなら、なぜここにとどまったの？」

脈が速まる。自分の名前さえ思いだすのがやっとという状態なのに、筋のとおった答えを考えなければならないのか？「それがいちばんよかったんだ。やっぱりデンヴィルは故郷だと思った。だからとどまることにした。それだけだ」彼女は納得していないようだったが、なにもいわなかった。「もう行くよ。遅刻だ」おれはいった。

テンリーはうなずいた。「わかった。じゃああとで」

「ああ」おれはいった。四年ぶりに希望を感じていた。

「気をつけてね」

おれはほほえんだ。「ああ、きみも、テンリー」おれは彼女にキスしなかった。彼女は葛藤しているようだった。だが彼女から目を離せなかった。離れたくない。昔とおなじだ、行きたくなかった。おれは後じさった。ドアのところまで来て、背中で押しあけて、にっこり笑った。彼女もほほえみを返してくれたが、まだ警戒しているようだった。ドアがしまった。そとでは、ジェイミーが車のなかに坐ったまま携帯電話でなにか話していた。おれは彼に軽く手を振り、トラックに乗りこみ、車を出した。

運転しながら、テンリーにさわったこと、テンリーのなかに入ったことで、胸の内に陶酔《とうすい》が広がるのを感じた。指は彼女の甘く濃厚なにおいがした。さっきいったことで、おれがいまも彼女を愛している——ずっと愛していた——と伝わるといいのだが。まだどう転ぶかははっきりとはいえないが、ようやく希望が——この四年間ひと筋も見いだせなかったものが——出てきた。

# 26

## テンリー

　カイランドが図書館から出ていったあとも、わたしはその場に立ちつくしていた。どう考えたらいいのか……どう感じたらいいのか、わからなかった。わたしはいったいなにをしているの？　わたしたちはいったいなにをしているの？　わたしはほんとうに、またカイランドとどうにかなる可能性を考えているの？　もう一度彼を愛することになってもいいと思っているの？　というか、ほんとうに愛するのをやめていたの？　ほんとうにたったいま、下着をぬいで、図書館の壁にもたれて、彼とはげしいセックスをしたの？　わたしはうめき声をあげ、額に手をやった。どうしたらいいのか、わからなかった。

　図書館のドアがあいて、ジェイミーが入ってきた。「おい、だいじょうぶか？　吐きそうな顔をしてる」

小さくうめいた。「そうよ。あいにく、この病気には薬が効かないの」

「ヘロインは痛みを消してくれると聞いたよ」

「やめてよ、ピルビリー。まだ違法な自己治療をするつもりはないから。いっておくけど、いまの文で重要なのは〝まだ〟よ」

「そうか、その気になったらいってくれ。どん底通りと皮膚潰瘍街の角で待ってるよ」

わたしは小さく笑った。

彼はわたしが立っているそばに来て、本棚に寄りかかった。「カイランドか？　出ていくのを見たよ」

「うん」わたしは息を吸いこみ、まっすぐ前を見た。少しして、彼のほうを向いた。「彼に心を打ち砕かれたあとのような思いを、もう一度するのは無理なの」わたしはいった。「それに彼がまたわたしから離れていかないとも信用できない。いろいろなことが」わたしは顔をしかめて唇を噛んだ。「よくわからない。彼はわたしになにか隠しているように感じる」わたしが炭鉱のことを尋ねたとき、彼の顔は翳《かげ》り、その答えはどこか決めてを欠いた……わたしははっとして、自分がなにをいっていたか、思いだした。「もしそうなら、どうしてまた彼とやり直そうと思える？」

「ああ、だがやってみないと、わからないよ」

「そのほうがいいのかも」

「そうかもな」彼は肩をすくめた。「その決断をくだせるのはきみだけだよ」

「あなたが決めてくれるのを半分期待していたのに」

ジェイミーはくすくす笑った。「ぼくはアドバイスを求める相手としては最悪だ。子どもが恥ずかしい、手術不能な〝病気〟をもって生まれたと思っている両親をどうするかという悩みなら話は別だが。それならぼくは知恵の宝庫だ」

彼のために胸が痛んだ。その肩に手を置いた。「お母さんはまだ無視をやめてくれないの？」

「ああ」彼は打ちひしがれていた。「父はそんなもんだろうと思ってた。なんであれぼくたちの意見が一致したことなんてなかったから――たいして親しくもなかったしな。彼に認められるようなことをしたこともない。だからこれにかんしても、受けいれてくれるとは思ってなかった。でも母さんは、いつも仲がよかったのに。だからもしかしたらと……期待して……」彼は最後までいわなかった。

「わかるよ、ジェイミー、かわいそうに」

「父は心底くそ野郎だからな、いろんな意味で、きみも多少は知ってのとおり」彼はわたしをちらっと見て、すぐに目をそらし、唇を引き結んだ。「父のきみのお母さんへの態度。だれにたいしても変わらない。従業員、家族、だれでも――自分の目的のための手段なんだ」

「あなたに会うまで、わたしはそういうふうに考えたことなかった」わたしはいった。「彼がわたしたちをごみのように扱うのは、わたしたちのことをそう思っているからだと——つまりわたしたちは彼とは別のカテゴリーに属する人間だと思っていた」

ジェイミーは首を振った。「ちがうよ。ぼくは父がきみに奨学金について知らせにいくとき、どんな態度をとるか心配だった。きみがまた……父を自宅に迎えてどんな気分になるかと、それも心配だった」彼はわたしをちらっと見て、また目をそらし、正面の壁を見た。彼は父親が少しも感じたことのない恥を感じている。ジェイミー。

「いいのよ。彼はべつに個人的に訪ねてはこなかったから。発表は全校集会でみんながいる前だったの」

彼は一瞬とまどった顔をした。「そうだったのか。父はいつも、学校での発表の前に奨学生の家を訪問して、直接授与していたから」彼はしばし考えこんだ。「もしかしたら父にも多少は礼儀があって、きみんちのトレーラーハウスを訪ねるのはやめたのかもしれない」

「うん、そうかもしれない。とにかく、そんなのは大昔のことだから」わたしは首をかしげた。「ひとつ訊いてもいい?」

「ああ、もちろんだ」

わたしは下唇を噛みしめた。「炭鉱でカイランドを見たことがある？　つまり、彼は地下でだいじょうぶそうに見える？　訊いてもちゃんと答えないのよ」

「正直いって、ぼくは地下の炭鉱作業員たちとはほとんどかかわりがないんだ。だが会社で聞く噂では、彼は新しい安全策の導入に成功したらしい。もっとも彼がそれを自分の手柄にしたわけじゃない。だがみんなその話を知っている。ほかの炭鉱作業員たちからも好かれている」

「地下にもぐったことある？」

「まさか、ないよ」ジェイミーは身震いした。「ぼくにはできない」

わたしはしかめっ面のままでうなずいた。あなたはどうやってもぐっているの、カイランド？　どうやって来る日も来る日も、自分自身の地獄におりていっているの？

おれは地獄に落ちている。毎日。きみのために。

わたしのため……。

物思いは、おもてにトラックが到着した音で中断された。

「じゃあ」ジェイミーがいった。「もう行くよ。あとで電話をくれ、それか会いにきてくれてもいい」

「どん底通りと皮膚潰瘍街の角に？」

「そうだ」彼はウインクした。

わたしは笑った。「来てくれてありがとう」

ジェイミーがいなくなったあと、わたしはあらためて小さな部屋を眺め、目をとじて、最後にもう一度、埃っぽいにおいをかいだ。やっと気が済んでから、図書館を出て、ドアをしめた。

＊＊＊

バーカウンターでマーロの隣のスツールに坐ると、姉はひどく落ちこんだ様子でこちらを見た。「なにがあったの？」

「サムよ」

「サムがなにをしたの？」

「プロポーズしてきた――また」

「わあ、ろくでもない！」

「なんにするんだ？」アルが、ほとんどお客の坐っていないカウンターの端からわたしに叫んだ。

「ダイエットコーラにライムをお願い」わたしも声を張りあげた。マーロがわたしに電話をかけてきて、彼女の昼のシフトが終わったあとで〝悲しみをまぎらわす〟ために、シフトの一時間前に来てほしいといった。そのときはなんのことかわからなかったけど、こういうわけか。

「つまり邪悪男のサムが、一生愛情をそそぐことを許してほしいと、姉さんに頼んできたというわけね。そんなサムを追跡してつかまえるために、熊手をもった仲間たちを集めるとしたらどれくらいかかる?」

マーロは大きく息をついて、わたしの隣の席に坐った。「ハハハ! いいよ、笑いものにすれば。わたしは彼に、ぜったいに結婚しないっていってやった。いったのよ、でも彼はあきらめようとしない。わたしの人生を生き地獄にしてる」

わたしはスツールを回して姉のほうを見た。「彼を愛していないの、マー?」

マーロはまっすぐ前を見ていた。「そりゃ、少しは愛していると思う。少しよ」

「わお。ロマンスがすごい」わたしは目を天井に向けた。「あんまりのろけてわたしを仰天《ぎようてん》させないでよ、シェイクスピア」

マーロは小さく笑った。「まじめな話、聞いてよ、テンリー。わたしは結婚したくないのよ。やっと快適で安心できるようになったのに、結婚は変化をもたらすでしょ。彼のことを信じていいのか自信がもてない。彼のことを愛して、それから捨てられるのはいやなの」姉は悲しそうにいった。「それに男はみんな、こっちが愛しているとわかったら、捨てていくのよ。そうでしょ」

わたしはアルがもってきてくれたコーラを飲んで、お礼代わりに彼にうなずきかけた。「マーロ、わたしが思うに……」わたしはサムの顔を思い描き、唇を噛んだ。彼はいつも、マーロのことを崇拝の目で見つめている。「サムはあとなにをすればいいの？　だって、彼はもう四年以上ずっと思ってくれていて、けっしてあきらめなかった。率直にいえば、彼があきらめないのが驚きだよ。だってこんなに面倒なんだから」

マーロは眉根を寄せたけど、それからふっと笑った。「そうね、たしかにいうとおりだよ。でも……あなたは赤ちゃんだったから憶えていないだろうけど、わたしはパパが出ていったときのことを憶えている。わたしはパパを愛してたんだよ、テンリー。わたしが初めて愛した男の人だった。でもパパは出ていって、わたしにさよならさえもいわなかった。これまでずっと、わたしたちの様子を見にきたこともない。一度も。わたしが愛について知ってるのはそういうこと」悲しそうに首を振った。「そしてそんな目に遭ったのに、わたしは性懲《しょうこ》りもなく、ちゃんとわたしを愛してくれる人がいるはずだと思っていた。それでどうなったかは、知ってるでしょ」

「知ってるよ！　結婚してくれと懇願する、善良でまともな男の人と出会ったんでしょ」わたしはため息をついた。「がっかりさせられたひとりかふたりを基準に、男の人全部がだめだとは決めつけられない。パパの場合は、あなたのせいではないし。でもあのドナルドは、もしかしたら彼は信用ならない人間だというしるしがあったかもしれない。あるいは、姉さんが彼のことをよく知る時間をかけなかったのかもしれない。いっておくけど、姉さんのいうことにも一理ある。それはわかってる。わたしがわかってるのは知ってるでしょ。カイランド……ずっと彼がしたことが理解できなかった。いまでも、嘘をつかれたことがつらくてたまらない。わたしが知っていた彼は自分のことなど顧みずに、いつも人のために行動していた。それなのに……」わたしは首を振った。「でもサムは、サムは善良な心から、人びとの歯を治したいと思ってアパラチアに引っ越してきた。彼がなにをしたというの？　姉さんのことを宝物のように扱って、わたしたちのママの医療費を援助してくれた以外に。まったく、男の人が姉さんに、自分は信用できる男で、善良な人間で、姉さんを愛していると証明するには、あとなにをしなくちゃいけないわけ？」

マーロは自分の爪を見つめた。「それがね、じつは、わたしたちの喧嘩のもうひとつの原因だったの」姉は顔をあげて、わたしを見た。「どうやらサムはわたしたちのママの医療費を支払っていないようなの。ほんとうはそんなお金をもっていないんだから。貯金はすべて、ここに引っ越して診療所を開くときにつかってしまった。それに彼が診療費の代わりになにをもらっているか、知ってるでしょ？　二回に一回はコーンブレッドや罠にかかったマスクラットよ」姉は首を振った。

「え？」わたしはささやいた。「それならだれが……だれが払っているの？」わけがわからない。いったいどういうこと？

マーロは首を振った。「サムはいおうとしないの。名前を出したくないだれかとの取り決めだといって。つまりあの人はいままで嘘をついていた。だからわかるでしょ、サムは嘘をつける――たとえそれが、わたしたちのための嘘であっても。これからもどんな嘘をつくのか、わかったものではないわ。それなのにわたしにプロポーズするなんて、あつかましいと思わない？」

ああどうしよう。わたしは愕然《がくぜん》とした。

「わたし行かないと」席を立ちながらいった。「ああどうしよう、マー、わたし行かないと」

「待ってよ。どうしたの？　どこに行くの？　まだわたしの話は終わってないのに！　サムはあと一時間は迎えに来ないし。サムよ。嘘つきの、しつこいサム」

「愚痴《ぐち》はサムに聞いてもらって」わたしは震える声でいうと、財布から二ドル出してバーカウンターに置いた。マーロがサムに迎えに来させるのなら、それほど怒っているはずがないとわかった。ただ安心を求めているのだ。

「おまえの金は受けとらないよ」アルはいったけど、わたしの置いたお札をチップの瓶に入れた。

わたしはマーロに向き直り、その肩に手を置いてかるく揺すった。

「なにをしてるの?」からだといっしょに、声も揺れた。

「揺さぶって分別を教えこもうと思って」わたしはいった。

「待って、そっちでしょ、モットーを――」

「わたしのモットーなんてどうでもいい。あなたのモットーも。サムと話しあって、マー。彼に説明させて。彼の話を聞いてあげて、そんなに頑固でいるのはやめて。サムはあなたを傷つけるかもしれない。でも傷つけないかもしれない。わたしはサムのほうに賭ける。そしてわたしは世界じゅうのだれよりも、あなたを愛している。わたしはずっと姉さんの味方だよ。過去に囚《とら》われるのはやめて――目の前にあるものをよく見て」わたしは肩から手を放し、マーロをぎゅっと抱きしめ、ぽかんと口をあけている姉のほおにキスをした。「目の前にあるものをよく見て」店を出ると走って車に乗りこみ、猛スピードで駐車場をあとにし、高速道路に乗った。むりやり数回、深呼吸した。ハンドルをぎゅっと握りしめたまま、考えを整理しようとした。

ああ、カイランド。

真実が胸を衝き、涙がこみあげてくる。弱々しく、息苦しく感じる。ああそんな。そんな。

カイランド、なんて愚かで、誇り高く、美しく、無私な人。

嗚咽がこみあげてきたけれど、こらえて、もう一度リラックスしようとした。

わたしは合っていた。やっぱり合ってたんだ。とつぜん、すべてのピースがぱちぱちとはまりはじめた。すべて――

山道に入る交差点を曲がったところで、車のエンジンがプスプスと音をたてて、がくんと揺れたかと思うと、とまってしまった。わたしはいらだった声をあげ、なんとか車を路肩に寄せた。イグニッションのキーを回したけれど、エンジンはかからなかった。頭をハンドルにつけて、何度か軽くぶつけた。しかたない、車の運はここまでだ。わたしは心臓をどきどきさせながら、車からおりて駆けだした。

あの日のようだ。あの日わたしはこの坂を駆けのぼり、心臓をどきどきいわせて、胸はカイランドへの愛で張り裂けそうだった。

あの日わたしが腰掛け、あのばかばかしいリストを書いた岩を見て、うめきながら通り過ぎた。

カイランド。カイランド。カイランド。

なにをしたの？

いったい、なにをしたの？

おれは地獄に落ちている。毎日。きみのために。

# 27

## カイランド

玄関ドアをバンバン叩く音がしてはっとした。なんだ？ どうせ山の住民のだれかだが、なぜこんな乱暴にノックするのか、わけがわからない。おれは書類を置いて部屋にシャツをとりにいこうとした。シャワーのあと、ジーンズしかはいていなかった。だがノックがもっとはげしくなり、おれは小声で悪態をついてドアに向かった。あけると、驚きが待ちうけていた。テンリーがそこに立っていた。見るからに息を切らしている。黒っぽいジーンズに襟ぐりの深い白いセーターという恰好で、谷間も見えた。朝からのどこかで着替えたのだろう。きれいだった。おれのからだはすぐに反応した。だが彼女の目を見ると、見る見るうちに涙でいっぱいになり、その瞬間おれの血は冷え、一歩前に出た。彼女は片手をあげて、大きく、震える息を吸った。

「あなたが奨学金を獲得した」テンリーは首を振った。「わたしじゃない。あなたが選ばれた」

おれは凍りつき、一瞬息ができなかった。おれたちはしばらくただ見つめあっていた。ようやく、声が出た。「どうしてわかった?」

彼女はドア枠に力なくもたれた。いまにも泣きだしそうに顔をゆがめている。「あなたがいまいったから」

おれはなんといったらいいのかわからず、彼女を見つめた。いまさら否定してもしかたがない。

くそっ。彼女はけっして、知るはずじゃなかったのに。永遠に。

両手をポケットにつっこみ、彼女が気持ちを落ち着けるのを見守った。やっと彼女は口を開き、簡単にいった。

「なぜ?」

おれはあたかも簡単なことのように、肩をすくめた。なぜなら突き詰めて考えれば簡単なことだからだ。「なぜならおれはどうしようもなくきみを愛していたから。いまでもそうだ。きみをここに残していけなかった」

＊
＊
＊

# 四年前

「カイランド・バレットさん?」ぼくは汗ばんだ手をジーンズにつつまれた太ももで拭いて立ちあがった。

「そうです」勢いこんでいった。

金髪のロングヘアの若い秘書はぼくの全身を眺めてほほえんだ。この高級そうな、一分の隙《すき》もないデザインのオフィスで、ひどく場違いな服装だった。淡い灰色のソファーに腰掛けるのが心配だったのは、よごしてしまうんじゃないかと思ったからだ。でもだからといって、どうしようもなかった。ぼくのもっている服はどれも古くてくたびれ、学校に行くときだけでなく、屑鉄《くずてつ》を集めたりアナグマの罠を仕掛けたり自生するブドウを摘んだりするのにも着ていくのだから……。

「ミスター・キーニーがお会いになります」秘書はいって、張りつめたほほえみを向けてきた。

「ありがとうございます」

彼女は長い廊下を先にたって歩いていった。左右に腰を振りながら。毛足の長い灰色の絨毯《じゅうたん》のおかげで足音はまったくしなかった。白くきれいな壁には、たぶん炭鉱の初期のころの炭鉱作業員たちの古い白黒写真が飾られていた。つなぎを着て、炭塵で真っ黒な顔をほころばせて入口に立っている。地下から出てきたところらしい。

秘書は廊下の奥のドアの前で立ちどまり、ドアを開いて、入るようにと促した。ぼくはうなずき、彼女の横をとおってエドワード・キーニーのオフィスに入った。ドアがやわらかなカチッという音とともにしまった。

「きのうの夜、奨学金についてなにか質問をしわすれたのか？」エドワード・キーニーはそういって、ゴルフクラブで床のボールを打った。ぼくはボールが緑色のマットの上を転がっていって、端の穴にカランと落ちるのを見守った。咳払いした。

「そうです、サー」彼はぼくのほうを向いて、ゴルフクラブにもたれた。「その、申し訳ありません。ゆうべの訪問は思いがけないことで、心の準備ができていませんでした。奨学金授与を伝えるために、あなた直々にぼくの家にいらっしゃるとは知らなかったので、はっきりと考えていませんでした」

彼は太く黒い眉根をひそめた。「なにをはっきり考えていなかったんだ？」

「ぼくは受けとれないということです。ほかの人に譲りたいと思います」

彼は笑った。驚いたような、鋭い笑いだった。「なぜそんなことをするんだ？」

ぼくは手で髪をかきあげた。「ぼくなりの理由があります、サー。でももしぼくが獲得したのなら、ぼくが選んだだれかに譲ることも可能だろうと思って」

前の日の夜にエドワード・キーニーが訪ねてきたときは、あまりの驚きで言葉も出なかった。彼が自分で奨学生に結果を知らせにくるとは知らなかった。ぼくは準備ができていなかった。だが彼が帰ってすぐに、黒っぽい高級車がうちの前からいなくなってすぐに、ショックから立ち直り、いわなければならない言葉を考えた。それでここに来た。

エドワード・キーニーはふくみ笑いを洩らし、自分の机のところに歩いていった。寄りかかり、がっしりした胸板の前で腕組みをした。彼は無言で、ぼくたちはにらみあった。かなり白髪交じりの黒髪は、頭の横にまっすぐ張りついている。そのスーツは見るからに高級そうな注文仕立てで、その靴は高反射ミラーのようにぴかぴかに磨かれている。ぼくは背筋を伸ばし、目をそらさなかった。彼は目を細めたが、ぼくを見るその目に、なにか思いあたったような表情が見えた。

「奨学金を譲ることはできない。きみはコロンビア大学に入学を許可され――承諾した。きみが獲得した奨学金は大学に支払われることになっている」

ぼくは目を閉じた。コロンビア大学。一瞬、強烈な切望に押しつぶされそうに感じた。だがそのとき、殴られて目にあざをつくったテンリーの顔、打ちのめされたようなまなざしを思いだした。そしてどこかの名前も知らないトラック運転手にレイプされて妊娠したと打ち明けたときの、シェリーの打ちひしがれた表情も。この町は男に厳しい、だが女にはもっと厳しい、それは単純な真実だ。ぼくがテンリーを連れていくことはできない。飛行機のチケット代も、アパートメントの家賃もないのだから。あっても何食分かの食費くらいだ。もしぼくが四年間町を離れて大学の学位をとったとして、そのあいだテンリーはどうなる？　こういう炭鉱の町に住むたいていの人間のように、挫折が彼女の一部になるのか？　貧しさがゆっくりとあの美しい心を削りとっていく？　ぼくが心から愛する女の子の美しい心を？　ぼくが守ってやれないのにどうして彼女をここに置いていける？　だめだ。耐えられない。

「お願いです、なにか方法があるのでは？　譲渡を可能にする書類とか？　ぼくが選ばれたことはまだだれも知りません。できるはずだ。譲りたい相手も最終選考に残っていました。テンリー・ファリンです」

エドワードは頭を傾げ、下唇に歯をあてて動かしていた。「わたしはきみの住んでいるところを見た。どんな暮らしぶりかもわかる。わたしもきみとおなじような家の出身だ。あそこにかかっている写真」彼は壁にかかっている、小さな、倒れそうな小屋の写真を指差した。「あれはわたしの生家の写真だ。人生のすべてを必死に戦って勝ちとらなければならなかった。きみもそうだろう。わたしはなにがあっても戦いを捨てなかった。だれのためにもだ。とくにどこかの女のためなんて」

ぼくたちはおなじじゃない。あんたとぼくは。まったくちがう。

「彼女はどこかの女じゃありません、サー。そんなんじゃない。ぼくには、彼女はすべてです」

彼は笑ったが、その笑いは冷たく響いた。「そのようだな」彼はしばらくぼくを観察してから、続けた。「きみとちがって、わたしはただでなにかする人間ではない。だからこの机のこちら側にいるんだ」そういうと、大きな机を回って、象嵌細工《ぞうがんさいく》をほどこした革の表面にさわった。「そしてきみはそちら側に立ち、二年前に捨てるべきだった靴をはいて、わたしに頼みごとをしている。それはわたしが現在の地位についたやり方ではない。わたしはなにもただで与えることはない。わかったか？　もしわたしが頼みを聞くなら、その補償はしてもらう」

「あなたは毎年この寛大な奨学金の運営をしている。それは――」

「広報活動だよ。タイトン石炭はデンヴィル炭鉱の崩落事故でダメージを受けた。こういう活動が人びとに忘れさせるんだ。人びとが事故を忘れ、株価はあがる。わたしは金持ちになる」

くそったれ。こんなやつにほれる人間がいるなんて。

ぼくは深呼吸して、こみあげた怒りを抑えこんだ。「お願いです、サー。なんでもします。助けてくれるなら、なんでも。全額返済してもいい。返済計画をつくって。なんでもします」

彼があまりにもずっとぼくを見ていたので、答えない気なのかと思った。

「わたしの下で働くんだ。地下の炭鉱夫が人手不足だからな。地下の炭鉱夫はいつも足りないんだ。テンリーが大学に通う四年間、わたしの下で働くという契約書をつくって署名しろ。そうしたらあの子に奨学金が行くようにしてやる。寮費も、全部だ」

すさまじい恐怖が胸に叩きつけられ、うしろによろけそうになった。地下の炭鉱作業員。できない。それは。それだけは。それにそうしたら、どうやって彼女のところに行くんだ？　ぼくがここに……また……足止めされたら。

テンリー。

「やります」かすれた声でいった。「それでいいです」

エドワードの顔にゆっくりと笑みが広がった。「少なくともこれで、最高のフェラチオはしてもらえるだろう。あの子があの頭のいかれた母親に少しでも似ていればな。その価値はあるかもしれん」そういって、まるでぼくたちが友人どうしのように笑った。まるでこれに、少しでもおもしろいところがあるかのように。

ぼくはあごをこわばらせ、脇におろした手を握りしめた。首を振った。「彼女にはいいません。ぜったいに知らせないでください。もし彼女が知ったら、けっしてぼくにこんなことはさせないでしょう。奨学金も受けとらない。テンリーは——」ぼくは口ごもった。彼女は一途で、誠実で、勇敢だ。野の花の香りがして、大学共通試験の単語と山地の方言を混ぜる。そして信じられないくらい美しい。だがテンリーのそういうところを、このブタに聞かせるつもりはなかった。

「落ち着け、冗談だよ、息子《サン》よ」ぼくはその場に立ち、無表情で、おもしろくないと彼に教えてやった。「わたしもあの子にいうつもりはない」彼はいった。「ほかのだれにも。どのような場合でも、奨学金が譲渡可能だという噂がたっては困る。きみがだれにもいわず、わたしの下で働くという契約書に署名するなら、奨学金はあの子のものだ。きみが辞めたり、死んだりしたら、奨学金は取り消す。わかったか、息子《サン》よ」

ぼくを息子《サン》と呼ぶな、くず野郎。ぼくは毎日毎日、あんたが支払う安い賃金で一生懸命働いた男の息子だ。父は家族のために毎日、真っ暗な地下にもぐった。愛する者のためならなんでもする人間だからだ。ぼくのからだを流れているのはその男の血だ。ぼくはおまえの息子じゃない。ダニエル・バレットの息子だ。

「それでいいです。あなたの下で働きます。彼女にはいいません」

「どうするつもりだ？　どうやって彼女に隠しておく？」彼は興味津々で訊いた。

「ぼくたちの心をどちらも打ち砕いて」自分の耳にも、その声は死んだように聞こえた。

エドワードはそこに立ち、まるで遠くの惑星からやってきた異星人でも見るような目でしばらくぼくを見ていた。ようやく、右手を差しだした。ぼくは歩いていって、その手を握った。握手。これでいい。ぼくはまるで悪魔と取引したように感じていた。そして地獄に行く。

＊　＊　＊

テンリーはうちの戸口に立って、左右に首を振った。なにかいおうとするかのように口を開いたが、すぐに閉じた。「入ってもいい？」彼女に訊かれて、ぼくはためらった。

「テンリー、うちは、あまりきれいじゃない」

「わたしたちの家はどこもきれいじゃないでしょ」

「わかってる、でも――」

「入れてよ、カイ」彼女の声は弱々しかった。

くそっ。おれは覚悟を決めて息を吸った。うちがどうなったか――むしろどうならなかったかを彼女に見られるのは恥ずかしかった。だがいまは自分のしたことを認める潮時だ。おれは脇にどけて彼女をとおした。ドアをしめて、まわりを見回している彼女を見た。新しい家具やストーヴは買わなかった。ストーヴのパイプはいまも天井からぶらさがり、おれが生きることのなかった暮らしを毎日思いださせてくれる。ほぼ四年前に荷造りした箱をほどくこともしなかった。ベッドさえなかった。床に毛布を何枚も敷いてその上に寝ている。冬は温風ヒーターを二台そばに置いて寒さをしのいだ。屋根からの雨漏りを受けとめる容器がそこかしこに置かれている。だがほかになにがなくても、本だけはたくさんあった——そこらじゅうに積み重ねてある本にはすべて、白い紙がはさまれていた。

テンリーは見回し、両手で口を覆った。「どうして?」彼女はいいかけて、黙りこみ、またあたりを観察した。「どうしてこんなふうに暮らしているの?」涙がひと粒、ほおを流れる。

「泣かないで、テンリー」おれは手を伸ばして、親指で涙を拭いた。「泣くことはなにもない。おれがこうしてるだけだ。それにいつまでもってわけじゃない……すぐに……」

「すぐになに?」彼女はささやくようにいった。

おれは彼女の顔を眺めた。その表情は悲しみでいっぱいだった。「すぐにきみを探しにいくつもりだった。ここを出てきみのところへ。そして赦してくれというつもりだった。きみがどこにいても、おれはそこに行くつもりだった」

彼女は大きく息を吸って、また両手で口を覆った。「それなのに、わたしは帰ってきた」彼女は泣きはじめた。「わたしは帰ってきてしまった」

おれは両腕で彼女を抱きしめた。肌が彼女の涙で濡れた。「しーっ、きみはおれたちのようにここで育つ子供たちのために帰ってきた。いいことだよ、テン。勇気あるおこないだ」

彼女が頭をそらしておれを見あげた。「どうしてもっと早くわたしのところに来てくれなかったの、カイ？　なぜ？」

おれは首を振って、彼女の向こうの窓のそとを見た。「なぜならおれは取引して、それを破れなかったからだ。奨学金をきみに譲るかわりに、おれは契約に署名した。もし契約に違反すれば、きみは奨学金を失う。正直にいえば、エドワード・キーニーが、おれが炭鉱を辞めたとしてもほんとうに奨学金を取り消したかどうかはわからない。だがそのリスクはとれなかった」

「そんな、嘘でしょ」彼女は喉がつまったような声でいった。「あなたは炭鉱で働くという取引をしたの？」

おれはうなずいた。「しかたなかったんだ。エドワード・キーニーが奨学金を譲渡してもいいといった唯一の方法だった。だが決めたのはおれだ。おれがそうしたかったんだ」

テンリーの目が燃えあがるように輝き、彼女は背筋を伸ばした。「もし知っていたら、そんなことさせなかった」彼女の顔ははげしさを絵にしたかのようだった。テンリー。いつも勇ましい。「もし知っていたら、あなたを地下の炭鉱に行かせたりしなかった。けっして。なにがあっても」

「わかってるよ、テン」おれはそっといった。「おれがわかってないわけがないだろ？　だがもうひとつわかっていたのは、もしきみがおれを憎めば、きみはここを出ていって二度とふり返らないということだ。きみは知らなくてよかったんだ」

彼女の美しい感情豊かな目に、苦渋《くじゅう》の涙があふれそうになっている。まったくこの子は。「だから嘘をついたのね。わたしがあなたをとめないように。あなたがしようとしていることをとめるために、わたしが奨学金を辞退しないように」

おれはほっと息を吐いた。「もしかしたら間違っていたのかもしれない。おなじ結果になって、きみを傷つけずに済む方法があったのではないかと、何百万回も考えてみた。だが……おれはプレッシャーのなかで、すべての可能性を考える時間のないなかで、最善を尽くした。おれたちふたりのために戦う方法は見つけられなかった。だからきみのために戦う方法を選んだ。そしてきみはここを出ていって、大学を卒業した。だからもう悩むこともない。毎晩毎晩、横になって自分を苦しめることも。おれは自分で選択したのだから。ただ……いつかきみが赦してくれるようにと願っていた。きみが赦してくれるなら、おれはなんでもするよ、テンリー、なんでも」

「ああ、カイランド」テンリーは首を左右に振った。しゃくりあげる彼女を抱きながら、おれの心臓は三倍の速さで拍動《はくどう》した。彼女はまだおれを赦すとはいってない。いまでもおれを愛しているとも。だがおれは待つつもりだった。ふたたび抱きよせ、ほほえみ、彼女の名前を呼びながら、そのつむじにキスをした。

そうやって長いことそこに立っていた。おれは彼女のにおいを吸いこみ、進んで身を任せて完璧におれの腕のなかにいる彼女の感触をあじわった。ふたたびこんなふうにテンリーを腕に抱けるなんて、夢にも思っていなかった。

「あの紙」しばらくして、テンリーがいった。「あれはわたしに?」

おれはコーヒーテーブルの上の本の山を見た。「そうだ」

「どうして?」彼女が訊いた。「どうして書いていたの?」

「なぜならきみがいなくてさびしかったから。ほかにだれも話し相手はいなかった。だからきみに話しかけていた。返事は返ってこなくても」おれは彼女のあごをもちあげ、目と目を合わせた。「テンリー、きみはおれが迷ったときに頭のなかで聞こえる声だった。一日に何百回もきみに話しかけていた。きみが気に入りそうなものの話をしたり。やばいな……」おれは恥ずかしくなって笑った。「頭がおかしいように聞こえる?」

彼女は笑って、鼻をすすった。「いいえ」ささやき声。「そんなことない」彼女は言葉を切り、白い紙が飛びだしている本の山を示した。「読んでもいいの?」

おれはうなずいて、彼女の額にキスした。「ああ、いつでも」

テンリーがおれを見あげた。「カイランド、あなたはいまではちゃんとした給料をもらっている。せめて屋根を直そうと思わなかったの？」

「そうだな」おれは床のあちこちに置かれた鍋やフライパンを見ながら、言葉を濁《にご》すことにした。五年前に屋根をふき替えるべきだった。たぶんこの屋根は、いつ落ちてきてもおかしくない。「テンリー」おれは一歩さがって、うなじを手でなでた。「じつは、おれは給料の大部分をあることにつかっていて、それは——」

「わたしのママね」彼女はまるで、打ちのめされたかのように見えた。「わたしのママの医療費を払っている」

「どうしてわかった？」

「いまあなたがいったから」

おれは小さく笑って、すぐに顔をしかめた。「まったく、きょうのおれはぺらぺらしゃべりすぎだ」

テンリーはかすかに、弱々しくほほえんだ。「どうしてサムに、彼が負担しているってマーロにいわせたの？」

「マーロがサムを怒らないといいんだが。サムは自分が出せたら出していたよ。ときどきおれに金を渡そうとしたけど、おれが受けとらなかったんだ。サムはほんとうに――」

「マーロはだいじょうぶ、わたしが保証する」

「よかった。おれがサムに頼んだのは、もしおれからの金だとわかったら、きみもマーロも受けとらないと思ったからだ。それにお母さんの具合がよければ、きみがお母さんとお姉さんをカリフォルニアに呼び寄せるとき楽だろうとも思った。それに、もしお母さんの具合が悪くなれば、きみが帰ってきてしまうおそれもあった。それにおれには余裕があったからだ。だって、ほかになんのつかい道がある？」

「炭鉱をやめて、自分が大学に行くときのために貯金するとか？　どこかで新しく始めるもとでのために貯金するとか？」テンリーは両手をあげて、力なくおろした。

「そうしていた。貯金していたよ。稼いだ金はすべて貯めていた。車を買った以外は、なんにもつかわなかった。だがそのときお母さんが……いまの施設での費用をおれの毎月の給料ではまかないきれなかった。だから一部は貯金からも出した。残りは、できるだけ早くきみのいる場所に行けるように、銀行に預けたままにしてある。もうすぐ出ていくとわかっていて、この家を直す理由はなかった」

テンリーは肩を落とした。「あなたはわたしのために自分の幸せを後まわしにした。そしてわたしのママのためにも」

おれは落ち着かない気分で、言葉を切った。テンリーにはこういうことすべて、知らせたくなかった。「そういうとまるで無私みたいに聞こえるよ。だがおれがきみをとり戻す計画をたてていたのを忘れたらだめだ。その計画の一部が賄賂《わいろ》で……それに土下座。必要とあらば罪悪感をいだかせることもする」

テンリーは悲しげに笑って、首を振った。「あなたがそんなことするわけない」

おれは両手をポケットにつっこんで、うつむいた。

彼女はしばらくなにもいわなかった。「町に戻ってきたわたしと最初に会ったとき、あなたはすごく怒ってた」悲しそうにいった。

おれはぎくりとして、目をあげた。「わかってる。悪かった。おれはここできみと会う心の準備ができていなかった。ショックを受け、腹をたてていた。きみが卒業したらおれがきみのところに行って、ようやくここを出ていけると思っていたんだ。だがきみが戻ってきて、おれはまたここから動けなくなった。それにあのときは、きみはただ帰ってきただけじゃなく、ジェイミーがいるから帰ってきたんだと思っていた。彼といっしょにいるために帰ってきたんだと思いこみ、それを毎日見ることになるのかと思った。ようやく地獄を生きのびたのに、また新しい形の地獄が始まるように思えた」

「カイランド」テンリーが悲しそうな声でいった。「それでもあなたは出ていくことができた。わたしがここに戻ってきても、いまでさえ、あなたがここにいなければいけない理由はないのよ」彼女はさっと目をそらし、またおれを見た。

「いや、ある。きみがおれの心にすんでいたら、理由があるってわかるだろう」

テンリーは優しげな、とまどったようなほほえみを浮かべ、また抱きしめて、もう二度と離れないでくれと懇願してしまいたくなる。「テンリー。さっきおれが、自分でしたこと、つまり自分がここを出ていくチャンスを犠牲にしてきみを出ていかせたのは、自分の選択だといったとき、それはよろこんでそうしたという意味だった。本気だよ。たしかにおれは苦しんだ。だがわかったんだ。おれはきみのためならよろこんで苦しむ。なぜならそれがだれかを愛するということだから。その人のためになんでもしてやりたいと思う。よろこんで犠牲を払う。その人が苦しまないように自分が苦しむ。おれはきみを愛していた、そしていまでも愛している」

「カイランド」彼女は首を振った。「なんていったらいいのかわからない。あまりにも……」彼女はソファーのところに行って沈むように腰掛けた。スプリングが音をたてる。おれを見あげた。「わたしは期末をわざと失敗したの」彼女はいった。「あなたが奨学金を受けられるように、ひどい点数をとった」

「それはうまくいった」おれは彼女の隣に坐った。「ただ、おれたちはふたりともおなじことを考えていたんだ」

「笑うべきなのか泣くべきなのか、わからない」

「おれもだ」

テンリーがおれを見た。「カイランド、わたしはデンヴィルに戻ってきたけど、それはみずから進んだことだった。ここから出ていくこともできるし、よそで仕事を見つけることもできる——どこでも。あなたがわたしにそれをくれたのよ。自由を、そして機会を。それをわたしにプレゼントしてくれた。だから今度は、わたしにもおなじことをさせて。学校は半年後には竣工するし、わたしにはちゃんとした収入もある。わたしは引っ越ししなくてもいい。いまのトレーラーハウスに住んで、あなたがしてくれたように、わたしが働くから。すごくお金がかかる大学の学費は払えないかもしれないし、あなたは生活費をアルバイトで稼がなければならないけど、でも——」

「テン」おれは指で彼女の唇をふさいだ。「もしおれたちがやり直せる可能性があるなら、もし」おれは手をあげて髪に指を通した。自分をさらけだし、無防備になったように感じていた。「もしきみがおれを赦せる可能性があるのなら。おれたちが前にもっていたものをまたつくり直せるなら、おれはここにとどまりたい。働くのは炭鉱でも、ほかのどこかでもいい。もしきみが——」

とつぜん、さっきおれが指で彼女にしたように、彼女の指で唇をふさがれた。

「もう赦している。それにあなたを愛するのをやめたことはなかった」彼女は首を振った。「やめようとしたの。すごくがんばった、でもだめだった。あなたを愛してるの、カイランド。いままでもずっと」

おれは息をのんだ。感謝。安堵。愛。息ができなかった。赦してくれた。ほんとうには離れてなかった。おれのファイター。この子。おれのビューティフル・ガール。

いきなりすごい勢いで立ちあがったので、テンリーが悲鳴をあげた。抱きあげると、彼女は一瞬、驚いた笑い声をあげた。

「これからおれの部屋に連れていく。みじめなことに、ベッドもない。床にキルトを敷いてその上に毛布を重ねてある。きみをそこに連れていくのは恥ずかしいし気が滅入るけど、もうだめだ、きみを裸にするのをもう一秒も待てない」

テンリーは笑った。「カイランド、歩いて。速く」

一度頼まれれば、じゅうぶんだった。

# 28

## テンリー

カイランドの腕のなかにいる。彼はわたしをベッドに連れていく。いや、床の寝床に。まったく気にならなかった。少しも。彼の家の状態は悲しくて痛々しく、ずっと彼がこんなふうに暮らしてきたのだと思うと泣きたくなるけど、わたしはどこでも彼といっしょなら幸せだった。それに彼がこうしていたのはわたしのためだ。カイランド。

部屋に着くと、彼はわたしをおろした。部屋はあまり変わっていないように見えた。シングルベッドがあった場所以外は。彼がいってたように、キルトが敷かれ、その上に何枚も毛布が置かれていた。

わたしたちはゆっくり服をぬぎはじめた。空気に甘美な期待が満ちる。きのうとはちがって、時間をかけられる――一瞬一瞬をじっくり味わえる。わたしはセーターを首をくぐらせてぬぎ、床に落とした。カイランドはもともと上半身裸だった――硬い筋肉がなめらかな肌に覆われている胸――わたしは少し時間をかけて見とれた。唇をなめ、濃茶色の乳首を見つめた。まったく、彼はわたしが憶えているよりずっと美しい。彼のすべてが。

「テンリー、そんなふうに見られていたら、長くもたないよ」

わたしは彼の目を見て、短く笑った。「あなたは」咳払い。「ほかのだれかと寝たりした？　もしそうでもいいんだけど」あわてていった。「責めたりしない、もちろん。ただ……わたしにとっては、きのうのが、あなたと最後にして以来だったから、知っておいてほしかったの、もし――」

「テンリー」カイランドはかすれた声でいった。優しさと安堵の混じった表情。「おれはほかのだれとも寝ていない」

わたしもほっとした。「どうして？」わたしは小声で訊いた。

「なぜなら、おれはきみにほかの女と寝ていたと思わせたことを赦してもらわなきゃならないのに、ほんとにほかのだれかと寝ていたら、どうして赦してもらえる？　それにおれには完璧に機能する右手があり、きみ以外のだれも欲しくなかった」

愛情で胸がいっぱいになり、それから思わず想像していた。カイランドがここに寝て、自分の大きくなったものを握り、自分でしているところを。わたしのからだは欲望に震え、脚のあいだにあふれるのを感じた。

「わたしも、ほかのだれも欲しくなかった」

カイランドは長い息を吐いた。わたしは近づいて、指先をその肌に滑らせた。肩から腕にかけて。彼の顔を見あげると、ほとんど苦痛を感じているかのように張りつめている。

信じられなかった。ここで、カイランドといっしょにいることが。彼はわたしのためにすべてをあきらめた。彼はわたしを愛している。彼はわたしを裏切ったことはなかった――わたしの人生をよくしようとしただけだった。そしてわたしも彼を愛している。ずっと愛していた。どこか、心の奥底で、あのつらい経験を信じられなかった。つじつまが合わなかった。だってわたしは彼のことを知っている。彼の心、彼の魂を。彼はどこまでも誠実だということを。感情に圧倒されそうになって、ぐっと息をのんだ。カイランドはわたしのほおに手をあて、親指でほお骨をなでた。わたしは彼の手にほおをくっつけていった。わが家。

彼に近づきたかった。彼のすべてにふれたかった。これがほんとうのことだと自分を納得させるために。

わたしはジーンズのボタンをはずし、下着といっしょにぬいで、床におろした。カイランドもおなじようにして、わたしたちは裸で向かいあった。

彼のぴんと勃《た》ったものをちらっと見たら、きのうとおなじように、さわらずにはいられなかった。つけねから先まで、手を滑らせる。カイランドが喉の奥からうめき声を洩らす。

彼が背をかがめたとき、はげしい――わたしが感じている震えるほどの欲望に満ちた――キスを予想していた。でもそれはそっと……甘く、ゆっくりだった。彼は頭を傾けてわたしの唇を何度も軽く噛み、ようやく舌を入れてわたしの舌をとらえ、うっとりするようなダンスを踊った。

裸のからだが密着し、わたしに火を点けた。からだを引いて床の毛布の上に横たわると、彼も続き、並んで、またゆっくりと舌を出し入れするキスをした。

「おれたちがぴったり合うのが昔から気に入ってた」カイランドがつぶやき、からだを押しつけてきた。脚のあいだに彼の硬いものを感じて、わたしは切ない声をあげた。

「少し脚を広げて、テンリー」彼がキスをしながらいう。はげしい欲望が衝きあげ、いわれたとおり脚を広げると彼が入口に自分をあてがった。

少しずつ、ゆっくりと入ってきた彼の顔はうっとりと集中していた。彼は美しかった。高いほお骨がかすかにピンク色に染まり、唇を少し開いて、眉に少し汗をかいている。「愛してる」わたしはいった。

彼はうめいた。「おれも愛してる。いままでも。これからも」そしていっきに、完全にわたしのなかに入った。わたしはいっぱいに満たされる強烈な感覚に息をのみ、彼の腰に両脚をかけ、力をぬいた。

そのとき、彼が最初にわたしに押しいり、処女膜を破ってわたしがそれまで知らなかったやり方で満たしたときのことを思いだした。あまりの痛みにやめてといいそうになったけど、いわなかった。少しして最悪の痛みは鈍り、カイランドがわたしの上にいて、わたしのなかで動いているという驚嘆に集中した。わたしはどうしようもなく彼を愛していた。

いまでも。

カイランドが口を乳首につけ、舌で愛撫しながらわたしのなかで動きはじめ、わたしはいまに集中した。声を洩らし、彼の短い髪に指をとおして、爪の先で頭皮をこする。うめき声をあげた彼はもうひとつの胸に移り、ゆっくりとわたしのなかに出し入れしている。「カイランド、ああ」わたしは切ない声をあげた。両手を彼の肩に置く。脚のあいだのうずきがじょじょに強くなる。彼の動きに合わせて腰をあげた。

「すごくいい、テンリー」

わたしはなにかいおうとしたけど、感じたこともないような強烈なオーガズムが爆発し、衝撃の波がつま先までつらぬいた。わたしは首をそらして弱々しい声をあげ、カイランドをつつんだまま収縮し、痙攣《けいれん》した。

彼の動きが荒々しく不規則になり、最後に奥に突きあげてわたしのなかに精を放ち、首に顔をうずめてうめいた。

わたしたちはしばらくそのままだった。息は切れ、肌が汗ばんでいた。ようやく、カイランドが頭をあげて、わたしにほほえんだ。「まったく、きみを抱きたくてたまらなかった。きのうが最後かと思っていた」そのほほえみは優しかったけど、目のなかに悲しみが見えた。

彼のほおに手をあてて、親指でほお骨をなでた。「わたしたちはたくさん埋め合わせないと。でも時間はいくらでもある」わたしはほほえみ、胸が希望とよろこびでいっぱいになるのを感じた。

「このベッドの状況はほんとうにすまないと思ってる」

わたしは彼にくっついていって、その肌に鼻をこすりつけ、吸いこみ、乳首にキスした。「ベッドの状況ってなに?」わたしは彼の胸に顔をくっつけてほほえんだ。

カイランドはくすくす笑った。「さあ。なにをいっていたか忘れた」

わたしも笑った。両手を彼の胸について、あごをその上に乗せ、彼の顔を見た。

「これからどうするの、カイ?」

彼はわたしの額についていた髪を払った。「なんのこと?」

「全部。わたしたちのこと」

彼の手がとまった。「きみはどうしたい?」

「ふたりでどこに住むか考えて——」

彼は息を吐いた。「ああ、全部考えよう。このベッドから起きだす意志の力を見つけられたら。それはいまから三か月後かもしれない」

わたしは笑った。でも上体を起こして正座して彼に向きあい、真剣に彼を見た。「この学校を完成させるまではここにいる必要がある。それはわたしのつとめだし、大事なことなの。それにあなたがまだわたしのママの医療費を払っているのも知ってる」彼がわたしのためにしてくれたことを思い、愛情と感謝で胸がいっぱいで、彼の手を取った。「でもそのあとは、だれか適任者を見つけて学校運営を任せれば、わたしはどこでも働ける。さっきもいったとおり、わたしはあなたにお返ししたい。今度はあなたが大学に行く番だよ、カイランド」さまざまなアイディアが次々と湧いてきて、思わず早口になった。「わたしはここには住まないで、あなたといっしょに行く。あなたが行きたいところ——どこでも。そこで教職の仕事を見つけて、ふたりで小さな手頃なアパートメントを借りて、もしかしたら少しはローンを借りなくてはいけないかもしれないけど、でも——」

カイランドは笑った。穏やかな、でもよろこびに満ちた笑い声。わたしはしゃべるのをやめて彼を見て、最初に会ったときから初めての純粋なよろこびの表情だと気づいた。「それはすごくうれしいし、いくらでも話せるけど、でもテンリー、きみは真っ裸でおれは四年間まったくセックスなしだったから、いま集中するのは難しい」

わたしは笑って前かがみになり、彼にキスした。唇の下で彼はほほえみ、キスを返してくれた。一瞬でひっくり返されて叫び声をあげると、彼がすてきな笑顔でわたしを見おろした。「いまのおれたちには選択肢があるんだ、ビューティフル・ガール。おれがあとふた月炭鉱で働き、お母さんはあと数か月病院で療養する。だがそのあとは、世界はおれたちのものだ。少なくともそういう感じはする」安らぎ。彼のハンサムな顔に浮かんでいるのはそれだった。そのほほえみは安らぎ、そして希望を物語っていた。

カイランドの間に合わせの寝床のそばの窓から風が吹きこんできて、カーテンを揺らした。まぎれもないラヴェンダーの香り。わたしは息をのみ、そちらを向いた。

「そとにラヴェンダーがあるのね」

カイランドはうなずいた。「エヴァンスリー図書館のコンピュータで調べたのは、もともと自分で育てるためだった。その香りがきみを思いださせるから。この苦労にはその価値があると思いださせてくれた。自分がなにを、なぜしているのか、憶えているのに役立った。おれたちが愛を交わしたあのラヴェンダーの野原を思いださせてくれた。あのときおれは、きみをここから逃がすためなら、自分はなんでもするとわかったんだ。たとえそれできみの心を打ち砕いたとしても」悲しそうな顔。「冬には少し室内に飾った。クリスマスがいちばんしんどかった」

「ああ、カイランド」息が詰まり、思わず泣きそうになった。「わたしもそうだった」ささやいて目をつぶると、校長先生の姪ごさんのところで過ごしたさびしい休暇がよみがえった。最初にサンディエゴに行ったときにお世話になった女性だ。

カイランドは首を振った。「悲しむのはやめよう。きみはここにいる。苦労の価値はあった。それに、それでラヴェンダーがすぐれた換金作物だと知った。それで助かった家族もいる。いいこともあった」

わたしはうなずき、「そうね」とささやいた。伸びあがって、彼の唇にキスした。

カイランドはまたわたしを抱いた。さっきよりも優しくゆっくりと。最初の切羽詰まった欲望が満たされて。そのあと、わたしたちは横になったまま、日が翳り、窓から射す光が長くなっていくのを見ていた。わたしは――ようやくそばにいる――愛する人を見つめ、世界は光と希望だけでできているように感じていた。

# 29

## カイランド

その週末は、おれの人生でいちばん楽しい週末だった。その半分はおれの部屋の床で、窓から風が運んでくるラヴェンダーの香りを吸いながら、手脚が痛くなるまで、どこまでが自分でどこからが彼女かわからなくなるまでセックスした。おれのテンリー、おれの魂をなだめると同時にからだを昂らせる。昔と変わらない。

あまりにも長いあいだ寝ていて腰が痛くなると、ふたりで山をハイキングした。かつておれはここに絶望と貧困しか見いだせなかった——アパラチアは痛みと苦しみにはこと欠かない。だがいま、テンリーと手をつないで見るのは、長い冬を越えて息を吹きかえした森の手つかずの美しさだった。野の花があちこちでほころび、野原に色があふれ、小川は日光を反射してきらめき、空気は暖かく春の味がする。おれの一部である山々、父と祖先たちがここで働き、愛した土地だ。きつい炭鉱の仕事に汗を流し、誇り高いケンタッキーの娘や息子を産んでくれる女を愛した。これほど強く故郷への愛を感じたのは子供のころ以来だった。この山々、そしてここに住む人びと。彼らは懸命に生き、くじけ、またやり直し、生まれながらの誇り高さとアパラチアへの尽きぬ愛でぎりぎりのところに踏みとどまっている。

なかには気難しく粗野な山地住民もいる。それはだれにも否定できない事実だ。だが彼らは強く、勇敢だ。そしてほとんどは善良な心根をもち、おのれの最善を尽くして互いに思いやる人びとだ。ずっと目の前にいたのに、なぜおれはそれを忘れていたのだろう？ そしてもしかしたらおれも、そのひとりなのだろう。もしかしたらおれも、仲間だからという理由だけで何人かの助けにはなれたのかもしれない。

テンリーとおれはピクニックの昼食をもってきて、最初に愛を交わした野原の端で食べた。ここでおれは、彼女のためなら自分のもつすべてを犠牲にしてもいいと思った。おれの夢、心、魂。ここは永遠におれを変えた場所だった。そしておれたちはまたここに戻ってきた。

小川の堤の草地に腰をおろし、渦巻き、跳ねる水の音を聞きながら、おれたちは将来の計画を立てた。おれは貯めた金の一部をつかって家の屋根を直し、いくつか家具を買う。おれの炭鉱での契約が終わり、テンリーの学校が順調に動きだすまでふたりでそこで暮らす。彼女のお母さんのために部屋を整え、おれは人生二度目に、大学に願書を出す。そうしておれがどの大学に入るかが決まったら、どうするかふたりで考える。おれは一生炭鉱の地下で働くことはできない。いまはやっているし、多少は慣れたが、それでもおれにとってはきつかった。毎日、無理をして暗い地下にもぐっている。

「最初のときにどう感じたの?」テンリーが小さな声で訊いた。おれのひざに頭を乗せ、優しい緑色の目で見あげている。日に照らされて、黒い睫毛に囲まれた虹彩の縁に青色と金色も見えた。

「なにが?」穏やかな気持ちでなめらかな肌にふれ、太ももに広がるつやのある髪を眺めていたおれを、彼女が見あげた。

「炭鉱」テンリーは数分前のおれの考えを読んだように、いった。「どうしてそんなことができるの、カイ? どうして地下に行けるの?」彼女が手を伸ばしておれのほおをつつんだ。そちらを向いて、その手のひらにキスした。

おれは一瞬目をとじて、明るく幸せなものから、毎日おれがもぐっているせまく暗い場所に考えを戻した。「最初のときはほんとうに地獄におりていくように感じた」おれはいった。「ポケットにラヴェンダーを何本か入れておいて、もうだめだと思ったとき、頭がおかしくなりそうになったとき、それを取りだして香りをかいだ。目をとじてきみをそばに感じた。ラヴェンダーの野原に風が吹くところを想像した。そうやって乗りきった」おれは肩をすくめた。「しなければならないことをしただけだ。おれが地下に行くことがきみの自由を意味したから。そしていつしか、たいていのこととおなじく、どんなひどいことにも人間は慣れる」

テンリーの目には愛情があふれていた。「どういう感じなの?」彼女の声が上擦っている。

「暗い。真っ暗で、あの暗さをあらわすには別の言葉があるべきだと思う。それに熱い――最初は息をするのも大変だった」

彼女はおれの腹のほうに頭を向け、慰めるように両腕を回した。おれはかがんで彼女のこめかみにキスした。

「静かだと思うだろ、そんな地下深くでは。だがちがうんだ。土地が動き、うめく音が聞こえる。まるでおれたちの侵入を快く思っていないかのように。そこは人間の来る場所ではなく、おれたちが削ったスペースを土地が埋めたがっているというふうに。その音はたいていの日は警告のように聞こえる」

「でも慣れてしまった?」彼女は信じられないというふうに尋ねた。

おれは少し考えた。「ああ……たいていは。おれは暗いところが嫌いだし熱くむっとする空気も嫌いだ。一日じゅうかがんで働くのも。閉じこめられているという感覚も、自分より百万倍も力のあるものに命運をゆだねているのもいやだ。だが……仲間が――毎日地下にもぐり、ほとんどの人びとがなにも知らない仕事をこなしている炭鉱の仲間がいる。みんな仕事に誇りをもっている。炭塵で顔を真っ黒にして肺にも入りこむが、みんな家族がいるから、父もやっていた仕事だから、やっているんだ。それが真っ正直な仕事だから。ほとんどの人々が石炭で電気がつくられるということさえ知らないのに」

「スイッチを入れるたびに、炭鉱作業員に感謝を」彼女はほほえんだ。「あなたのことを誇りに思う」

おれは彼女にほほえんだ。「おれもほかの大勢の男たちとおなじことをしてるだけだ。だが地下で働くことで、あらためて父と兄を誇らしく思うようになった。ふたりの死についていくらか心の平安を得られた。つまりおれにとっては地獄でもあり、また恵みでもあった」

「愛してる」彼女がささやいた。その顔でわかった。彼女はわかっている。おれが感じた苦悩を理解している。おれの犠牲も、誇りも。これまで以上に彼女を愛することが可能だとは思っていなかったが、もっと愛していた。

まったく、この子は。

おれのテンリー。

「おれもだ」

日曜日、おれたちは高速道路沿いの小さなダイナーに朝食を食べにいった。テンリーはサンディエゴのこと、海のこと、授業のこと、助成金を申請したときのこと、毎日のように通っていたコーヒーショップのことを話した。おれは彼女のすべてを、その熱意、その美しさ、そのプライド、その賢さを噛みしめた。

「おれはいつも心配していた」目を合わせないでいった。

テンリーがおれの手を取り、おれはしっかり結ばれた手を見つめた。「わたしの安全を?」彼女が訊いた。

おれは首を振った。「それも、少しはあった。だがもっと心配だったのは……きみがだれかと出会うのではないかという心配だった。だれかと恋に落ちたらと」おれは視線をあげて彼女と目を合わせた。自分が心をさらけ出しているように感じた。テンリーは口を開き、悲しげな顔になった。そして首を振った。

「ずっとあなただった。ほかのだれでもなく。自分でも認めたくなかったけど、学校を建てるということ……もちろんそれはここの子供たちのためであり、故郷へのお返しだけど」いったん目を落とし、またあげておれと目を合わせた。「またあなたのそばにいたかったの。それで傷つくとわかっていても。あなたのことを忘れられなかった。一度も——ずっと——忘れたことはなかった。あなたがわたしを裏切ったと思ったときでさえ。あるいは心のどこかで、あなたが裏切るはずがないとわかっていたんだと思う」

おれはテーブルの上に身を乗りだし、彼女にキスした。

それから車で二時間ほどのところで開かれていたクラフトフェアに行った。途中で屋根付きの橋を渡り、テンリーは携帯電話を取りだしておれの写真を撮った。わざと緊張した不自然な笑顔をつくったら彼女は笑い、わざと変な顔をしておれを心から笑わせた。テンリーは、風情がある橋を背景に、おれが横を向いて笑っている写真を気に入ったようで、電話のスクリーンセイバーに設定していた。「電源を入れるたびにほんとにそれを見たいのか?」おれは訊いた。内心ではうれしくて、彼女がそれをずっと変えないといいと思っていた。

「そうよ」彼女はいった。「わたしはハンサムな恋人を見るのが好きなの。そばにいないときはとくにね」

おれは彼女を抱きしめ、いいにおいのする髪にキスした。恋人。その言葉ではおれがどれくらい彼女のものかを、あらわしきれていない。

フェアでは、真っ赤なほっぺたをして更紗《さらさ》のスカートをはいたおばあさんがつくっていた自家製アイスクリームを彼女に買った。おばあさんはおれたちを見て、お見通しだという感じでほほえんだ。まるでおれたちがいっていないなにかを、理解したかのように。

おれたちは手をつないで歩き、テンリーは地元職人のつくったアートやクラフト作品を眺め、山の方言——単純と詩的を混ぜたような言葉——の話を聞いた。おれたちの近所でラヴェンダーを栽培している人びとの一部が、数週間前にあったこうしたフェアのひとつに出店したと聞いた。そうしたアパラチアの起業家たちを見ると誇らしく感じた。

大きなトチノキの木陰に坐り、ブルーグラスバンドの演奏を聴いた。音楽が空気を満たし、〝わが家〟だと歌っている。

おれはテンリーにからだを寄せ、耳元でささやいた。「結婚しよう」

彼女はふり向いて、おれをじっと見つめた。「子供が欲しい。たくさん。何人でも」

おれは笑った。「きみが欲しいだけ。おれはきみの夢をすべてかなえるよ。一生をかけて」

テンリーの目が愛情でいっぱいになった。「わたしも、あなたの夢をすべてかなえる。一生をかけて」

おれはほほえみ、彼女にキスした。きみはもうかなえてくれた。きみがおれの夢だよ。

太陽が山に沈むころ、家に帰った。トラックのなかでもずっと手を握りあっていた。その日も、おれたちは窓をあけたまま、なじんできた床で愛を交わした。からだを重ね、おれが長らくなしで生きてきたよろこびを感じた。おれは幸せで、満ち足りて、安らぎ、眠りに落ちた。

# エピローグ

六年後
カイランド

妻が大きな窓の前に立ち、太陽に照らされて黄金色に輝く山々を見ていた。何度見ても息をのんでしまう眺めだ。まだ朝早く、日が出たばかりだったが、家のなかの空気はすでに湿気をもち、遠くから聞こえるセミの声がおもての木々を満たしていた。きょうも暑い日になりそうだ。テンリーはもつれをほぐそうとするように、うなじの髪を前にやった。

歩いていって、両腕をその膨れた腹に回し、なかの赤ん坊の動きがわかるように手のひらを開いて腹につけた。「おはよう、ビューティフル」おれは起きぬけのかすれた声でいった。テンリーはウエストに回されたおれの両手をつかみ、おれは彼女の肩にあごをのせて、においを吸いこんだ。「赤ん坊のせいで眠れなかった？」

「うーん」彼女はいった。「すごく元気なのよ」まるでそこを蹴られたかのように、下っ腹の一点をさすっている。「四時からずっと、眠るようにってこの坊やにいってるんだけど。ものすごく頑固」

おれは彼女に顔をつけたままほほえみ、鼻を滑らせて唇をつけたままにした。テンリーは震えて、もっとおれを引きよせた。「坊や?」おれはいった。「聞いてたら女の子のようだよ」

テンリーはそっと笑って、ほおを寄せた。

「あなたを起こしたくなかったんだけど……サイラスも」

「サイラスはしばらく目を醒まさないよ。きのう川で何時間も遊んだんだ」おれは息子を最初の釣りのレッスンに連れていった。息子。ふたたびテンリーの首に口づける。

「へとへとになってたからだいじょうぶ」

テンリーはにやりと笑った。「そういう話には要注意ね。そうやってこの赤ちゃんがここに入ったんだから」

おれは小さなうめき声をあげた。「ベッドにおいで。腰をマッサージしてやる」

彼女がほほえみ、満足そうにうなずいた。ふり返った彼女の手を引いて、ダブルベッドに連れていった。

四年前、おれたちはデンヴィルのはずれにある、この古くてすき間風の多い農場の家に越してきた。最初にこの家に足を踏みいれたとき、いろいろと修繕が必要なのはわかったが、高い天井にヒマラヤスギの梁《はり》が張られた居間と、山々の息をのむほどすばらしい眺めの大窓を見て、ここに住みたいと思った。シンプルだけど美しく、おれたちらしい家だった。

おれたちはこの家をわが家にするためにがんばった。ここでふたりいっしょの人生が始まった。ここでおれは愛情をこめてテンリーを何度も抱いた。自分の腕のなかに彼女がいるのを当たり前だと思ったことは一度もない。ここでおれは妻に、花束ではなく、食料品店で売っている小さなピンク色の花が縁に飾られた誕生日ケーキを贈った。妻がなにをよろこぶかはわかっている。

ここはおれが花嫁を抱いて敷居をまたいだ家だ。小さな、だがすばらしい結婚式で彼女がおれの名前になったあとで。式はラヴェンダーの野原の端でおこない、親しい友人と家族が参列してくれた。ここはおれたちが、いまは三歳になった息子サイラスを産院から連れ帰った家だ。そしてテンリーがまた赤ちゃんができたといった場所でもある。またここはジェイミーが訪ねてくる家だ。彼はここで自分は友情と愛情で歓迎されるとわかっている。ここはマーロとサムが、息子のイライジャとテンリーたちのお母さんを連れて、毎週、食事しにくる家でもある。おれたちはみんなですばらしい木彫りのテーブルを囲む。そのテーブルはバスターがくれた結婚祝いの贈り物で、子供たちがいるときにはテーブルクロスをかけておく必要がある代物だ。

おれたちは町を出て大学に行くという話をしていた。テンリーが働き、おれがどこかに通学することも考えた。だが結局おれは、自分の人生、自分の心はここにあると決めた。だからケンタッキー州立大学の通信制で土木工学の学位をとった。炭鉱会社では、テンリーのお母さんが退院してからすぐに——文字どおりの意味で——階段をのぼり、いまでは地上で管理職の仕事につき、学位を取得して技師に昇進した。

あのころ父と兄を助けることはできなかったが、いまでは金属製の認識票をかけてアメリカの電気供給のために毎日命を危険にさらして地下にもぐる男たちの安全責任者だ。

エドワード・キーニーはといえば、テンリーとおれが結婚する少し前に心臓発作で亡くなった。息子のジェイミーと和解することはなく、亡くなる数か月前に妻とも別れていた。おれは彼の死の知らせを聞いてとくに悲しいとも思わなかった。あいつはどこまでも冷酷《れいこく》で利己的な人間であり、そのことはおれが炭鉱に残る決意をした理由のひとつだった。エドワード・キーニーは物質的な意味では金で買えるものはなんでも所有していた。だがおれから見れば、あいつはなにももたずに死んだ。

テンリーとおれは何度かデンヴィルを離れたこともある。一度は、二週間の新婚旅行でニューヨークに。また、おれの大学卒業式にも出た。そしてある週末にはルイヴィルに旅行した。かつておれはケンタッキーから出ていき、二度とふり返らないつもりだった。だがいまは離れると、故郷に引きよせられるのを感じる。一時的に離れるのはよくても、やがてかならず自分の故郷に戻りたくなる。おれは心の底ではケンタッキーボーイで、これからもずっとそうなのだろう。いつか、おれたちの息子や娘も、おれたちとおなじように、この山々の手つかずの美しさを知り、愛するようになるだろう。

山地住民、それに町の住民も何人か加わってラヴェンダーを栽培し、商売はかなりうまくいっている。テンリーとおれが結婚したあくる年、彼らは大規模なラヴェンダーフェスティバルを開催し、ケンタッキー州の地元紙が、かつて悲劇的な事故に見舞われた小さな炭鉱の町が、希望をもたらす花を栽培しているという記事を掲載した。全国ニュースにも転載され、四方からたくさんの人びとがやってきて、アパラチアの文化を学び、地元職人の作品を買い、美しい自然を堪能した。フェアは町に商売をもたらし、それ以来、毎年夏におこなわれている。貧困は単純な問題ではないが、一部の人びとにラヴェンダーが希望をもたらした。そのことをおれは誇りに思う。

テンリーのお母さんはエヴァンスリーでマーロとサムと同居している。サムの診療所でパートタイムで働き、イライジャの子育ても手伝っている。かなり具合がよく、自分の症状の兆候に気がつけるようになり、ほかの人たちに助けを求められるようになった。テンリーが学校で教えない夏休みの期間はうちに来て、ふたりで山々をハイキングしている。ふたりはようやく母と娘として相手を知りはじめた。

「楽かい？」テンリーがベッドに横になり、脚のあいだに枕をはさむのを見て、おれは訊いた。ベッドの向こうに置いた扇風機がブーンと音をたてながら、風を送ってくる。いつか金を貯めてホームエアコンシステムにしたい。

「この大きなお腹をかかえている状況では最大限に楽よ」彼女はいった。その声にはほほえみが交じっているのがわかる。おれは彼女の背骨の腰に近いところに手をあてた。テンリーはため息をつき、からだの力をぬいた。

「愛してるよ」単純にいった。

「わたしも愛してる」テンリーもささやくようにいった。

妻の腰をマッサージしながら、頭はぼんやりと考えごとをして、心は満ち足りていた。かつておれは、愛のために自分を失ったと思ったことがあった。だが真実はその反対だった。テンリーに心を捧げたとき、おれは自分を見つけた。自分にとってなにが大切なのか、なにが本質なのかを見つけた。そしていま、彼女のなめらかな肌に手を滑らせ、自分のなによりの願いは、妻といっしょにこのベッドのなかにいること、おれが生きてきたこの人生を生きることだとわかった。正直にいって、おれたちの暮らしは複雑でもなければ、華やかでもない。だがおれたちは暖かくした家でテレビを観ることの単純なよろこびを知っている。冷蔵庫に食べものが詰まっているのを深く感謝することを知っている。家族や友人の愛、そしてひんやりした秋の朝、窓のそとの山々から立ちのぼる白い霧の静かな美しさを知っている。

その瞬間、ベッドで横になったまま、おれはあることを理解した。いや、理解したのではなく、感じた。それが全身の血管をかけめぐっているのを、からだで感じた。

「テン」いいながら、彼女の腹に手を置いた。「あの〝なにか〟を、憶えてるか？」

「なにかって？」眠そうな声で訊いた。

「おれが成すべきだと思っていたなにかだよ」

テンリーは顔をこちらに向けて、おれと目を合わせた。心臓がどきりとした。「それ」彼女はそっといった。

「おれはそれを実現している」

彼女が優しい表情になり、手をおれのほおにあげた。おれがその手に顔を押しつけると、彼女は親指でほお骨をなでた。「これでじゅうぶんなの？」

おれは背をかがめて彼女にキスした。これまでの人生でこれほど確信したことはなかった。彼女と唇を合わせたまま、いった。「じゅうぶん以上だ……おれが夢見たものをはるかに超えている」

おれたちは必要なものはすべてもっている。そのどれも、大それたものではない。

ほとんどは単純なものだ。だがそのときにわかった。家、車、財布の大きさは、人生の大きさとはなんの関係もない。そしておれの人生は……こんなにも大きい——愛と意義に満たされて。

# 謝辞

本書に数えきれないほどの時間を注ぎこんでくれたストーリーライン・エディターのラリッサ・カールに特別の感謝を。あなたたちはわたしにとって姉妹も同然で、その指導はとても貴重なものよ。わたしとわたしのキャラクターを愛し、わたしたちを最高に仕上げてくれてありがとう。

ありがとう、デヴェロップメンタル・ライン・エディターのマリオン・アーチャー。あなたは作品の質を大幅に高めてくれるし、いっしょに仕事ができてうれしかった、(このページはあなたが編集してくれないから、たぶん文法的な間違いでいっぱいだと思うといやになる)。

本書をさらに磨いてくれたワイヤ・エディターのカレン・ローソンにもありがとう。締切ぎりぎりまで編集してくれたおかげで、『*Kyland*』はすごくよくなった。

厳しい期限にもかかわらずわたしの書くそばから読んでくれたベータリーダーのみんなに感謝をささげます。キャット・ブラハ、ナターシャ・ジェンタイル、エレナ・

エックマイヤー（全原稿を二回読んでくれた）、わたしの友人で精神医療専門家のカリン・ホフパイア・クライン、ずっとわたしのチアリーダーであるニッキ・ラザロ。そしてあらためて、わたしのオーサー・ベータである、A・L・ジャクソンにも――あなたが、まだまとまりのない未スペルチェックの八千語を読んでくれて、ほんとうにありがたかった。

すばやくフォーマットしてくれたエル・チャードウには、いくら感謝してもし足りない。

わたしのエージェント、キンバリー・ブラウアーに大きな感謝を。その熱意と仕事愛でなんでも楽しくしてしまうあなたがわたしの味方でよかった。「いま坐ってる？」で始まるあなたからの電話なら、何度でもかかってきてほしい。

すべての読者、そしてわたしの本をレビューし、推薦し、支えてくれるすべてのブログに――永遠の愛と感謝を捧げます。

わたしの夫……あなたが『*Kyland*』にしてくれたすべてのことにたいする愛と感謝は、とても言葉ではあらわせない。わたしたちはチームでこの本をうみだしたの。この物語にあなたが注いでくれた愛を思うと、胸がいっぱいであふれそうになる。もしわたしがラブストーリーについてなにか知っているとしたら、それはあなたのおかげよ。

# 訳者あとがき

ピュアで切ない恋愛小説の名手ミア・シェリダンによるコンテンポラリー・ロマンス『完璧な恋に魂を捧げて（原題 *Kyland*）』をお届けします。本書は十二星座をモチーフにした〈サインズ・オブ・ラヴ〉シリーズのなかの〈牡牛座〉の作品です。

アメリカ合衆国東部のアパラチア山脈地方のスモールタウンを舞台に、貧しいながらも病気の母を支えて必死に生きるヒロインと、高校卒業後に町から出ていくと決意して人とのかかわりを一切拒んでいるヒーロー――ふとしたことで知りあったふたりが、ためらいながらも惹かれあい、恋に落ちる初々しいロマンスが、ミア・シェリダンの情感あふれる文章でつづられています。

切なくなるほどの純愛のラヴストーリー、心に沁みこむような心情描写、背景となる美しい自然風景、熱いラヴシーン――本書の魅力はいくつもありますが、物質的な富は人生の豊かさには関係ないというメッセージが強く心を打ちます。

本書のヒロイン、テンリーは、ケンタッキー州の小さな炭鉱町デンヴィルに住む、半年後に高校卒業を控えた十七歳で、精神的に不安定な母親と姉との三人暮らしです。母親と姉の苦い男性経験を見て、自分はけっして恋愛なんてしないと心に決めています。ヒーローのカイランドは、テンリーとおなじ高校（ちなみにケンタッキー州の公立高校は四年制です）の同学年で、五年前に起きた炭鉱事故で父親と兄を亡くしています。

テンリーとカイランドは、高校で学年の最優秀生徒ひとりに授与される〈タイトン石炭奨学金〉を目指すライヴァルどうしでした。この奨学金では、四年間の大学進学費用すべてが支給されます。ときに食べるものにも事欠くような貧しい暮らしをしているふたりにとって、奨学金は貧困からぬけだすための唯一の希望です。

ふたりはふとしたことから会話を交わすようになり、相手に惹かれていくのですが、数か月後にはかならず別れが訪れると決まっていたし、それぞれ恋愛を拒絶する理由がありました。それでも、アパラチアの丘陵の美しい風景を背景にたがいの夢を語りあい、孤独を慰めあうふたりは、どうしようもなく恋に落ちていきます。

ミア・シェリダンのロマンス作品は、地に足のついたリアリティと、まるでおとぎ話のようなファンタジー性が両立しているのが特徴です。本書『完璧な恋に魂を捧げて』には、絶望と希望、喪失と犠牲、苦しみと赦し、そしてなにより真実の愛の力が描かれています。読者の評判も高く、米アマゾンの読者レビューの数は一一〇〇を軽く超え、星の数は五点満点で四・八点の高評価を獲得しています。読者からは〝犠牲と誇りと究極の愛のストーリー〟、〝胸が張り裂けるような美しい物語〟、〝真実の愛が描かれている〟などの声があがっています。

著者ミア・シェリダンはあるインタビューで、本書の執筆のきっかけはある報道番組でアパラチアの貧困問題を知ったことだったと語っています。その後数年間のリサーチを経て書かれたのが、〈サインズ・オブ・ラヴ〉シリーズ七作目となる本書でした。謝辞にも書かれているのですが、本書のヒーロー、カイランドの人物造形はミアと旦那さまとの共同作業だったそうです。そして旦那さまは、妻のつくりだすヒーローは全員、少なくとも一部は自分にもとづいていると考えているとか。とてもすてきなご夫婦ですね。

本書はミア・シェリダン作品の四年ぶりのご紹介になります。『世界で一番美しい声』を読み、もっと読みたいといってくださった読者のみなさま、たいへんお待たせいたしました。みなさまの〝声〟が本書の出版を後押ししてくださったと思います。本書『完璧な恋に魂を捧げて』も、もし気に入っていただけたら、この作品もたくさんの読者の方々の目にふれるよう、レビューや感想を書いたりつぶやいたりしていただけると幸いです。

読者のみなさまにテンリーとカイランドの物語を楽しんでいただけたら、訳者としてこれ以上のよろこびはありません。

●訳者紹介　高里ひろ（たかさと　ひろ）
上智大学卒業。英米文学翻訳家。主な訳書に、トンプソン『極夜　カーモス』『凍氷』『白の迷路』『血の極点』（以上、集英社）、ロング『忘れえぬキスを重ねて』、ヴィンシー『不埒《ふらち》な夫に焦がれて』、ジェイムズ『折れた翼』、シェリダン『世界で一番美しい声』（以上、扶桑社ロマンス）、ロロ『ジグソーマン』、クーン『インターンズ・ハンドブック』（扶桑社ミステリー）他。


完璧な恋に魂を捧げて

発行日　2021年5月10日　初版第1刷発行

著　者　ミア・シェリダン
訳　者　高里 ひろ

発行者　久保田榮一
発行所　株式会社 扶桑社
〒105-8070
東京都港区芝浦1-1-1　浜松町ビルディング
電話　03-6368-8870(編集)
03-6368-8891(郵便室)
www.fusosha.co.jp

印刷・製本　図書印刷株式会社




ISBN978-4-594-08784-5　C0197